Der Mond kommt gefahren,
Das Kätzlein weint,
Irrer, steh auf,
Sag Gott ein Gebet!

A. Puschkin, Boris Godunow

1. Zoom

War sie eigentlich hübsch? Eben diese Frage, an der doch so vieles hing, hatte er nie beantworten können. Später sagte er gerne: Sie war so hübsch, dass ich mich sofort in dieses Unglücksgeschöpf verliebte. Aber damals, und noch für lange Zeit, muss ihm in höchstem Maße unklar gewesen sein, was an diesem Mädchen so in die Augen stach, dass ihm schon auf den ersten Blick ganz ungemütlich ums Herz wurde. Sie saß da, in der Garderobe des Fernsehstudios, wartend auf ein nahezu bedeutungsloses Casting, unter lauter unzweifelhaft hübschen Mädchen, und fiel ihm auf. Warum? Sie hatte ein stilles Gesicht, blass mit großen blauen Augen, und war vor allem eines nicht: sexy. Sie saß da, in den Händen ein Taschentuch, ernst, unaufgeregt, groß, und hatte keinen Anteil an dem aufgekratzten Gezwitscher um sie herum.

Oder war sie am Ende eine graue Maus? Auch dieser Gedanke oder vielmehr die Furcht, dass ihn irgendjemand äußern könnte, muss ihn sofort gequält haben. Aber aus den papageienbunten Make-ups, den unbekümmerten Dekolletees, kurzen Röckchen und strassbesetzten Gürteln stach ihre Erscheinung doch geradezu schreiend hervor, weil ihr alles Schreiende fehlte. Während die anderen Mädchen mit breitem Pinsel getuscht waren, auf grobem, stark saugendem Papier, mit verschwimmenden Zügen, breiten Lippen, glühenden Wangen, war sie mit spitzer Feder auf hartem Karton gezeichnet. Sie hatte etwas Präzises, Ausformuliertes, man hätte sie beim besten Willen nicht weiter modeln, schminken, herrichten können. Dieses Mädchen gab einem Fernsehproduzenten im Grunde gar keine Chance. »Schwarzweiß«, murmelte er, »im Schwarzweißfilm würde sie besser rüberkommen.« Und indem der Produzent diese Überlegung anstellte, die für ihn der Inbegriff alles Romantischen war, dürfte er sich schon gefährlich in sie vertieft haben, in die Ahnung einer neuen, nie zuvor berührten Substanz.

»Na, jedenfalls 'ne andere Rasse, könnte mal ganz komisch wirken«, sagte er, als er begründete, warum er sie für die Show ausgewählt hatte. Die Entscheidung rief in der Runde keine weiteren Fragen oder Widerstände hervor, aber wie alle, die sich verguckt haben, fürchtete der Produzent, etwas Peinliches getan zu haben. Ich konnte sehen, wie er die Brille abnahm und mit dem Jackenärmel zu putzen suchte. Ich konnte mir sogar denken, was er dachte. Dieses Unglücksgeschöpf, dachte er, Scheiße, man kann sich ja nicht einmal vorstellen, wo man da eine Muschi finden soll.

2. Vogelperspektive

Das Fernsehen, einmal nicht als Medium, sondern als Summe seiner Büros, Studios und Kantinen betrachtet, ist ein Lebensraum, der im Laufe der Zeit schon von unterschiedlichen Populationen besiedelt worden ist, und jede von ihnen neigte dazu, die vorherige nahezu auszulöschen. Die Siedlungsgeschichte ist nicht in allen Einzelheiten geklärt, aber die alten Sendungen und Anekdoten der Zeitgenossen sprechen doch dafür, dass Ende der sechziger Jahre des vorigen Jahrhunderts noch Reste einer bürgerlichen Fauna existierten, die zu dreiteiligen Anzügen (bei den Herren) und Flanellkostümen (bei den Damen) neigte. Anfang der Siebziger waren sie schon vollständig ausgestorben. An ihre Stelle war eine lückenlose Besiedlung mit sandalentragenden Nomaden getreten, denen von der linken Schulter eine Tasche aus bunter Wolle hing. Die Tasche, die zum Zeichen der Solidarität mit den bedrohten Völkern dieser Welt indianische Muster zeigte, war ungewaschen. Niemals sah man bis Mitte der siebziger Jahre Fernsehleute ohne die Tasche; wahrscheinlich ahnten sie, dass auch sie schon zu den bedrohten Völkern gehörten.

Das Taschenvolk beherrschte die Fernsehräume meiner Kindheit; wenn ich mich richtig erinnere, hat der sandalentragende Besitzer einer ungewaschenen Wolltasche sogar eine Zeit lang bei meinen Eltern gewohnt. Es war Sohn oder Neffe eines ihrer Freunde, der selbst einmal im Fernsehen gearbeitet hatte, was den Gedanken nahelegt, dass die Taschenleute womöglich keine Neusiedler im strengen Sinne, sondern Nachfahren der Erstsiedler waren; freilich mit dem festen Willen zum Kulturbruch. Mein Vater glaubte das übrigens nicht. »Ach was – Kulturbruch«, pflegte er zu sagen, »da ist höchstens ein Bruch in der Garderobe.«

Aber wie immer es sich damit verhielt, auch das Taschenvolk verschwand Ende des Jahrzehnts wieder. Eine Epoche wirklicher Umbrüche begann mit dem Auftritt des Privatfernsehens, das von den Rändern der zivilisierten Welt herandrängte. Für eine Zeit wurde der Typus des produzierenden Fernsehmachers, der bisher die Häuptlinge gestellt hatte, durch die Schamanen der Kaufleute verdrängt. Von dem Kult der Zahlen, den sie einführten, erlangte eine Kennziffer heiligen Rang; sie maß die Zuschauerbeteiligung. Diese sogenannte Quote wurde zu dem Orakel, das auch alle nachfolgenden Stämme fürchteten und mit rituellen Opfern zu besänftigen trachteten.

»Zu der Quote beten sie jetzt«, sagte der Freund meiner Eltern, der das Fernsehen inzwischen aus dem Exil des Pensionärs verfolgte. »Ach was«, sagte mein Vater. »Doch«, sagte der alte Herr, »sie opfern alles.«

Aber selbstverständlich beteten und opferten sie umsonst. Der schlechte Geschmack des Orakels war unersättlich. Eine Sendung konnte so dumm und billig sein, wie sie wollte, dem Orakel war sie noch nicht dumm und billig genug. Wie viele Fernsehvölker mochten an der Quote verzweifelt sein? Der karge Boden, den sie immer tiefer pflügten, um immer weiter nach unten, an den absoluten Boden der Dummheit zu gelangen, wurde nur immer steiniger. Niemals stießen sie auf die verheißene, ewig quotentragende Schwarzerde der Fernsehunterhaltung. Nicht auszuschließen ist, dass sich manche Siedler freiwillig aus dem verfluchten Land wieder zurückzogen, düpiert und gedemütigt, und den nachrückenden Stämmen kampflos Platz machten. In stummer Resignation müssen viele namentlich vor den österreichischen Pionieren des Privatfernsehens kapituliert haben, die mit nie zuvor gesehenem schweren Gerät anrückten, um den Boden aufzureißen, den sie anschließend knöcheltief fluteten, denn »im Seichten kann man nicht ertrinken«, wie die Devise eines ihrer berüchtigten Führer lautete.

»Ach was«, sagte mein Vater, »kleine Kinder können in der kleinsten Pfütze ertrinken.« Aber der Freund meines Vaters sagte zu mir: »Warum schaust du dir den Sumpf nicht mal an, wenn du gerade nichts Besseres zu tun hast?« Augenscheinlich konnte er sich nicht vorstellen, dass ich als Student Besseres zu tun haben könnte, und so kam ich mit seiner Hilfe zu einem Praktikum bei den Münchener Fernsehstudios, das just in den Wochen zu Ende ging, als der Produzent seine neue Show aufs Gleis setzte.

Ich beobachtete den Sumpf gerne. Alles war sehr entspannt, alles war nur eine Frage der Beleuchtung. Weder von der bürgerlichen Bildung der Dreiteiler noch vom Moralismus des Taschenvolkes fand sich eine Spur. Es schien auch niemand zu ahnen, dass es sie einmal gegeben hatte; und so fand ich etwas anderes heraus: Jedes Fernsehvolk ist unmittelbar zu seinem Götzen, das heißt, es hat von Vergangenheit und Zukunft keinen Begriff. Unter dem sengenden Licht der Scheinwerfer bewegten sich die Menschen langsam und mit professioneller Trägheit wie in den Tropen, die keine Jahreszeiten und keinen Zeitenwechsel kennen. Hektik entstand nur, wenn Politiker sich über irgendeine Sendung beschwerten, und natürlich, wenn die Quote bekannt wurde und ihre Kenntnis langsam von oben nach unten, durch die Senderhierarchie bis zum Fußvolk in den Studios rieselte, wo ich meine Freunde gefunden hatte.

Meist saß ich auf einem Bänkchen am Rande der Dreharbeiten und ließ mich von dem Tratsch der Kabelträger, der Beleuchter und Kaffeebringer berieseln. Es war nicht immer leicht, sie von den Schauspielern, den Regisseuren und Redakteuren zu unterscheiden, und so begriff ich etwas Zweites: Zu einer gegebenen Zeit wird das Fernsehen immer nur von Leuten beherrscht, die bis in Redeweise und Physiognomie hinein ähnliche Merkmale zeigen. Der Produzent, als er die fremdartige Erscheinung von Christina (so hieß das Unglücksmädchen) behauptete, wollte nur einen Scherz machen, aber dieser Scherz zeigte mir doch, dass er einen Begriff von der Gleichförmigkeit seines Milieus hatte. Sie war im Übrigen auch von ihm gewünscht. »Eine Sendung soll Quote machen und nicht originell tun.« Dass er sich mit Christina eine kleine Ausnahme erlaubte, war nichts als die Willkür eines Diktators, der gelegentlich demonstrieren muss, dass er über den Regeln steht, die er für seine Untergebenen verkündet.

3. An der Tränke

Ich beobachtete auch den Produzenten gerne. Er war ein gefürchteter Mann, und solche Leute kannte ich bisher nicht. Streng genommen lernte ich den Produzenten ebenso wenig kennen, aber zum Zeitvertreib übte ich die Einfühlung in einen Mann, vor dem alle zitterten. Ich beobachtete die Kreise, die er zog, und wie er bewundert wurde, weil man ihn fürchtete, und wie man ihn verabscheute, weil er bewundert wurde. Er war ein Schwergewicht, wie man so sagt, in jeder Hinsicht; und sein Umfang wuchs noch durch die Geschichten, die ihn umgaben, von Willkür und Macht, vor allem aber von den Frauen, die man ihm andichtete oder tatsächlich in seinem Rachen verschwinden gesehen hatte.

Das soll nicht heißen, dass der Fernsehproduzent ein Schürzenjäger war. Er war überhaupt kein Jäger. Er war ein Reptil, das den Sumpf träge durchpflügte und fraß, was ihm vor die Kiefer kam. Das Glitzern des Wassers lockte die Mädchen an; wie Rehe, die es zur Tränke zieht. Der Produzent gewann sie nicht mit Versprechungen; insofern konnte er ein gutes Gewissen haben. Die Mädchen selbst versprachen sich allerdings viel von ihm, und er tat nichts, diese Hoffnungen zu zerstreuen; insofern war das gute Gewissen unberechtigt.

Wenn er ein Casting veranstaltete wie dieses, wenn es eine Premiere zu feiern gab oder eine Party, bei der das Fußvolk mit Freundinnen erschien, immer blieben ein paar Mädels in seiner Nähe stehen und taten dies noch, wenn schon die Gläser abgeräumt wurden. Der Fernsehproduzent war gut versorgt, das konnte jeder sehen, und das Gesetz der Konkurrenz sorgte dafür, dass dieses für jedermann sichtbare Gutversorgtsein weitere Mädchen anlockte. Manche sagten zwar, es könne auch gefährlich werden, zu lange zu bleiben; andere aber meinten, die eigentliche Party ginge dann erst los, und da die meisten Mädchen kein zweites Mal auftauchten, blieb alles ein Gerücht, das die Neugierde weiter beflügelte.

In Casanovas Memoiren findet sich die Beobachtung, dass es leichter sei, zwei Frauen auf einmal zu erobern als eine allein, und noch leichter, wenn der Mann schon einen Ruf als homme à femme habe, aber sich nicht als solcher verhalte. Die Mädchen, die am Rande der Studiopartys auf ihre Chance warteten, kannten den Mechanismus auch, sie waren ja nicht blöd. »Es war so eine Art Wettbewerb«, sagte Bea, »aus rein sportlichem Ehrgeiz habe ich mich dann auch noch an den Bonzen rangewanzt.«

Bea erschien gelegentlich im Studio, um den Produzenten abzuholen; meistens musste sie einige Stunden auf ihn warten, die sie damit verbrachte, am Rande der Kulissen herumzuflirten, den schwarzlockigen Kameramann Herbert bei der Arbeit zu stören oder mir beim Zeittotschlagen auf dem Bänkchen zu helfen. Sie sprach mit bemerkenswerter Selbstironie von ihrer Beziehung zu dem Bonzen (nie nannte sie den Produzenten anders) – und mit bemerkenswerter Besessenheit von ihrer Mutter. »Mama hasst den Bonzen«, pflegte sie zu sagen, »ist doch schlimm oder was?«

»Hm«, sagte ich.

»Dabei sind Mamas Freunde noch schlimmer.«

»Hm«, sagte ich.

»Also, was Mama so anschleppt – und dann schläft sie vor dem Fernseher ein, ist doch schlimm oder was?«

»Du hast's nicht leicht«, sagte ich.

»Was soll denn das heißen? Ich muss schließlich zusehen, wie ich die Scheißkerle wieder aus der Wohnung kriege.«

Denn Bea, obwohl sie ihr Studentenleben vornehmlich zwischen Bars und Diskos führte, lebte noch zu Hause bei ihrer Mutter, von der sie alleine aufgezogen worden war. Mutter und Tochter hatten sich untrennbar ineinander verkrallt, die Mutter missbilligte den Lebenswandel der Tochter, die Tochter missbilligte den Lebenswandel der Mutter, sie kritisierten gegenseitig ihre Liebhaber und konnten beide mit Geld nicht umgehen. »Wenn du weiter so telefonierst, bezahl ich deine Handy-Rechnung nicht mehr«, sagte die Mutter. »Wenn du weiter den Kühlschrank leer frisst, ohne einzukaufen, kaufe ich auch nichts mehr«, erwiderte die Tochter. »Wenn du dich weiter von dem Fernsehtypen aushalten lässt, weiß ich nicht, warum du noch zu Hause essen willst«, sagte die Mutter. »Wenn du es so siehst, weiß ich nicht, was du gegen den Bonzen hast«, erwiderte die Tochter – »vielleicht wollte ich ja wirklich nur mal zum Essen eingeladen werden.«

Es war ein Ritual. »Sei nicht so kokett«, pflegte Beas Mutter zu antworten, »du hast dieses verboten kurze Röckchen angezogen, und dann hat sich dieser Lustmolch an dich herangemacht, und du hast es geschehen lassen, mit deiner grauenvollen Unterwürfigkeit, ich kenne dich doch.«

Aber so war es nicht. Man hätte nicht nur Bea, man hätte alle Mädels befragen können, und wenn sie genauso ehrlich gewesen wären, hätten sie zugeben müssen, dass der Fernsehproduzent niemals irgendwelche Initiative ergriff. Es war tatsächlich die eine große, folgenreiche und fatale Ausnahme, dass er im Anschluss an das Casting für die Unglücksshow das bei weitem unglücklichste Geschöpf ansprach und, obwohl es den Personalbogen schon ausgefüllt hatte, noch einmal um die Telefonnummer bat. Alle konnten es hören, alle konnten sehen, dass der rundum gut versorgte Mann doch noch einen kleinen Hunger hatte, der ihn unversehens angefallen hatte.

»Diese Unglücksshow!«, sagte Bea. »Passend zu dieser Unglücksshow hat er sich noch ein Unglücksmädchen zugelegt. Dem Bonzen ist wirklich nicht zu helfen. Dass er sich nicht noch verschluckt!«

Und was sagte Beas Mutter dazu?

»Sei froh, wenn du ihn loswirst«, sagte Beas Mutter, »ich weiß sowieso nicht, was du noch bei ihm willst.«

»Ich werde ihn nicht loswerden. Er wird mich brauchen, um sich auszuweinen.«

»Und dafür willst du dann auch noch zur Verfügung stehen – oder wie?«

»Das verstehst du nicht. Der Bonze hat sonst niemanden.«

»Meines Wissens hat er eine Ehefrau.«

»Die kannste vergessen, die säuft wie ein Loch.«

»Nun ja«, sagte Beas Mutter, »dass die Ehefrau vergessen wurde, vor allem von dir, ist offensichtlich«, und leitete damit die Eskalation ein, in die alle Gespräche zwischen Mutter und Tochter mündeten.

»Meines Wissens«, sagte Bea, »gibt es noch andere Frauen, die zu viel trinken und vor dem Fernseher eingeschlafen sind, wenn man nach Hause kommt.«

»Von mir aus brauchst du gar nicht mehr nach Hause zu kommen«, sagte die Mutter und nahm sich einen Weißwein aus dem Kühlschrank.

»Schlimm oder was?«, sagte Bea zu mir und zog versuchsweise, aber ohne Erfolg das kurze Röckchen glatt. »Sieht echt verboten aus«, erklärte sie stolz, »wir Unglücksmädchen dürfen uns über unser Unglück nicht beschweren.«

»Hm«, sagte ich.

»Es braucht keine Unglücksshow, das zu begreifen«, sagte sie.

4. Willkommen im Club

Was aber sollte ein Unglücksmädchen – nämlich nicht das universale Unglücksmädchen, das Bea im Blick hatte, sondern das spezielle, das für diese spezielle Unglücksshow ausgesucht worden war – in der Sendung machen? Streng genommen sollte es gar nichts machen. Es sollte nur vorgeführt werden, als lebender Beweis für die elenden Berufsaussichten auch der besser qualifizierten Jugendlichen unserer Tage. Mit Christina verhielt es sich nämlich so, dass sie Betriebswirtschaft studiert hatte, aber als Näherin arbeitete. Sie nähte in Heimarbeit für eine Schneiderin, die ihren hochmögenden Kundinnen das Geld nur so aus der Tasche zog, und zwar weniger für die lausigen Fummel, die sie entwarf, als dafür, dass die Trägerinnen dieser Fummel sagen konnten: Habe ich bei *Corinna Morsbach* machen lassen. Es war, mit anderen Worten, eine typisch münchnerische Situation.

In München wird viel Geld ausgegeben, aber nicht für reelle Werte, sondern für Namen, Adressen, Imaginationen. Wer diese herzustellen oder anzubieten weiß, kann für eine Saison, manchmal sogar für eine Generation viel Geld verdienen, ja sogar berühmt und mächtig werden. Nur in München war es denkbar, dass ein Feinkosthändler, der sich aufs Catering verstand, selbst zu einem geschätzten Gast auf den von ihm ausgestatteten Festen wurde. Nirgendwo sonst würde man einen Lieferanten an die Tafel bitten. Aber die Feinkost-Brummer und Delikatessen-Mayer gehörten ebenso wie Corinna Morsbach zu den VIPs, den gefeierten Prominenten der Stadt.

Die Magie solcher Adressen war derart, dass selbst eine studierte Betriebswirtin sich einzubilden vermochte, durch eine Tätigkeit dort, und sei sie noch so untergeordnet, Karriere machen zu können. Es ist schwer zu sagen, wie sich Christina den Weg im einzelnen vorstellte; aber wahrscheinlich dachte sie nicht anders als jene, die weit unter ihrem Ausbildungsniveau und für schlechtes Geld als Hostessen auf den Messen der Stadt arbeiteten in der Hoffnung, entdeckt zu werden: durch bloßes Herumstehen am Rand ihrer Träume. Es ist eine Chance, sagten sich die Mädchen. Es ist eine Chance, logen die Agenturen, die solche Jobs vermittelten. München war eine Stadt voller Chancen. Nur Christinas Mutter glaubte nicht an Chancen. »Du sagst, du arbeitest bei *Corinna Morsbach*. Ich würde sagen: Du bist arbeitslos und hältst dich mit Heimarbeit über Wasser.« Und so kam es, dass Christinas Mutter ihrer Tochter geradezu befahl, sich für die Fernsehshow zu bewerben, in der das Elend prekär beschäftigter Berufsanfänger vorgeführt werden sollte. »Dann kommt der ganze Jammer mal an die Öffentlichkeit.«

»Soll das heißen, deine Mama hat dich in die Show gequatscht?«, fragte Bea und versuchte, ihren Rock wenigstens ansatzweise über die Beine zu ziehen: »Na, dann willkommen im Club!«

Christina, die aus reiner Verlegenheit und weil sie nicht wusste, wohin beim Warten im Studio, mit uns ins Gespräch gekommen war, fragte sich wahrscheinlich, ob der Club, in dem sie willkommen geheißen wurde, in dem Arme-Sünder-Bänkchen bestand, auf dem wir saßen und Bea mit ihrem Minirock kämpfte. »Keine Angst«, sagte Bea, »der Club hat viele Mitglieder. Die Mitglieder werden alle von ihrer Mama tyrannisiert.«

»Mami tyrannisiert mich nicht«, sagte Christina.

»Nein«, sagte Bea, »natürlich nicht. Sie will nur dein Bestes.«

»Will sie wirklich«, sagte Christina.

»Und dabei hat sie natürlich den vollen Durchblick«, sagte Bea.

Tatsächlich täuschte sich jedoch Christinas Mutter über den Charakter der Show genauso, wie sich ihre Tochter über den Charakter ihrer Schneidertätigkeit täuschte. »Die Unglücksshow«, wie sich der Produzent ausdrückte, »ist eine Unterhaltungsshow. Was heißt das? Keine Politik! Wir wollen hier nicht vornehm tun. Die Zuschauer sollen nicht die SPD wählen gehen, die Zuschauer sollen sich gruseln. Was so alles im Leben passieren kann! Schlimme Zeiten, viele Tränen, hübsche arme Mädels. Ich will Zuschauerpost mit Heiratsanträgen!«

Die Mädels, die mit Heiratsanträgen überflutet werden sollten (eines davon hatte der Produzent gerade nach der Telefonnummer gefragt), wurden zunächst einmal probeweise vor die Kamera gebeten und mussten ihr Unglück zum Besten geben. Es stellte sich heraus, dass sie Friseuse gelernt hatten, aber Zeitungen austrugen, Zahnarztgehilfin waren, aber Fußpflege betrieben, im Zoo als Tierpflegerin ausgebildet, dann aber an die Kasse gesetzt worden waren. Nur Christina hatte studiert.

Der Kameramann hatte Mühe, sie ins rechte Licht zu setzen. Ihr Absturz in die Heimarbeit war dramatisch, aber das klare Hochdeutsch, das sie sprach, weckte keine Rührung. Der Kameramann verrückte Scheinwerfer um Scheinwerfer. Der Produzent setzte seine Brille auf und ab. Es dauerte lange, bis Christina errötete. »Herbert«, raunzte der Produzent schließlich, »verflucht noch mal, was ist mit dem Mädel?«

Herbert, der ungeachtet seines Dreitagebartes und seiner schulterlangen, schwarzglänzenden Locken stocknüchtern und vollständig unromantisch war – Bea, die mit ihm bestimmt auch einmal geschlafen hatte, meinte: »Der is' so trocken, den kannste sogar grillen, ohne dass es spritzt« –, der Kameramann Herbert also, die Gefühlslage seines Chefs auch ohne jede weitere Information richtig einschätzend, ging ein paar Schritte auf ihn zu und sagte: »Wie willst du die ins Bett kriegen? Ich kann's mir beim besten Willen nicht vorstellen.«

5. Ungedeckte Schecks

Vor dieses Problem wurde die Vorstellungskraft bei Bea nicht gestellt. Bea war die Dauergeliebte im Leben des Fernsehproduzenten; er hätte sie wahrscheinlich auch im Hauseingang oder auf einer Parkbank haben können, wenn seine Leibesfülle es zugelassen hätte. Das hieß allerdings nicht notwendig, dass sie darauf versessen gewesen wäre, mit ihm zu schlafen. Vielmehr sprach manches dafür, dass sie den Beischlaf nur nutzte, um das anschließende Gespräch mit ihm zu führen, das sie sonst nicht hätte führen können, weil es auch in diesem Gespräch immer nur um das ermüdende Eine ging. »Der arme Bonze, er kann mein ewiges Mamatheater schon nicht mehr hören – ist doch schlimm, oder was?«

Ich kannte das Mamatheater bereits länger. Bea gehörte zum Umfeld meiner Studenten-WG, vor Jahren hatte sie unserem schönen Alex den Kopf verdreht, aber schon damals eher aus Sammelleidenschaft, wie mir schien, und jedenfalls mit einem Mangel an Ernst, der es mir nicht weiter verwunderlich machte, sie nun als Gespielin des Fernsehbonzen wiederzutreffen. Ich sah sie mit größter Selbstverständlichkeit im Studio ein und aus gehen und neben mir auf dem Bänkchen Platz nehmen, als sei unser Wiedersehen an diesem Ort nichts Besonderes, höchstens ein amüsanter Zufall. »Lustig, nicht wahr«, sagte sie und hauchte mir ein Küsschen aufs Ohr.

Man hätte Bea, die auch jetzt noch zwei, drei andere Liebhaber hatte (sie waren eher in ihrem Alter), als Schlampe bezeichnen können, doch das wäre ganz falsch gewesen. Manchmal ging sie in die Kirche und stellte für den Bonzen eine Kerze auf, manchmal setzte sie sich in einen leeren Beichtstuhl, um nachzudenken, aber im allgemeinen dachte sie nicht sehr hoch von sich, und das machte ihren Blick frei auf andere. Das meiste, was ich über die Geschichte von Christina und dem Produzenten erfuhr, die sich gerade eben, bei einem nahezu bedeutungslosen Casting, in Bewegung gesetzt hatte, erfuhr ich von ihr. Es fanden sich noch andere Quellen, aber Bea war und blieb die Referenz.

Es gibt einen späten Roman von Joseph Conrad, in dem

eine Handvoll Freunde viele hundert Seiten damit füllen, Mutmaßungen über eine Liebesaffäre anzustellen, die sie nur vom Hörensagen kennen und von der nicht einmal sicher ist, ob sie wirklich bestanden hat. Ganz so luftig entwickelte sich die Faktenlage im Falle von Christina und dem Produzenten nicht; aber es war doch so, dass sich die Geschichte im wesentlichen aus Klatsch und Tratsch zusammensetzte. Ich hatte einen Basso ostinato, der aus Beas fortlaufenden Kolportagen und Mutmaßungen bestand, und ich schnappte hier und da die Fetzen der Melodie auf, die über dem Generalbass schwebte. Manchmal waren es auch nur ein Lachen oder ein dunkler Blick, die sich in das Konzert fügten.

Wenn ich heute nachzuspielen versuche, was mir seinerzeit durch den Kopf zog, muss ich zugeben: Eine regelrechte Partitur gab es nie. Aber meine Phantasie arbeitete fieberhaft, ich war allein und hatte Zeit, ich saß in meinem Zimmer und malte Muster mit dem Fuß in die vertrockneten Tannennadeln, die den Boden noch vom Weihnachtsbaum des Vorvorjahres bedeckten, ich las und rauchte oder starrte durchs Fenster auf die Linde im Hof, über die ein Frühlingsregen unaufhörlich niederging. Wie alle, denen die Liebe fehlt, interessierte ich mich brennend für die Liebe der anderen. Ich ergänzte das karge Notengerüst mit Mittelstimmen, ich nahm das Rauschen der Linde, ich nahm das Zwitschern der Vögel und vernahm bald auch das Murmeln der Quellen, die sich unversehens in meiner Nähe auftaten. Sie wurden täglich lauter. Ich hörte viel, und was an Lücken blieb, die meine Phantasie nicht füllen konnte, hat meine Erinnerung später ausgemalt. Es war alles in allem sehr unseriös, aber vielleicht auch nicht gewagter als Süßmayrs Ergänzungen des Mozart'schen Requiems. Das soll natürlich nicht heißen, mein Material hätte den Rang von Mozarts Skizzen beansprucht. Es enthielt aber schon damals mehr als nur den Stoff, der die Neugierde beflügelt, es enthielt eine fiebrige Erwartung, die nicht nur mich mit einem Schauer wie vor dem Dies Irae erfüllte. Ich stellte gewissermaßen schon zu Beginn einen Scheck auf das böse Ende aus, ohne zu wissen, ob der Scheck auch gedeckt werden würde und wenn, von wem.

Wahrscheinlich – jedenfalls könnte ich es nicht glaubhaft bestreiten – wurde meine Phantasie auch von den Fernsehserien beflügelt, deren Produktion ich von meinem Studiobänkchen aus verfolgte. Ihre Dramaturgie gehorchte einem Muster, das nicht unbedingt der Wirklichkeit entstammt, sich aber mühelos auf die Wirklichkeit anwenden lässt. Im übrigen darf München nicht vergessen werden. Die Stadt leuchtete wie die Auslage eines Juweliers. Gold schimmerte an jedem Hals, golden drängten sich die Bandringe (zwei Brillanten, ein Saphir) an den Händen der Frauen, schwer hing den Geschäftsleuten die Rolex aus der Manschette. Noch die Arme der Bettler, die sich ins Licht der Schaufenster reckten, schienen vom Glanz der Juwelen überhaucht. Wie alle Berliner aus dem Westen jener Stadt, die damals gerade erst aus dem Schatten des Kalten Krieges getreten war, wunderte ich mich in München viel. München zeigte sich gänzlich ungerührt von den welthistorischen Ereignissen, die dem Fall der Mauer gefolgt waren. München kannte keine Hauptnachrichten, München war eine Vorabendserie, einschließlich der Werbepausen. In ihrem trunkenen Konsum bot die Stadt die denkbar größte Entlastung bei unseriösen Vorhaben. Ungedeckte Schecks wurden überall gerne akzeptiert, nur dass sie freilich meist in Hoffnung auf ein gutes Ende ausgefüllt wurden. München kannte keine Enttäuschung. München kannte nur die Zukunft glänzender Geschäfte und die Vergangenheit höchstens als Schreckbild einer Zeit, in der die Geschäftsaussichten der Gegenwart noch gänzlich unentwickelt waren.

6. Der Mann am Fenster

Natürlich haben die Anhänger des kommerziellen Fortschritts ein gewisses Recht auf historische Gleichgültigkeit. Erst Nostalgie macht die Geschichte – irgendwann später, viel später – wieder verkäuflich. Welchen Gewinn aber hätte damals der Markt, zumal der Münchener Markt der Eitelkeiten, aus der deutschen Nation ziehen sollen, die unversehens wieder im Angebot war, den Blick jedoch nur auf die Verheerungen der Geschichte lenkte? Und manch anderes, was aus der Vergangenheit noch unversehrt hinüberragte, war erst recht nur mehr schwer konsumierbar. »Der Mann liegt mir quer im Magen«, pflegte der Produzent zu sagen, wenn er Besuch vom Oberkirchenrat bekommen hatte. »Der Typ steckt ihm wie eine Gräte im Hals«, pflegte Bea zu sagen, die den Weg dieses Mannes in das Innere des Bonzen offenbar für weniger fortgeschritten hielt. Der Oberkirchenrat gehörte dem Rundfunkrat an, der den Sender kontrollierte, aber nicht als Vorsitzender oder in irgendeiner anderen Position, die ihn dem Bonzen gegenüber weisungsbefugt machte. Der Oberkirchenrat war der inoffizielle Überbringer inoffizieller Botschaften, die den Dienstweg über den Intendanten scheuten. »Sie müssen nichts von dem, was ich Ihnen mitteile, zur Kenntnis nehmen«, pflegte der Oberkirchenrat zu sagen.

»Warum erzählen Sie es mir dann?«

»Ich gebe es zu bedenken.«

Der Oberkirchenrat stand gerne halb zum Fenster gewandt, die Händen in den Taschen seiner sagenhaft abgetragenen, leicht glänzenden Anzüge, die Hosen endeten tatsächlich zwei Finger breit über den Schuhen. »Der Typ sieht echt aus wie bei der Obdachlosenhilfe eingekleidet« (Bea). Fast mehr noch als der Bonze beschäftigte dieser Mann meine Phantasie, den sie im Studio nur den Saurier nannten, »dünner natürlich, aber nicht viel kleiner« (Herbert), und ich stellte mir vor, wie seine gewaltige Nase, die niemand zu erwähnen vergaß, im Licht des Fensters schimmerte: sichelförmig, messerscharf, wächsern, fast durchscheinend. Die sagenhafte Gestalt einer sagenhaften Vorzeit, dachte der Fernsehproduzent wahrscheinlich, wenn er sich beherrschen konnte. Manchmal konnte er sich nur schwer beherrschen.

»Manchmal habe ich die Schnauze voll. Manchmal frage ich mich, was der Rundfunkrat eigentlich noch will. Tut er etwas anderes, als uns Steine in den Weg zu rollen?«

»Steinchen«, verbesserte der Oberkirchenrat, »es sind Steinchen. Körnchen, Sandkörnchen, damit es wenigstens noch etwas kratzt, wenn eine Hand die andere wäscht.«

»Was wollen Sie damit andeuten?«

»Ich deute überhaupt nichts an. Ich mache Ihnen einen Vorschlag. Wenn Ihnen so wenig einleuchtet, was wir tun, könnten Sie's ja versuchsweise mal so sehen: Wir halten die Preise hoch. Denken Sie doch mal an den Drogenhandel. Wenn es keine Polizei und keine Kontrollen gäbe, was wäre dann? Dann brächen die Preise zusammen, und das ganze Geschäftsmodell wäre futsch. Futschikato!«, wiederholte der Oberkirchenrat mit hörbarem Genuss an dem familiären Ausdruck einer anderen Zeit. »Was wäre ein Dealer, der nicht unter der Gefahr arbeitete, ins Gefängnis zu kommen? Es gäbe ihn gar nicht. Er wäre arbeitslos, und die Welt« – hier lächelte der Oberkirchenrat den Produzenten gütig an – »würde niemals von seinen besonderen Talenten erfahren.«

Es waren solche Sätze, die den Produzenten, wie Bea meinte, manchmal überlegen ließen, ob der Oberkirchenrat nicht am Ende der größte Ganove von allen war und ihn hier, in aller Bonhommie und Tücke, einfach nur erpressen oder doch auf eine Erpressung vorbereiten wollte. Aber jenseits des Organs, das solche Überlegungen anstellte, gab es in dem Körper des Produzenten auch eine Stimme des Blutes, die ihn vor Einfühlung in den Oberkirchenrat, ja schon vor dem Versuch einer solchen Einfühlung warnte. »Der Bonze gruselt sich regelrecht vor dem Typ, ist doch schlimm oder was?« (Bea). Und in der Tat hätte der Produzent nicht einmal gewusst, welche Gefälligkeit bei dem Mann in Frage gekommen wäre, seine Phantasie stieß auf keine Gesten des Appetits, die sie hätte deuten können, sondern immer nur auf das eine unerträgliche, seelsorgerisch bekümmerte Lächeln.

7. Peinliche Aussichten

Manchmal geschah es, dass die Phantasie des Produzenten vor der Wirklichkeit versagte. »Fernsehen«, pflegte er zu sagen, »ist schön. Fernsehen ist einfach.« Aber draußen – er benutzte tatsächlich diesen Ausdruck – nun, was draußen vor sich ging – ja, wie sollte er sich davon ein Bild machen? Der Produzent war Brillenträger und hatte vor der Wirklichkeit das Problem aller Brillenträger. Er musste die Brille aufsetzen, um etwas zu sehen. Aber wenn er sich etwas vorstellen wollte, musste er die Brille wieder absetzen. »Brille auf, Brille ab, der Bonze kann einen wahnsinnig machen mit seinem Brillentheater«, sagte Bea. »Ohne Brille ist er praktisch blind, und mit Brille fehlt ihm der Film.«

Im Studio kannten sie das Brillentheater. »Wenn er die Brille aufsetzt«, sagte der Kameramann Herbert, »macht es Klack, dann hat er den Clip im Kasten. Und wenn er die Brille wieder absetzt, startet er die Bildbearbeitung.« Auch den Schwarzweißfilm, in dem ihm Christina so begehrenswert erschienen war, hatte er wahrscheinlich erst sehen können, nachdem er die Brille abgesetzt hatte. Mit Brille hingegen konnte er sich nicht mehr im entferntesten vorstellen, da hatte Herbert recht, was er mit Christina anfangen sollte. Dass er sie in die Sendung geholt hatte, war nur ein erster automatischer Schritt gewesen – ungefähr so, wie man eine Beute zunächst mal zu sich in den Bau lockt. Aber dann?

Die Ironie der Geschichte wollte es, dass es nur einen Menschen gab, der sich die weiteren Schritte vorstellen konnte, und das war Christina selber. Nicht dass sie die intime Begegnung gewünscht hätte, aber sie hielt sie doch für unausweichlich, falls der protzige Fernsehonkel von der Telefonnummer, die er ihr abgetrotzt hatte, tatsächlich Gebrauch machen würde. Sich von ihm anrufen zu lassen und keine Verabredung zu treffen schien ihr unmöglich. Es war peinlich genug, dass er sie nach der Telefonnummer gefragt hatte, noch peinlicher würde es werden, wenn er umsonst gefragt hätte. Sich aber zu verabreden, womöglich sogar mehrfach, und diese Verabredungen nicht in einem Hotelzimmer enden zu lassen, schien ihr ebenfalls unmöglich. Er würde bis dahin viel Geld ausgegeben haben, sie wusste schon, dass er sie mit Champagner und Kaviar und teuren Hotels und modischem Schnickschnack, kurzum mit allem, was sie nicht beeindruckte, zu beeindrucken versuchen würde, und wie sollte sie das erwidern? Die einzige nicht peinliche Form der Erwiderung war, ihn als Mann attraktiv zu finden. Sie fand ihn nicht attraktiv.

Aber sie konnte sich verhalten, als ob sie ihn attraktiv fände. Dieses Verhalten war der Ausweg, der ihr blieb. Sie sah keinen anderen.

»Du spinnst doch«, sagte ihre Freundin Doro, »du gibst ihm deine Nummer, nachdem du schon den Personalbogen ausgefüllt hast, und alle kriegen das mit, das ist ja schon fast eine Einverständniserklärung!«

»Ja, eben«, sagte Christina kleinlaut.

»Ja, eben? Eben nicht! Du kannst doch nicht auf die eine Blödheit schon jetzt die nächste Blödheit draufsetzen wollen! Ich fasse es nicht! Wie soll das enden?«

»Das weiß ich genau, es wird alles rasend peinlich!«

»Ja«, sagte Doro, »sehr peinlich. Und zwar warum? Weil du, nur um eine kleine Peinlichkeit zu vermeiden, eine viel größere in Kauf nimmst. Das machst du immer! Ich sage dir aber, aus hundert vermiedenen Kleinstpeinlichkeiten entsteht erst die Superpeinlichkeit. Das ist ein Gesetz!«

»Meine Schwester spinnt«, sagte auch Christinas Bruder Philipp. »Seit unsere Mutter sie in diese peinliche Sendung gequatscht hat, telefoniert sie von morgens bis abends mit ihrer Freundin, und da geht's immer um diesen Typen – mir schwant nichts Gutes.«

»Soll das etwa heißen«, fragte ich entgeistert, »dass du die Telefongespräche deiner Schwester belauschst?«

»Bei meinen Eltern zu Hause ist alles so hellhörig«, sagte Philipp, »man kann's nicht wirklich vermeiden.«

Philipp, der das Leben seiner Schwester augenscheinlich als Mithörer ihrer Telefongespräche verfolgte, gehörte ebenso wie Bea zum Umfeld meiner WG. Während ich gerade noch gedacht hatte, meine Beobachtungen im Studio seien der einzige Zugang zu der Geschichte und Bea sei die einzige Zeugin, zeigte sich zu meiner Verblüffung, dass ich längst am Rand von Christinas Welt lebte. Ich studierte an der Universität, an der auch Bea studierte, Christina studiert hatte, Christinas Bruder sein erstes Staatsexamen abgelegt hatte (das beste seines Jahrgangs in Bayern), das heißt: an der zu Recht für ihre wissenschaftlichen Leistungen und amourösen Verwicklungen gefeierten Ludwig-Maximilians-Universität der Stadt München.

Christinas fabelhafter Bruder, nachdem er für seinen Prüfungserfolg bekannt geworden war, trainierte allerlei Jurastudenten, die mal so etwas werden wollten wie ihre Väter, aber noch nicht wussten, wie sie es zu der nötigen Skrupellosigkeit bringen sollten. Zwei dieser *figli di papa* lebten in meiner WG; einer von ihnen war der schöne Alex, der zu Beas Sammlung gehörte. Philipp war der Privat-Repetitor meiner Freunde, ich stelle mir vor, dass er nicht billig war, aber er führte eine Droge mit sich, die fast noch begehrter war als seine juristischen Kenntnisse, und das war eine Siegerlaune, die umso überzeugender wirkte, als sie aufs unverschämteste von den Löchern in seinen Pullovern abstach.

Jetzt indes gab er sich alarmiert. »Peinlich«, sagte er, »sehr peinlich, und das findet Doro auch.«

»Was sagt denn diese Doro?«

»Doro, dieses Biest, hat sie gefragt, was wohl unsere Eltern sagen werden.«

»Und was hat Christina gesagt?«

»Oh Gott«, hatte Christina gesagt, »meine Eltern werden diesen grauenvollen Typ hoffentlich nie zu Gesicht bekommen.«

»Und Doro, das Biest?«

Das Biest hatte sich die Chance zu einer Pointe nicht entgehen lassen. »Andererseits«, hatte Doro erwidert, »andererseits haben diese grauenvollen Typen oft auch etwas sehr Vitales.«

»Das ist es ja, was ich fürchte.« Christinas Selbstironie war eine Nebenfolge der von Doro beklagten Willensschwäche. »Und meine Eltern sind ja auch nicht so die großen Abnehmer von Vitalität, jedenfalls keine Stammkunden.«

Doch bevor die echte Sorge, die Doro um Christina empfand, sich in solchen Albernheiten auflöste, hatte Doro noch einmal gebremst und gesagt: »Aber lass dir kein Kind machen!«

Christina hatte einen Moment entsetzt geschwiegen, aber um keinen Preis die gerade eroberte Leichtigkeit aufgeben wollen und deshalb mit tiefer, gut verstellter Stimme gesagt: »Dann muss er blechen! Er muss sich dumm und dämlich blechen.«

Doro kannte die Tante, die Christina damit imitierte, sie war eine Respektsperson, die familienintern auf den absurden Namen Tante Rehlein hörte, obwohl sie in der Münchener Gesellschaft eher die Rolle eines Platzhirsches innehatte.

»Platzhirschkuh«, korrigierte Christina.

»Partygräfin«, korrigierte Doro. »Nach Willen und Autorität der *Morgenzeitung* heißt sie Partygräfin.«

Aber Doro hatte sich von ihrer Sorge oder auch nur ihrer Neigung zu sticheln nicht lösen können »Der Bonze«, fing sie wieder an, »wenn er blecht, umso schlimmer, dann wirst du ihn nie wieder los!« Und jetzt hatte Christina doch geweint. Sie weinte, weil sie den Weg vor sich sah, der keine Gabelungen mehr kannte.

»Es ist doch noch gar nichts geschehen«, sagte Philipp, als Christina den Hörer auflegte, und nahm seine Schwester in den brüderlichen Arm.

8. Klatsch ist ein Grundnahrungsmittel

Es geschah dann aber doch allerlei. Bea unterrichtete mich, Doro unterrichtete weitere Freundinnen, die Mitarbeiter des Chefs unterrichteten sich in der Kantine. Es war erstaunlich, in welch kurzer Zeit – und damals noch ohne die Möglichkeiten des Internets, der Brandbeschleuniger von *Facebook* und *Twitter* – diese Geschichte, die noch keine war, eine Öffentlichkeit fand, von der die Beteiligten nichts ahnten.

Bea sagte zu mir: »Der Bonze ist besessen von der Tussi, obwohl sie gar keine Tussi ist, sondern eher eine graue Maus.« Sie sagte es mehr besorgt als eifersüchtig, es gehörte zu ihrem großherzigen, großherzig unparteiischen Charakter, dass sie sich dabei außer Betracht lassen konnte. »Er hat sich da in was hineingesteigert, was nicht gesund ist, jedenfalls nicht für ihn, er altert rapide.«

»Wieso denn?«, fragte ich.

»Er altert immer, wenn er keine Zuschauer hat. Die Quote ist einfach miserabel. Er leidet wie ein Hund, kann's aber nicht ändern, weil er Zuschauer bei dieser Affäre gar nicht zulassen kann. Die würden den Plot nicht verstehen. Mit so 'ner grauen Maus!«

»Kann ich mir nicht vorstellen«, sagte ich, »dass er sie als graue Maus sieht.«

»Doch, wenn er mal die Brille aufsetzt«, sagte Bea.

Doro sagte zu ihren Freundinnen: »Christina hat einen Verehrer, bizarrer Typ, sage ich euch, so ’n richtiger Fernsehbonze, dick, schmalzig, schlimme Witze, mit Chauffeur. Nachts lässt er den Wagen manchmal anhalten, steigt aus und pinkelt!«

»Und was sagt Christina dazu?«

»Christina ist alles rasend peinlich, ihr kennt sie doch. Sie hat schon wieder so ’ne passive Phase, sie lässt es einfach über sich ergehen.«

»Oh Gott«, seufzten die Freundinnen.

Die Mitarbeiter des Studios aber sagten bei sich: »Es wird kein gutes Ende nehmen mit dem Chef.« Als der Kameramann Herbert einzuwenden wagte, dass Christina doch in der Show nicht störe, sondern gesteigert mitleiderregend wirke, wurde ihm entgegengehalten: »Darum geht es nicht.« Aber worum ging es dann?

Es ging darum, dass die Besetzung der Unglücksshow mit dem Unglücksgeschöpf Christina keineswegs so widerstandslos hingenommen worden war, wie der Produzent glaubte. Allerdings witterten die Kollegen keine amouröse Verwicklung. Was sie argwöhnten, war Vitamin B. Damals wimmelten die Flure und Kaffeeküchen der öffentlich-rechtlichen Sendeanstalten von Praktikantinnen und Assistentinnen, die allesamt Politikertöchter waren, Werbekundentöchter, Bankdirektorentöchter, Sportveranstaltungssponsorentöchter. Sie hatten keine sinnvolle Beschäftigung, sie verschwanden auch wieder, aber es war doch eine allseits akzeptierte Sitte, dass sich die notwendige Kontakt- und Beziehungspflege der Sender in den Flurgeschöpfen niederschlug. Hinter der Kamera mochten die höheren Töchter herumspuken, Kabel tragen oder einfach nur im Weg stehen. Nicht akzeptiert und schon gar keine Sitte war es dagegen, sie auch vor der Kamera zu haben; das galt im hohen Maße als unprofessionell. Vor der Kamera waren nur Töchter des Volkes akzeptiert, denn der Zuschauer sollte sich in ihnen wiedererkennen und nicht etwa befremdet werden.

Keine Sekunde glaubten die Mitarbeiter des Bonzen, dass Christina tatsächlich als Näherin ihr Leben fristete; sie glaubten an eine Schwäche des Chefs, der sich das Mädchen hatte aufzwingen lassen. Anders als der Fernsehproduzent, der sich nicht vorstellen konnte, mit welcher Gefälligkeit man dem Oberkirchenrat entgegenkommen könne, konnten sich seine Mitarbeiter sehr gut vorstellen, mit welchen Mitteln man solche Leute ruhigstellen konnte: nämlich indem man ihre Nichten vor die Kamera brachte.

Es zeigte sich, dass ein Fernsehbonze, auch wenn er gefürchtet wird, seinerseits viel zu fürchten hat. Er ist von Blutsaugern und Parasiten umgeben. Nachdem die Mitarbeiter des Produzenten einmal auf die Idee verfallen waren, er könne sich vielleicht gegen die Zudringlichkeit eines Politikers, wahrscheinlicher noch eines Werbekunden oder Sponsors nicht mehr wehren, geriet das ganze undurchsichtige Beziehungsgeflecht, in dem sich der Produzent bisher scheinbar mühelos bewegt hatte, in den Verdacht, zu einer Falle werden zu können. Mit anderen Worten: Der Bonze galt unversehens als Sicherheitsrisiko für all die anderen, die sich mit kleinen Korruptionen und Vorteilsnahmen behaglich eingerichtet hatten. Wenn der Bonze erpresst wurde, konnte jeder erpresst werden.

Das Gefühl einer vagen Bedrohung breitete sich schneller aus, als der Produzent sie wahrzunehmen vermochte. Flohen ihn seine Mitarbeiter, wenn er über den Flur ging? Hielten sich die Kollegen in ihren Zimmern zurück, denen bisher jeder Vorwand für einen Schwatz mit dem Mächtigen recht war? Oder suchten sie seine Nähe, um ihn atmen zu hören, seinen Pulsschlag zu erahnen und ob er schon rascher ging? Es ist schwer zu sagen, was sich veränderte, aber dass sich etwas veränderte, war so sicher wie die atmosphärische Verschiebung vor einem Gewitter. Alle spürten es, und am deutlichsten jene, die sich nur selten in seiner Umgebung aufhielten.

»Hör mal«, sagte die Partygräfin zu ihm bei dem Cocktail eines Modemagazins, das sich gerade als Partner einer Vorabendserie verdient gemacht hatte, »was ist los? Alle gucken dich so besorgt an, als wärst du krank.« Sie legte eine magere Hand auf seinen Arm, die der Produzent gerne abgeschüttelt hätte wie eine Spinne.

»Der Bonze gruselt sich regelrecht vor der Tante«, behauptete Bea. »Ist doch schlimm, oder was?«

»Kurios«, sagte ich, »erst gruselt er sich vor dem Oberkirchenrat, dann gruselt er sich vor der Gräfin – du tust gerad so, als sei der Bonze in der Geisterbahn.«

»Ja, stimmt«, sagte Bea, »das ist irgendwie komisch.«

Aber vielleicht musste man Beas Diagnose so interpretieren, dass es Leute vom Schlage des Fernsehproduzenten, also echte Macher und Kerle, als unheimlich empfinden, wenn sich jemand um sie sorgt. Sich zu sorgen betrachten sie als exklusiv ihre Aufgabe, und zwar darum, dass Arbeit ordentlich gemacht wird. »Wenn es etwas gibt, dass der Bonze hasst, dann diesen Psychokram« (Bea).

Vielleicht deshalb sagte der Bonze, seinen Ärger niederkämpfend und um die Gräfin seinerseits zu ärgern: »Dir fehlt wohl der Spaß an einem Event, an dem du nicht verdienst.«

»Och –«, sagte die Gräfin, gleichzeitig gedehnt und obenhin, womit sie andeuten wollte, dass sie sehr wohl auch an diesem Abend ein kleines Handgeld kassiert hatte für das Erscheinen der prominenteren Gäste, die ohne ihre Vermittlung nicht gekommen wären. Das war im Übrigen auch das Geschäft, von dem sie ihren Spitznamen in München hatte: Sie bestückte Partys mit Leuten, die ohne besondere Kontakte nicht zu haben waren. Nicht, dass sie diese Kontakte gehabt hätte; sie hatte aber auch nicht die Scham, die andere davon abhält, beispielsweise Boris Becker anzurufen, damit er zur Housewarming Party eines Herrenausstatters kommt. Was sie dazu befähigte, war jedoch weniger ihr vielgerühmtes geselliges Talent als ein Rest ihrer aristokratischen Erziehung, der darin bestand, in all den VIPs und Stars unserer Tage, den Sportlern, Schauspielern, Politikern und Sängern, im Grunde nur Spaßmacher zu sehen, also Dienstboten mit speziellen Begabungen, nach denen man klingeln konnte, wenn einem danach war. »Eigentlich 'ne peinliche Sache«, hatte der Produzent zu Bea gesagt, »wo andere bitten und betteln und mit Scheinen winken, da klingelt sie einfach, und die Leute spuren, und sie lässt sich dafür bezahlen und fühlt sich nicht mal schlecht dabei – 'ne echte Gräfin.«

Tatsächlich fühlte sie sich aber schlecht dabei. »Tante Rehlein ist gar nicht so wohl in ihrer Haut, wie sie tut, deswegen ist sie auch so schrumpelig« (Philipp). Denn die Gräfin ahnte sehr wohl noch, dass ihre Herkunft und Haltung ursprünglich nicht dazu gedacht waren, Geschäfte zu machen, und wenn sie auf den Partys und Dinners und Cocktails ihren Kunden die edle, wenngleich zu magere Hand reichte, dann tat sie es mit dem schmerzlichen Lächeln einer Prostituierten, die sich aus Not verkauft. Das Lächeln, das als hochmütig galt, war das Lächeln eines gefallenen Engels.

Die Cocktailbegegnung zwischen ihr und dem Produzenten war die erste Szene der Geschichte, für die ich zwei Zeugen hatte – Bea, die sie von dem Produzenten gehört hatte, und Philipp, der sie von der Partygräfin, aber wohl nicht direkt, sondern auf dem Umweg über seine Mutter erfahren hatte. Man sollte diese Freude am Klatsch, von der schließlich auch meine Kenntnis der Geschichte lebte, nicht verurteilen. Klatsch ist für die meisten Menschen ein Grundnahrungsmittel, und vermutlich tun selbst die Fernsehserien nichts anderes, als ihre Zuschauer mit dem lebensnotwendigen Quantum an Klatsch zu versorgen, ohne den die Zuschauer ihren Alltag nicht ertragen könnten. Dass die Fernsehfiguren erfunden sind, tut der Anteilnahme bekanntermaßen keinen Abbruch – wahrscheinlich weil auch der Klatsch über wirkliche Personen keineswegs wahr, nicht einmal plausibel sein muss, um unseren Hunger nach Schicksalen zu befriedigen. Der Aufstieg des Internets zum Universalmedium unserer Tage wäre ohne die Bereitschaft nicht zu erklären, sich über Leute zu ereifern, die mit unserem Leben in keiner Beziehung stehen, ja nicht einmal von gesicherter Identität sind.

Die Gräfin lächelte also ihr Lächeln, das Bea als arrogant und Philipp als bitter beschrieb, und ließ ihre schöne Hand auf dem Arm des Produzenten ruhen. »Was ist los mit dir?«

Der Produzent beherrschte weiterhin seinen Ärger. Auf dem Arm saß die Spinne. Er sagte: »Dem Sender geht's phantastisch. Meine neue Show hat schon wieder eine Quote –!«

»Apropos Show – was ist mit diesem Mädchen?«

»Welches Mädchen?«

»Ich höre, du wandelst auf Freiersfüßen. – Deine arme Frau!«

»Wer sagt das?« Vor dem geistigen Auge des Produzenten öffnete sich das Fenster eines Computerprogramms, auf dem er die Liste der Verdächtigen durchgehen konnte. Herbert? Herbert, der im Dunkel der Studios seine Pfeile verschoss, wurde bedenkenlos übersprungen. Aber Krebs? Butzbichel? Mauser? Seine angeschissenen Referenten? »Der Bonze hält sich die Referenten nur, weil zu einem Misthaufen immer auch was gehört, was darauf rumkratzt« (Bea).

»Meine sogenannte arme Frau«, sagte der Produzent zur Gräfin, »ist schon wieder auf Bonnies Ranch. Die dritte Entziehung! Das kostet ein Vermögen.«

»Also, ich sag dir jetzt was, pass mal auf – dieses Mädchen, wie soll ich es sagen? Dieses Mädchen, das ist nichts für dich, du wirst nichts davon haben, und das Mädchen, übrigens, auch nichts von dir.«

Der Produzent konnte seinen Ärger jetzt nur noch mühsam bremsen. Indes, mit der Empörung über die grobe Ungehörigkeit, die in der Einmischung der Gräfin lag, kämpfte die sonderbare Gier aller Verliebten, über den Gegenstand ihrer Verliebtheit zu reden. »Was weißt du von Christina? Kennst du die etwa?«

»Nun, ich kenne ihren Vater. – Ich kannte ihn gut«, korrigierte sich die Gräfin. »Ein fabelhafter Mann. Die Augen! Allein schon die Augen, wie aus Porzellan. Meißener Porzellan! Wenn man ihn so sah, man hätte ihn für einen illegitimen Wettiner halten können.«

Die Gräfin versank für einen Moment in Erinnerungen. Das Champagnerglas erstarrte auf halbem Wege zu ihren schon altersgekräuselten Lippen. Dresden. Sie dachte an Dresden, und wie ihre Eltern in Dresden wohl vor dem Krieg gefeiert hatten, und was man heute, in München, so feiern nannte, und wie alles gekommen war, traurig. Nun ja, wie sollte man sagen? Eine Revolution. »Tante Rehlein hat ihren Frieden mit der Demokratie gemacht, aber eine Hand hinter dem Rücken hält immer zwei Finger gekreuzt« (Philipp).

Der Produzent dagegen, weit davon entfernt, mit dem sächsischen Herrscherhaus der Wettiner etwas anfangen zu können oder mit dem Ausdruck der Illegitimität für eine uneheliche Geburt, staunte – nun ja, wie sollte man sagen? Nie wäre er auch nur im entferntesten auf die Möglichkeit gekommen, Christina mit der mondänen Partygräfin zusammenzudenken. Eine Revolution. Auch für ihn versank einen Moment lang die Welt ringsum. Hinter den Schläfen pochte das Blut. »Wenn der Bonze nicht weiß, ob er mit oder ohne Brille klarer sieht, wird er immer ganz kribbelig« (Bea).

Und so kam es, dass der Produzent, ohne auch nur einen Gedanken an die Bedenken der Gräfin zu verschwenden, beschloss, so bald wie möglich Christinas Eltern zu besichtigen.

9. Puppenhaus, Dämmerung

Die Straße zur Hölle gilt als breit und bequem. Das heißt leider nicht, dass umgekehrt jeder Dornenpfad in den Himmel führt. Man könnte sich die Behinderungen, die traditionell als typisch für den Weg des Heils gesehen werden und als sicheres Indiz, auf ihm auch wirklich unterwegs zu sein, genauso gut als Warnungen vorstellen, die von einer gütigen Vorsehung gestreut werden, um den Wanderer von einem unklugen Ziel abzubringen.

Die erste Schwierigkeit auf dem Weg zu Christinas Eltern bestand schon darin, einen Grund für den Besuch zu finden. Der Produzent konnte sich schließlich nicht selbst einladen. Aber vielleicht konnte er Christina abholen? Mit Dienstwagen und Chauffeur. Mit dem schwarzen Dienstwagen, das wär's vielleicht. »Also, abgemacht«, sagte er am Telefon zu ihr, »am Freitag gehen wir zu der Präsentation, und ich hole dich ab. Es wär doch wirklich zu blöd, wenn du erst mit dem Bus nach Pasing und dann mit der S-Bahn, und dann noch in die U-Bahn – ich meine zum Arabella-Park, das ist doch eine halbe Weltreise für dich.« Die intime Kenntnis des öffentlichen Personennahverkehrs verdankte er seiner Sekretärin. Ich war gerade dabei, mir von ihr einen Termin für das Abschlussgespräch geben zu lassen (denn mein Praktikum ging nun tatsächlich zu Ende), als die Sekretärin mit dem Bonzen die Fahrplanverbindungen durchging: »Der 56er Bus, Eulenpfad, Käuzchenstieg, Mäusleinweg.«

Christina wohnte Mäusleinweg 23. Die Adresse hatte auf den Produzenten eine augenblicks ermutigende Wirkung gehabt. »Nur Häschenweg wäre noch schöner gewesen« (Bea). Der Name schien das Mädchen zugänglicher zu machen, die Straße jedoch erwies sich als nahezu unzugänglich. Der Mäusleinweg war so eng und zugeparkt, dass der dicke Benz des Bonzen Mühe hatte, ohne gröbere Blechschäden zur Nummer 23 vorzudringen; von einem windschiefen Corolla knickte er den Seitenspiegel ab, dann saß er fest. Der Chauffeur fluchte, aber der Produzent stieg kurzerhand aus, sonderbar belebt und animiert, obwohl ihn die Karambolage um seinen Auftritt im Dienstwagen brachte.

Es nieselte leicht, und der Flieder duftete. Der Produzent nahm gemächlich die Parade der Reihenhäuschen ab. In den Vorgärten standen keine Gartenzwerge und nicht die Traktorreifen, die noch sein Vater im Schrebergarten weiß bemalt und mit Geranien bepflanzt hatte, aber sonst waren sie genau das, wovon die Mutter des Bonzen immer geträumt hatte, Reihenhäuschen im Grünen, unerreichbar fern.

Der Produzent setzte die beschlagene Brille ab. Es erfüllte ihn mit Genugtuung, dass er den Traum seiner Mutter nicht erfüllt hatte. Er hatte ihn übersprungen, mit einem freistehenden Haus in einer viel besseren Gegend. »Da denkt er immer dran«, pflegte Bea zu sagen, »dass er es seiner Mutter gezeigt hat. Dass er ihr einfach so 'n Haus schenken kann. Und dass es nicht so 'n Haus ist, wie sie es sich gewünscht hat, sondern ein viel besseres Haus. Dass auch seine Wünsche schon viel bessere waren, das wollte er ihr zeigen. Und das hat auch geklappt.«

In der Tat ging es seiner Mutter mit dem viel besseren Haus wie einem Kind, dem man das Blechauto verweigert hatte, mit dem viel besseren Spielzeug aus Holz: Sie freute sich nicht daran. Das viel bessere Haus war nicht das, was sie in ihren Träumen immer wieder aufgesucht, durchstreift und durchstiegen hatte (auf einer langen steilen Treppe, gleich hinter der Haustür). Das viel bessere Haus machte das erträumte Häuschen erst recht unerreichbar, das Häuschen wurde für sie zu der romantischen Bahnstation, an der man nicht ausgestiegen war, obwohl die Station so süß und verträumt und rosenüberwachsen an der Strecke gelegen hatte. Warum war man nicht ausgestiegen? Man war nicht ausgestiegen, weil ein anderer die Fahrkarte gekauft hatte, auf der ein anderes Ziel herrisch verzeichnet war.

»Die Mutter findet die Villa scheiße«, erklärte Bea.

Die Villa war nicht Mutters Traum, es war der Traum ihres Sohnes, und diesen Traum zu träumen hatte er nicht bei ihr gelernt, sondern bei ganz anderen Leute, und diese Leute, so stellte die Mutter es sich wenigstens vor, träumten von der Villa, weil sie in dem Reihenhaus schon wohnten. Zwischen Mutter und Sohn war ein Klassengegensatz entstanden, der ihre Beziehung gründlich vergiftete.

Mit dem Haus habe ich Mutter endgültig die Schnauze gestopft, dachte der Produzent, während er entzückt die buckligen Reihenhäuser passierte, an denen er sich vorbeigeträumt hatte. Wenn er auch Christina dazu bringen könnte, dachte er, sich aus dem Reihenhaus hinauszuträumen – nun, so ungefähr stellte er sich ihre Verführung vor, als er plötzlich innehalten musste und leicht verwirrt vor und zurück blickte. Offenbar hatte er die Hausnummer verpasst. Er setzte die Brille wieder auf. Nr. 23 war hier nicht. Hier war überhaupt keine Hausnummer, hier war nur eine grässlich abgeplatzte Fassade und ein Aufstieg zur Haustür, dem das Geländer durch Rost abhandengekommen war. Aber durch die dünnen Fenster – nicht einmal Doppelfenster! – drangen Fetzen einer Musik, die er nicht mochte, weil sie weder Schlagzeug noch Bässe hatte, ein saft- und kraftloses Säuseln, aber trotzdem hysterisch, ganz unangenehm, dachte er, und als diese Empfindung des Unangenehmen auf dem Höhepunkt angelangt war und er ihr sogar einen Namen geben konnte, wusste er auf einmal, dass er angekommen war. Klassik, sagte der Bonze zu sich, das ist klassische Musik, ganz klar, hier wohnt sie. »Mozart«, sagte Bea zu mir, »ganz klar, das war Mozart, der Bonze hasst Mozart.«

Der Geruch des Flieders war verflogen, es regnete inzwischen stark. Aber wunderbarerweise öffnete sich die Tür wie von selbst, und eine Frau, klein, fest und zart wie eine Drahtpuppe, zeigte sich als Christinas Mutter. Sie begrüßte ihn mit einer zerstreuten und erschöpften Höflichkeit, die an die Partygräfin denken ließ, es war so ziemlich das Unverlockendste, das er überhaupt denken konnte, eine Frau, bei der sich sofort alles zusammenzieht, dachte er, und weil er daran denken musste, geschah es, dass er dieses schäbige Reihenhaus, das schäbigste von allen, merkwürdig beklommen betrat.

Es gab im Erdgeschoss augenscheinlich nur einen Raum (abgesehen von Küche und Toilette vielleicht), in dem sich die Familie jetzt zum Abendbrot versammelte – »das heißt, versammelt hatte sich zunächst nur unser Vater« (Philipp). Der Vater saß an einem kleinen dunklen Tisch inmitten vieler anderer kleiner dunkler Möbel und blickte mit seinen Porzellanaugen in einen kleinen dunklen Garten hinaus. Mit Porzellanaugen, die im Dunkeln leuchteten! Mit seinen hellblau leuchtenden, murmelrunden, unter schweren Lidern hervorquellenden Augen, die nicht durchsichtig waren, aber stark glänzten und darum an Porzellan denken ließen, an eine starke Lasur über blassem Fondblau. »Sie sind also der große Fernsehmann«, sagte der Vater, indem er aufstand, ohne ihn anzusehen, und die Musik ausmachte. »Interessant, interessant.«

Er blickte nicht eigentlich weg, er lenkte die Augen durchaus in Richtung des Besuchers, aber da es Kugeln waren, rollten sie sogleich weiter, in eine unbestimmte Ferne. »Interessant, oft natürlich auch verblüffend, was bei Ihnen alles so zu sehen ist.«

Der Fernsehproduzent wusste nicht, ob der Vater ihm Gleichgültigkeit, eine frühe Form von Senilität oder vielleicht sogar beachtliche Unverschämtheit zeigte. Er fand es allerdings erstaunlich, dass ihm in einer derart schäbigen Umgebung ein solches Maß an gelassenem Desinteresse geboten wurde. »Verblüffend für uns jedenfalls«, fuhr der Vater fort, »und da Sie schon einmal da sind, wäre es natürlich interessant zu erfahren, wie man das macht, diese Sendungen, meine ich. Christinas Mutter glaubt ja sehr an die politische Wirkung des Fernsehens, deswegen hat sie auch, vermute ich mal, unsere arbeitslose Tochter zu Ihnen geschickt.«

Christinas Mutter, die wahrscheinlich gar nicht wusste, dass sie so explizit an eine politische Wirkung des Fernsehens glaubte, trug ein blauschillernd angelaufenes Silbertablett herein, auf dem Sherrygläser schwankten und einige lappige Weißbrotecken lagen, zwischen denen sich eine Andeutung von Gurke befand. »Bitte«, sagte die Mutter, »ich will Sie nicht unterbrechen.«

Der Produzent nahm ein Sandwich, das den kräftigen Geschmack ungeputzten Silbers hatte, und trank den Sherry, den er sicher zu Recht als Amontillado aus dem Supermarkt einstufte. Er wandte sich wieder dem Vater zu: »Machen, was meinen Sie mit machen? Auf jeden Fall braucht man natürlich eine Kamera und viel Licht ...«

Das war als Scherz gemeint, aber der Vater ließ sich nicht beirren: »Ja, das kann ich mir alles vorstellen, ein Studio mit vielen Kabeln und Kabelträgern, nur – wie kommt man damit zu einer Sendung?«

»Na, die muss man sich natürlich überlegen, da braucht man ein Konzept, da trifft man sich mit den Leuten, und da konzipiert man das ...«

»Konzept?«, fragte der Vater. »Konzipieren? Das hätte ich jetzt nicht gedacht, dass es da ein Konzept gibt, im Fernsehen, meine ich.«

In diesem Moment hörte der Produzent im Haus Christina lachen, wahrscheinlich in der Küche, und eine helle Männerstimme, der ihren sehr ähnlich, antwortete: »Fabelhaft, diese Frechheit, wirklich zum Küssen!«

Der Produzent hatte Mühe, die Hitze, die in ihm aufstieg, nicht als Hass zu deuten. Diese Jammergestalten, zu denen er herabgestiegen war, in das Sperrmüllensemble dieses Wohnzimmers, diese Verlierer, deren er sich praktisch erbarmte, wegen ihrer nicht mal so besonders attraktiven Tochter – Scheiße, wollten die ihn etwa vorführen? Den ganzen Schrott hier, dachte er, den könnte ich für 'n Tausender kaufen, und wenn man das ordentlich restauriert, kriegt man vielleicht zehntausend dafür, na, diese Kommode hier, die käme vielleicht sogar auf zwanzigtausend. »Der Bonze, wenn er sich beruhigen will, rechnet alles in Geld um, ist doch schlimm, oder was?« (Bea).

Und da der Produzent tatsächlich, um sich zu beruhigen, mit der Hand prüfend über die Kommode strich (sofort waren die Finger voller Staub), sagte die Mutter: »Ja, ja, ich weiß schon, aber leider fehlt ein Fuß.« Der Fernsehmann sah es jetzt auch: Ein Fuß war durch einen Bücherstapel ersetzt worden. »Nun muss man allerdings«, meinte der Vater, »der Gerechtigkeit halber sagen, dass die Kommode einiges durchgestanden hat, Schnee und Eis und Ochsenkarren, und dann noch nach 45 ein paar wild gewordene GIs, die mit dem Bajonett die Intarsien herausstechen wollten.«

Flüchtlinge, dachte der Produzent und putzte seine Brille, Vertriebene, wahrscheinlich mit dem berühmten Rittergut im Osten, ich könnte kotzen. Da weht also der Hochmut her. Und er ließ sich, mit einer Geste wiedergefundener Souveränität, unaufgefordert in einen der Sperrmüllsessel fallen, dessen Sitzfläche sofort nachgab, mit Ausnahme einer Sprungfeder, die sich schmerzhaft in seinen Hintern bohrte. »Ich verstehe«, sagte er, »Sie haben was durchgemacht.«

»Ach Gott«, sagte der Vater, »wir haben's noch vergleichsweise gut getroffen.«

»Meine Eltern sind glückliche Kinder«, sagte – nun, fast hätte der Produzent gedacht: Christina. Es war aber, mit der gleichen Stimme und dem gleichen, nur unordentlich verwuschelten Haar, ganz offenbar der Bruder, der sich nun ebenfalls mit nonchalantem Schwung in einen Sessel fallen ließ. Sein Pullover, obwohl mehrfach gestopft, hatte außerdem noch ungestopfte Löcher, und der Produzent hatte das ungute Empfinden, dass die Mängel, die beim Mobiliar seiner Eltern als unbehebbar hingenommen wurden, im Falle von Christinas Bruder gesucht und ausgestellt waren. »Sie sind also der berühmte Mann«, sagte der Bruder, »ich bin Philipp«, sagte er und erhob sich mit ausgestreckter Hand sehr schnell wieder aus dem Sessel, »ich könnte Sie um ein Autogramm bitten.«

»Ich bin aber hinter der Kamera.«

»Stimmt. Na, dann bringt's wohl nichts.«

Und wenn Christina nicht in diesem Augenblick – aber Christina kam und lächelte und schwebte wie ein goldenes Wölkchen in den düsteren Raum, mit einem neuen, größeren, jetzt fast schwarz angelaufenen Silbertablett, auf dem das eigentliche Abendbrot angerichtet war. »Ich wusste gar nicht, dass meine Schwester so hübsch aussehen konnte« (Philipp). Sie beugte sich zu dem Produzenten, ehe dieser aufstehen konnte, sie küsste ihn, sie beugte sich tatsächlich so tief, dass er glauben konnte, unter ihrer Bluse etwas wippen zu sehen, sie küsste ihn auf die Wangen, an seinen Mundwinkeln sehr nah küsste sie ihn, sie beugte sich zurück, sie setzte sich, sie schlug die makellosen Beinen übereinander und begann zu plaudern, zu zwitschern, wie er sie nie hatte zwitschern gehört, und die ganze Familie fiel ein, erleichtert, befreit, vergnügt, ein Vogelkonzert in der Dämmerung. Und als die Mutter jetzt ein kleines Lämpchen anzündete, es war wenig mehr als ein Nachttischlämpchen, das auf dem mutmaßlich wackligsten aller Tischchen stand und einen Streif von Abendlicht über den Horizont des Zimmers schickte, da war der Produzent fast froh, dabei zu sein, einfach dabeizusitzen, wenngleich sich ihm etwas dumpf schmerzend in den Hintern bohrte. »Der Sessel ist echt eine Gemeinheit, die größte Gemeinheit, die unsere Familie so zu bieten hat« (Philipp).

Der Produzent konnte dem Gespräch nicht folgen. Ihm war heiß, die Brille beschlug wieder. Eine gülden schimmernde Milchglasscheibe schob sich zwischen ihn und die Familie. Vorkriegsgesichter, das sind so Vorkriegsgesichter, dachte er, eine Zeitreise hatte ihn ins Innere vergilbter Fotografien gebracht. Selbst die Möbel wirkten, als könnten sie sich im ersten Strahl der Sonne auflösen, es war ein Puppenhaus von gestern, er würde, wenn er aufstünde, das Dach abheben und mit einem unbedachten Schritt den Rest zertreten können. Der Produzent träumte. Die Lore-Romane seiner Mutter, die Schlossromane, die Schlosskklinikserien seines Studios zogen ihm durchs Gemüt. Hatte er am Ende geschlafen? Die Luft wurde knapp, es war stickig in dem Puppensalon, narkotisierend wie von den Abgasen, mit denen ein Auto in der Garage Selbstmördern den Tod bringt. »Der Fernsehbonze war am Ende, den haben sie mit ihrem Billigfraß und dem Fusel von Aldi fast vergiftet, der hatte ja schon Halluzinationen«, behauptete Bea.

»Du warst doch gar nicht dabei«, protestierte ich.

»Nein, aber ich habe das Ergebnis besichtigen dürfen.«

»Wie?«

»Ja, da ist er dann noch zu mir gekommen, nach dem Debakel.«

Wann hatte das Debakel begonnen? In dem langsam verebbenden Familiengezwitscher hatte die Stimme des Vaters eine gewisse sonore Festigkeit gewonnen, die just in dem Moment, als der Bonze aus seiner Trance schreckte, die Aussage formulierte: »Na, und was soll ich sagen? Der Mann ist nie wieder mit irgendeiner Forderung an mich herangetreten.«

»Ja«, sagte die Mutter, »das ist komisch, die Leute haben dir immer irgendwie gehorcht.«

»Nein«, sagte der Vater, »da verwechselst du was. Du bist es, der alle gehorchen.«

»Außer Papi!«, zwitscherte Christina. »In der Tat«, zwitscherte der Bruder, »Papi ist wirklich das Ungezogenste, was es bei uns gibt.«

»Nicht das Ungezogenste – das Ungehorsamste!« – »Deswegen versucht ihn auch niemand zu kommandieren.« – »Er hört ja auch nicht zu.« – »In dieser Familie hört niemand zu, es reden ja alle lieber selbst.« – In dieser Familie, die merkwürdigerweise von sich selbst als »dieser Familie« sprach, hatte das Zwitscherkarussell wieder Fahrt aufgenommen, und der Fernsehproduzent, noch traumverfangen, trachtete den Konversationsschwung zu nutzen, er wollte in die Karussellbewegung hinein aufstehen, sich gleichsam aus dem Sessel drehen lassen, und so machte er eine spiralförmige Bewegung, bei der er für einen Moment der Familie den Rücken zukehrte, dann aber, als er wieder en face stand, aus dem Schwung heraus erklären konnte: »Christina, ich glaube, es tut mir leid, aber wir müssen jetzt gehen, sonst kommen wir zu spät.«

Jäher Halt des Karussells. Respektvolle Stille. Dann Christina: »Ja, ich vergaß euch zu sagen, wir gehen noch auf eine Präsentation.«

»Was für eine Präsentation?« – »Eine Sendung natürlich.« – »Gibt es Sendungen mit Präsentkörben?« – »Christina ist der Präsentkorb!« – »Ersetzt sie den Tokaier oder die ungarische Salami?« – »Kinder, Schluss mit dem Unfug, die beiden müssen los«, erklärte der Vater, er stoppte noch einmal das Karussell, das schon wieder angelaufen war, und wie er nun, gutmütig und leicht herablassend, zum Abschied den Fernsehmann fast schon als Begleiter seiner Tochter akzeptierte – »Na, dann präsentiert euch mal schön« – und dabei ungerührt als Scherenschnitt vor der beleuchteten Garderobe stand, da hatte der Produzent eine Eingebung. Kein Vorkriegsgesicht, ein Wehrmachtsgesicht, dachte er.

Die unerträgliche Spannung des Abends löste sich. Er nahm die Brille ab. Der ganze Wehrmachtshass seines eigenen Vaters, der in der SA aufgestiegen war, kam über ihn, der Hass auf die Berufsoffiziere, die aus Berufsoffiziersfamilien stammten, auf die Monokel, die nur noch wenige trugen, aber doch alle hätten tragen können, auf die Experten und vornehmen Bedenkenträger. Einmal war sein Vater, noch als Fahrer höherer SA-Chargen, bis in das Haus des Generalmajors Oster vorgedrungen, wie er seinem Sohn wieder und wieder erzählt hatte, wahrscheinlich hatte er mit anderen Chauffeuren in der Küche gesessen, aber der Vater meinte doch, dass er den General in seinem Arbeitszimmer gesehen habe, »Herrenzimmer, muss man wohl sagen«, und da habe der General mit seinem aasigen Herrenlächeln gesessen, und da habe der

Vater, »der einfache SA-Mann mit seinem SA-Instinkt«, sofort gespürt, dass der General ein Verräter ist und sich kein Gewissen daraus machen würde, den Führer umzubringen.

»Das ist die Vatergeschichte, die der Bonze immer wieder abspult«, sagte Bea, »das ist praktisch seine Lieblingsgeschichte. Ich weiß ja nicht, ob ich die so komisch finden soll –«

»Nein, ist sie nicht«, sagte ich.

»Der Bonze findet sie jedenfalls komisch. Wahrscheinlich will er sagen, was das für ein Abgrund ist, aus dem er sich herausgearbeitet hat, und dass er jetzt drüber lachen kann.«

Aber wie der Fernsehproduzent jetzt wieder auf der Straße stand, Christina an seiner fröstelnden Seite, und im befreit schüttenden Regen durchatmete, da fand er seinen Vater nicht mehr komisch. Nachdem er die Brille abgenommen hatte, konnte er die Szene deutlich vor sich sehen. Alles eine Frage der Beleuchtung, dachte er, wenn man die Scheinwerfer richtig einstellt, dann kann man in diesen heruntergekommenen Siedlungen die Herrschaften noch immer sitzen sehen, die jedem in den Arm fallen, der etwas fürs Volk tut. Es gibt sie noch, dachte er, die Quengler und Miesmacher, die Vornehmtuer, die über jede Quote erhaben sind. Gab es nicht sogar mal ein Kabarett, in dem eine Frau Quengel und ein Herr Miesmacher (oder umgekehrt) aufgetreten waren? Der Produzent dachte an seine schönen Sendungen und an die mühseligen Marktforschungen, er dachte an die Herren Kritiker, die davon nichts wissen, und an die Grimme-Preis-Juroren, die sich nicht darum scheren. Die Quote, dachte er, das ist doch das Volk, aber das gefällt den Herrschaften natürlich nicht. Natürlich nicht!

Der Produzent wollte, nachdem er dies geklärt hatte, befreit in die Nacht starten, aber erst musste der Wagen gefunden werden. Und als der Wagen gefunden war, musste der Chauffeur gefunden werden. Und als der Chauffeur gefunden war (er kämpfte mit einem Zigarettenautomaten), musste Christina in den Arm genommen werden. Aber Christina ließ sich nicht in den Arm nehmen. Und als sie im Fond des Wagens saßen, immer noch nicht. Die Verheißung, die in den Küssen vor ihren Eltern gelegen hatte, mehr noch darin, wie sie sich dabei vorgebeugt hatte, blieb leer. Und als sie im Hotel angekommen waren, mussten die Gäste begrüßt und die Reden gehalten werden. Und als, und als, und dann, und als … Ein neues Karussell hatte sich zu drehen begonnen. Reden, Begrüßungen. »Der Bonze hasst den ganzen Schmus« (Bea). Und als die Reden und Begrüßungen und der ganze Schmus vorbei waren, mussten Smalltalk und Komplimente und neuer Schmus gemacht werden, und inmitten des ganzen Schmus musste nach Christina Ausschau gehalten werden, damit sie sich vielleicht doch noch umarmen ließe und es womöglich auch einer sieht und bezeugen könnte, dass es etwas anderes als Einbildung ist, eine ziemlich teuer erkaufte und erlittene Einbildung, wie der Produzent jetzt dachte, da er Christina auch wirklich sah, aber sehr weit entfernt und im Gespräch mit wem? Mit der Partygräfin. Und da wandelte den Produzenten eine Schwäche an, die zweite oder dritte Schwäche dieses Abends schon, und er dachte sich: Nein, das muss ich mir nicht antun.

Und flüchtete. Und flüchtete tatsächlich, nachdem er den ganzen Abend lang Christina bearbeitet hatte, zu Bea. »Da kam er dann zu mir, der arme Mann war echt am Ende. Dass diese Christina auch noch mit der Partygräfin bekannt war, das gab ihm den Rest. Das war der Albtraum, und zwar die volle Dröhnung.«

»Und dann?«

»Und dann habe ich ihm einen Kaffee gemacht, und dann haben wir nett ein bisschen gefickt.«

»Wie bitte?«

»Ja, zur Beruhigung. Und es hat ihn beruhigt. Und er ist dann auch gleich eingeschlafen. Und er musste ja gleich morgens früh in den Sender.«

10. Die Situation wird empfunden

Der Fernsehbonze hatte also Christina sitzengelassen. Man kann den Vorgang kaum anders beschreiben, der darin bestand, dass er Christina bei den Gästen im Hotel ließ, während er sich selbst grußlos zu seiner alten Geliebten verabschiedete. Indes hätte er, sollte er zu diesem Zeitpunkt überhaupt noch den Plan verfolgt haben, Christina für sich zu gewinnen, einen fast genialen Schachzug getan. »Bravo«, hätte der Kameramann Herbert gerufen.

Der schöne Herbert mit der schwarzen Lockenpracht, dem alle Mädchen umstandslos erlegen wären, wenn sie auch nur einen Zipfel von Einfluss und Macht bei ihm vermutet hätten – aber das taten sie nie –, verdankte die erotischen Erfolge, die er trotzdem hatte, allein seiner Nüchternheit. »Herbert versucht nie irgendwas, was er nicht kriegen kann, ist doch schlimm, oder was?« (Bea). Er betrachtete die Liebe als Strategiefrage, und auch wenn nichts mehr auf eine frühe Enttäuschung hinwies, konnte ich mir doch vorstellen, dass der Nüchternheit, über die Bea spottete, eine lange Geschichte der Desillusionierung voraufgegangen sein musste.

Im übrigen war das, was der Produzent gerne Herberts »grässlichen Realismus« nannte, auch das Entreebillet zu der Gunst des Chefs gewesen. Herbert war so etwas wie die zweite Brille für den Produzenten. Wenn Herbert durchs Objektiv blickte, sortierte sich das Mögliche vom Unmöglichen. Der Produzent brauchte seine Hilfe und fürchtete sie gleichermaßen, Herbert übersetzte das Vorstellbare ins Machbare, und oft blieb von dem Vorgestellten nur wenig übrig. »Die beiden sind ein Paar«, sagte Bea, »unzertrennlich wie Dick und Doof – die kannste nur zusammen haben, ist doch schlimm, oder was?«

»Herbert scheint mir aber nicht doof zu sein«, sagte ich.

»Manchmal ist schlau auch doof«, beharrte Bea.

Im Falle Christinas trat allerdings die Wirkung dessen, was Herbert in seinem grässlichen Realismus einen Schachzug genannt hätte, nicht sofort ein. Es musste noch etwas Weiteres dazukommen, damit Christina den Umstand, sitzengelassen worden zu sein, als eine Niederlage empfand, die wie ein schmerzhafter Stachel im Herzen saß. Dieses Weitere war das Gespräch, das Christina noch an demselben Abend mit der Partygräfin über ihren entschwundenen Begleiter führen musste.

»Wen hast du dir denn da angelacht, Häschen?«

»Gar nicht angelacht. – Ich dachte, du kennst ihn sowieso, hast du diese Party hier nicht auch für den Sender ausgerichtet?«

»Oh, ich kenne ihn gut. Ich frage mich nur, warum du ihn kennst. Er ist ja, nun – nicht wirklich das Allerletzte, aber wirklich das Vorletzte! Ich habe mit deiner Mutter telefoniert.«

»Wie – wann hast du mit Mami telefoniert?«

»Na, eben, vor anderthalb Stunden. Sie sagt, das wär ein Typ – sie könnte die ganze Nacht durch kotzen.«

»Wie bitte?« Christina wurde flammend rot, aber nicht so, wie sie es kannte, sondern aus einem neuen Gefühl heraus. »Nein«, sagte sie, »das ist wirklich grotesk! Mami ist so unfair, ich fasse es nicht. Die Eltern waren ekelhaft zu dem Bonzen« – jetzt benutzte sie den Ausdruck auch –, »sie haben ihn praktisch ignoriert, und Papi, dieses Super-Ekel, hat so auf abwesend gemacht … wie von einem anderen Planeten … als könne er gar nicht richtig wahrnehmen, was ihm da vor Augen gekommen war.«

Ich habe Leute gekannt, die Christina für kalt hielten, und tatsächlich wurde sie jenseits ihrer Furcht vor Peinlichkeiten selten von starken Empfindungen beherrscht. Aber an der Grenze äußerster Peinlichkeit konnte sie doch von Anfällen heftiger Antipathie geschüttelt werden – und diese Situation jetzt war sehr peinlich. Schlimmer noch, sie war unter Beobachtung von Tante Rehlein entstanden, und wenn es überhaupt Menschen gab, denen Christina auch ohne Peinlichkeitsanlass mit Abneigung gegenüberstand, »dann diese Tante, die eigentlich gar nicht unsere Tante ist« (Philipp). Tante Rehlein – wenn es stimmte, was in der Familie kolportiert wurde – war eine verflossene Flamme eines Bruders von Christinas Vaters. Aber während der Onkel sich der Familie weitgehend fernhielt, hatte sich Tante Rehlein bei ihnen festgebissen, was umso verwunderlicher war, als sie doch einer anderen Welt angehörte und mit jedem Auftritt im Mäusleinweg das Zerschlissene, Erbärmliche von Christinas Familie offenlegte. »Sie genießt es«, pflegte Christinas Vater zu sagen. »So fabelhaft kann sie sich nirgendwo sonst fühlen.«

»Fabelhaft«, sagte Tante Rehlein zu Christina, »dein Vater

ist einfach fabelhaft, ich liebe ihn! Ich weiß genau, was du meinst, er guckt dann so ins Nirgendwo und tut, als ob er vor lauter Langeweile und Desinteresse fast in Trance fällt ...«

»Ja, er war so unglaublich ungezogen, es war eine solche Gemeinheit, und wenn Mami sich jetzt noch beschwert – !«

»Aber warum bist du überhaupt auf die Schnapsidee gekommen, ihn nach Hause zu bringen?«

»Also wirklich, Tante Rehlein, warum denn nicht? Er wollte mich abholen, und es ist nun einmal so, dass ich noch zu Hause wohne ...« Aber indem Christina das sagte, wurde ihr mit einem Mal etwas bewusst, womit sie nicht gerechnet hatte, dass nämlich ihre Eltern den Besuch des Bonzen als etwas auffassen mussten, dem viele weitere Besuche folgen würden.

»Am Ende mussten deine armen Eltern doch denken, du willst dich verloben.«

»Aber verflucht noch mal«, Christinas Wut wuchs in dem Maße, in dem sie ihren Fehler begriff, »ich habe doch schon früher mal Freunde mitgebracht, übrigens auch den Rupi« – Rupi war der Sohn Tante Rehleins, und man konnte ihn nicht nennen, ohne dass über ihre Augen ein feuchter Schleier wanderte – »und der Rupi hat sogar bei uns übernachtet.«

»Der Rupi«, sagte Tante Rehlein sanft, »weißt du, dass der Rupi immer noch sehr gerne von dir spricht? Aber«, und jetzt waren die Augen wieder trocken, »aber ein verheirateter Mann in deutlich fortgeschrittenem Alter, noch dazu aus einer Sphäre, die ihn für die Perspektive deines Vaters praktisch zum Unberührbaren macht ...«

»Der Bonze verdient im Monat mehr, als der Papi in seinem ganzen Leben verdient hat.«

»Das macht es nicht besser, Kindchen. Im Gegenteil! Wenn

du dich unsterblich in den Gärtner verlieben würdest, den ihr nicht mehr habt, das wäre etwas anderes, deine Eltern haben ja dieses verrückte soziale Gewissen. Aber so, mit diesem Typ und seinen Millionen und dem Phantasiewappen auf den Blazerknöpfen – so ist es einfach eine Perversität.«

Das war das eine Wort zu viel. In der furchtsamen und angepassten Seele Christinas explodierte das neue Gefühl, das den Abend darin schon gedrängt und gekeimt hatte.

»Du hältst mich wohl«, sagte sie zur Partygräfin, »für vollkommen bescheuert.« Es war nicht genau das, was sie sagen wollte. Es artikulierte aber doch die Kränkung und den Stolz, der durch die Kränkung erst gezüchtet worden war.

»Aber nein«, sagte die Partygräfin, »wo denkst du hin, nein, natürlich nicht. Ich kenne doch deine Situation.«

»Situation? Was für eine Situation? Was willst du damit sagen? Wieso soll es eine Situation geben?« Und dann setzte Christina ein Wort hinzu, das eigentlich nicht ihres war: »Ungeheuerlich!« Auf dieses Wort, das nicht ihres war (sondern eher eines ihres Vaters), ließ sie eine Tat folgen, die ebenfalls zu ihrem Repertoire bisher nicht gehört hatte: Sie drehte sich um und ging.

Aber tatsächlich hatte die Partygräfin ins Schwarze getroffen. Es gab eine Situation.

Christina, während sie durch die schon halb verlassenen Säle ging, die den Fernsehbonzen nicht mehr enthielten, und über die stillen Hotelflure dem Ausgang zustrebte, fühlte deutlich, dass es sich um eine Situation handelte, und als sie draußen vor dem Hotel, alleine, in dem immer noch starken Regen stand, wusste sie auch, was für eine Situation es war: Es war die Situation eines Mädchens, das kein Geld hatte, keinen Job und keine Verehrer, die über das eine oder das andere verfügten. Der neu entdeckte Stolz verlangte nach Gerechtigkeit, und die Gerechtigkeit gebot einzusehen, dass der Bonze tüchtiger und stärker war als alle anderen Menschen, die sie kannte, auch wenn er dafür offenbar verachtet wurde.

Diese Verachtung erschien ihr, da sie auf dem trostlosen Hotelgelände des Arabellaparks nach einer Bushaltestelle suchte, als eine ungeheuerliche Leichtfertigkeit. Sie kramte versuchsweise noch einmal das Gefühl von Solidarität hervor, das sie für den Bonzen während des Gesprächs mit der Partygräfin empfunden hatte, zur Abwehr des partygräflichen Hochmuts, und siehe da, jetzt erzeugte das Gefühl der Solidarität zugleich einen wärmenden Schimmer von Hoffnung.

Mit einem Wort: Christina war dort angekommen, wo über kurz oder lang alle Münchener Mädchen ankamen, die mehr Zukunftsangst als Ehrgeiz hatten: auf dem Teppich, über den wenig später der Sugar Daddy schreiten würde.

11. Der Gärtner im Büro

»Bravo«, hätte Herbert gerufen. Vielleicht hat er es sogar tatsächlich gerufen, als ihm der Fernsehproduzent, von den Furien des schlechten Gewissens gejagt, sein fluchtartiges Verlassen Christinas beichtete. Nach allem, was ich über Herbert wusste, diesen unromantischen Cupido der Studioromanzen, wäre ein Lob durchaus drin gewesen. Und nach allem, was ich inzwischen über den Fernsehmann wusste, hätte diesen das Lob aufs höchste beunruhigen müssen, nämlich als sicherer Hinweis darauf, etwas falsch gemacht zu haben. So, wie er

Christina sah oder sehen wollte, konnte sie auf keinen Fall eine Person sein, die nach den banalen Gesetzmäßigkeiten der erotischen Verunsicherung funktionierte wie die gewöhnlichen Tussis auch.

Kurzum, der Fernsehproduzent, frühmorgens auf der Autobahn, unterwegs zu seinem Sender, telefonierend mit Herbert, dachte: Dumm, da habe ich was Dummes gemacht.

Es ist wahrscheinlich für die Psychologie dieses Mannes und für die Entwicklung der Geschichte nicht unerheblich, dass sich der Heimatsender nicht in München befand, sondern ein paar hundert Kilometer weiter im Norden, dass er also zwischen den bayerischen Studios und seinem Büro hin- und herzufahren hatte und entsprechend viel Zeit blieb, die Brille abzunehmen und erschöpft ins Weite zu starren. »Da brütet er dann, wenn er nicht telefoniert« (Bea).

Es erlösten ihn heute auch nicht die Kühle seines Büros, der Chrom, das Glas und auch das schwarze Leder nicht. Er schwitzte und fror zugleich. Ihm war, als habe er die Nacht in einem Albtraum verbracht. Der Regen trommelte an die Fenster, es war schwül, aber nicht warm, alles wucherte, der Flieder auf dem Sendergelände, die Vorgänge und Vorlagen auf seinem Schreibtisch. Die schöne moderne Kälte, die er an sich selbst genoss, wenn er raffiniert verästelte Verträge erfolgreich zum Nachteil von Schauspielern, Sponsoren, mitunter auch des Senders, aber niemals zu dem seinen verhandelte, war einer anderen Kälte gewichen, einer stickigen, modernden Kälte, hätte man vielleicht sagen können. Zu seiner eigenen Verwunderung fand er dafür aber ein anderes Wort, vielleicht war es ihm von dem Eindruck des Ältlichen und Ärmlichen nahegelegt, das der Mäusleinweg hervorgerufen hatte.

Ich bin da in etwas Muffiges hineingeraten, sagte der Produzent zu sich, und dieses Muffige ist jetzt auch in meinem Büro. Er nahm die Brille ab, denn es schien ihm, als könne er ohne Brille nicht nur besser denken, sondern auch besser riechen.

Er hielt es für möglich, dass etwas Muffiges sogar in den Kleidern von Christina steckte, etwas von Rotem Kreuz und Altkleidersammlung, aber merkwürdigerweise, wenn er das Muffige mit Christina zusammendachte, machte es ihm zwar immer noch Angst, erregte ihn aber auch. Er hielt es sogar für möglich, dass sich Christina selten wusch, vielleicht zwischen den Beinen selten wusch, er stellte es sich nicht als Unreinlichkeit, sondern als Unbewusstheit vor – als hätte Christina noch gar nicht entdeckt, dass es an ihr etwas zu waschen gab, und noch dazu zwischen den Beinen. Im Gegensatz zu Bea, die sorgfältig rasiert war, was er als etwas banal empfand, dachte er sich bei Christina einen struppigen, drahthaarigen Busch, eine unberührte Wildnis, die er zu roden und urbar zu machen hatte.

Ein gemeinsames Bad im Whirlpool schwebte ihm vor, er wollte wässern und jäten und säen und in dem blühenden Gärtchen dann von der Arbeit ruhen. Es lag in der Vorstellung aber auch eine große Erschöpfung.

Dem Produzenten war gar nicht wohl. Das kleine Gärtchen konnte ebenso gut dunkel und voller Blattpflanzen sein. Er sah Zypressen dort und wenig Himmel, den Himmel aber lastend, grau und schwer. Vielleicht regnete es in dem Gärtchen zu viel.

Der Produzent brauchte dringend Licht und Luft. Er musste sich etwas Platz verschaffen. Vielleicht konnte er jemanden entlassen? Krebs, Butzbichel, Mauser? Seine sogenannten persönlichen Referenten waren ganz entschieden nicht zu seinem persönlichen Komfort tätig, sondern auf eine unverschämte Weise an ihrem Fortkommen interessiert. Karrieristenpack, dachte er, die würden für eine Quote, mit der sie den Absprung zu den Privatsendern schaffen, auch die Erde verbrennen. Während er ja schließlich doch an einem dauerhaft fruchttragenden Boden arbeitete, der die schönen bunten Blumen des Kitsches immer wieder hervorbrachte, den Klatschmohn des Kitsches! Und wieder sah er die schlechten Gärtner, seine dünnlippigen hageren Referenten, die allzu früh in Nadelstreif gewandeten grauen Jungs, die früh vertrockneten und alles austrocknenden, und er rief seiner Sekretärin durch die halb geöffnete Tür zu: »Schaffen Sie mir mal die Frau Hacker her, mit den Personalakten Krebs, Butzbichel, Mauser!«

»Oh je«, sagte die Sekretärin.

Frau Hacker kam gerne. Sie kam immer gerne, wenn sie eine Entlassung witterte.

Hier indes sah sie Schwierigkeiten.

»Einen befristeten Vertrag vorfristig zu beenden ist so eine Sache.«

»Was für eine Sache?«, fragte der Produzent ungeduldig.

»Na ja, betriebsbedingt geht schlecht, wenn es sowieso nur noch ein paar Monate sind.«

»Wer spricht von betriebsbedingt?«

»Ach so«, Frau Hacker belebte sich.

»Was ist mit Krebs?«

»Also Krebs«, Frau Hacker blätterte, »ganz schwierig. Da müssten Sie schon was in der Hand haben. Da gibt es Frau und Kinder, Zwillinge, gerade geboren.«

»Wieso ich? Wieso soll ich was in der Hand haben? Das

ist«, er lächelte Frau Hacker an, »Ihre Aufgabe, meine Liebste.«

Frau Hacker blätterte. Auch sie war, botanisch betrachtet, genau die Art von Pflanze, die er in seinem Christinengärtchen nicht gerne gehabt hätte, nach sparsamer Blüte früh verwelkt, aber zäh, mit der abstoßenden Lebenskraft aller unansehnlichen Geschöpfe. Er sah das Hackerkraut, wie es den Rasen zwischen den Zypressen überwucherte. Er sah die Mahagonimöbelchen aus dem Mäusleinweg dazwischen, halb vermodert und schief im Gras wie Grabsteine, eklige Pilze wuchsen aus den verschossenen Intarsien. Mein Gott, dachte der Produzent, ich bin schon nicht mehr ganz richtig in der Birne.

»Also«, riss er sich zusammen, »also, Frau Hacker, was ist?«

»Ja – schwierig. Aber Mauser? Ledig und, wie ich sehe, noch im Probejahr. Da gibt's gar keine Probleme.«

Aber dem Produzenten war der ungesicherte Mauser, Junggeselle und vielleicht sogar kärglich und nur möbliert lebend, in diesem Moment deutlich sympathischer als Krebs, der sich offenbar im Sender bequem eingerichtet und sogar Kinder gemacht hatte. Der denkt wohl, das ist hier ein Nest für seine Brut! »Krebs«, sagte der Produzent, »Krebs muss auch einmal erfahren, dass man mit seiner Lebensplanung schiefliegen kann. Und ich sage Ihnen noch etwas: Der reist ständig nach München und lässt sich von unseren Medienpartnern einladen, das ist meiner Meinung nach nicht berufsbedingt, ich meine, was sind das für Spesen?«

»Aber haben Sie nicht mal, ich erinnere mich undeutlich, dem Krebs gesagt, er könne zum Ausgleich seines Anfangsgehalts so viel hin und her fliegen, wie er will?«

»Bin ich verrückt? Ich spare, wo ich kann. Und die Referenten sollen gucken, wo man noch sparen kann. Das ist ihre Aufgabe, und nicht das Gegenteil!«

»Also gut«, sagte Frau Hacker, »wir versuchen unser Bestes.«

Der Produzent atmete befreit. Er sah es heller werden, es schien fast eine Andeutung von Sonne auf den Fliedersträuchen zu liegen. »Der Bonze kündigt gerne, das ist praktisch wie eine Ayurveda-Kur für ihn« (Bea). Der Produzent schwitzte nicht mehr, ihm war sogar ein wenig kühl. Ich dulde keinen Muff in meiner Umgebung, sagte er sich, und zu diesem Muff zählte er in diesem Moment auch die windeldumpfe Wochenstube der Frau Krebs, die zwei klebrige Säuglinge an ihre milchfeuchte Brust legte.

»Machen Sie mal die Fenster auf«, sagte er zur Sekretärin.

»Mache ich gerne«, sagte sie, »bei der Gelegenheit kann ich Ihnen gleich den Oberkirchenrat melden. Muss aber nicht sofort sein, er sagt, er ist im Hause unterwegs und könnte jederzeit vorbeischauen.«

12. Was ist das für ein Geschäft?

Der Tag, an dem sich der Oberkirchenrat – zum zweiten Mal innerhalb weniger Wochen – beim Produzenten melden ließ, war zugleich der Tag, an dem ich mein Abschlussgespräch haben sollte. Es war mehr eine Formsache, eine Frage der senderinternen Etikette, dass die Praktikanten des Münchener Studios auch einmal den Heimatsender im Norden zu besuchen hatten und sich dort ein letztes, mitunter sogar das erste Mal dem Chef vorführen ließen und ein paar goldene Worte ernteten. Manchmal ernteten sie allerdings nur ein formelhaftes Zeugnis, wenn sie nicht überhaupt im Vorzimmer des Chefs stecken blieben, weil andere Vorrang hatten. Just in dem Moment, als ich schon aufgeben und gehen wollte, teilte sich jedoch die Menge der Wartenden und machte bereitwillig Platz für eine graue, alle anderen überragende und grußlos übersehende Gestalt, und so konnte ich einen ersten Blick auf den sagenhaften Mann werfen, der tatsächlich einen seiner sagenhaft schimmernden Anzüge trug, mutmaßlich aus einer längst vergessenen, einstmals für ihre Trage- und Pflegeeigenschaften gerühmten Kunstfaser – »das ist *Trevira*«, behauptete Philipp, »es ist der letzte Mann, der noch *Trevira* trägt« –, und der mit bemerkenswerter Ungeniertheit vor der halb geöffneten Tür stehen blieb, so dass ich die verdrossenen Worte des Chefs hören konnte:

»Aha«, sagte der Produzent, »das war's mit der frischen Luft.«

Aber während er mit gespielter Gleichgültigkeit (jedenfalls schien es mir so) an dem Schreibtisch sitzen blieb und gleichgültig in Akten blätterte, als sei es wirklich völlig gleichgültig, dass der Oberkirchenrat vor seiner Tür stand, ließ der Produzent mit einem Mal ein seltsames Geräusch vernehmen, es war fast ein Keuchen. Er stand auf und legte sein Jackett ab. »Verflucht noch mal«, schrie er die Sekretärin an, »können Sie mir nicht die Leute vom Leibe halten?«

»Ja, ja – es ist nur so, dass er gesagt hat, er sei sowieso im Hause unterwegs.«

»Ich habe mir erlaubt, meinen Besuch melden zu lassen«, sagte der Oberkirchenrat heiter und überschritt die Schwelle, die niemand sonst unaufgefordert zu überschreiten wagte.

Die Sekretärin funkelte mich böse an, als sie meinen Blick bemerkte, und schloss die Tür.

»Die blöde Kuh«, sagte Bea, »warum kann sie den Bonzen nicht besser abschirmen? Eines Tages wird er an dem Typ noch ersticken, ist doch schlimm, oder? Und was wollte der überhaupt schon wieder im Sender?«

Tatsächlich war das auch die Frage, die den Produzenten alarmiert hatte. Wozu, um Himmels willen, lief der Mann im Sender herum? Sprach er mit dem Intendanten? Und wenn nicht, was hatte er hier zu suchen?

»Interessant«, sagte der Oberkirchenrat, nachdem er seinen obligatorischen Fensterplatz im Büro des Produzenten eingenommen hatte, »immer wieder interessant, was hier alles so arbeitet, allein schon in der Verwaltung, ohne dass dabei auch nur eine Sendung produziert würde. – Wie in der Kirche«, setzte er fröhlich hinzu.

»Sie sagen es.«

»Macht es Sie nicht manchmal verrückt? Ich meine, Sie sind doch an der Front, und hinter Ihnen, in der Etappe, der Apparat, der tut nichts als zu kontrollieren ...«

»Die Sesselfurzer«, sagte der Produzent plötzlich aggressiv.

»Habe ich den richtigen Knopf gedrückt?«, fragte der Oberkirchenrat vergnügt. »Aber natürlich, diese Leute können auch gefährlich werden.«

»Wieso denn das?«

»Na, überlegen Sie doch mal, ich habe hier zum Beispiel gerade neulich so eine komische Partyeinladung von einer Illustrierten bekommen, von so einem bunten Heft in München, und da steht drauf, dass wir Medienpartner sind, ich meine der Sender und dieses Modemagazin, und da kann man sich ja fragen, was das heißt, und das erfahre ich dann leider auch, wenn ich in die Illustrierte gucke, da steht nämlich, dass sie unsere neue Serie mit Kostümen ausgestattet hat, und zwar in weiterer Medienpartnerschaft mit allerlei Modefirmen, und dann blättere ich noch ein paar Mal um, und dann sehe ich, dass die Modefirmen mit unserer Sendung werben, also, mit anderen Worten: Was ist das für ein Geschäft?«

»Das ganz normale Geschäft. Mein Gott, wir sind froh, wenn wir irgendwo ein paar Klamotten geschenkt bekommen. Fragen Sie doch mal die Kollegen vom *Tatort*, die sind doch auch froh um die Autos, die von Mercedes oder BMW kommen.«

»Aber Mercedes wirbt nicht auf Anzeigen mit dem *Tatort*! Und der *Tatort* bedankt sich nicht im Vorspann bei Mercedes. Aber wir bedanken uns tatsächlich bei dieser Modezeitschrift. Das heißt, wir bedanken uns natürlich nicht, wozu auch! Sondern geben der Zeitschrift die Möglichkeit, bei uns zu werben. Ich habe mir das gerade angeguckt. Bei uns heißt es: Diese Sendung wurde präsentiert von *Mode München*.«

Der Produzent konnte sich nicht erinnern, den Oberkirchenrat jemals so erlebt zu haben, mit einem solchen kindischen Interesse an Details, und er wusste auch nicht, ob der Oberkirchenrat so auftrat, weil er die Welt der Gegengeschäfte gerade erst entdeckt hatte oder weil er sich über ihn lustig machen wollte, indem er sich kindisch stellte.

»Das ist ein Trick von Onkel Albrecht«, behauptete Philipp, »beziehungsweise – vielleicht ist es nur ein Tick, der sich irgendwann als Trick bewährte.« Ich wunderte mich ein wenig, dass der Oberkirchenrat Philipps Onkel sein sollte, aber ich wunderte mich nicht genug, um nachzufragen. Ich war nur wie berauscht von der Entdeckung, in Philipp eine Quelle zu haben, die offenbar präzise Kenntnis aus einer Gegend mit sich führte, in dem dieser Mann und womöglich, ich konnte es mir jedenfalls vorstellen, weitere Widersacher des Bonzen zu Hause waren.

»Oder es ist umgekehrt, und der Trick, weil er so gut funktionierte, wurde schließlich zu einem Tick«, schlug ich in meiner Begeisterung vor.

»However«, sagte Philipp, der mich noch nicht als Experte für die Psychologie seines Onkels akzeptierte, »jedenfalls schaut Onkel Albrecht immer die Sachen so schräg von unten an. Wirklich wie ein Kind«, setzte er hinzu, als sei hier ein Gegenstand tiefer Weisheit zu entdecken, »will sagen, er macht sich ganz klein. – Was natürlich schon wieder superarrogant ist«, schloss er triumphierend.

Der Produzent, der seinerseits entschieden den Blick von oben bevorzugte und sich keineswegs auf Kindlichkeiten einlassen wollte, sagte dagegen zum Oberkirchenrat, um die Üblichkeit des Vorgangs zu betonen, aber mehr noch: um zu einem Gespräch unter Erwachsenen zurückzukehren: »Ja, nun – was wollen Sie? So geht das eben.«

Der Oberkirchenrat indes blieb auf seiner Spur. Er ging wie ein Storch mit dem Kopf nickend im Zimmer auf und ab. »Es kann doch nicht sein, dass die paar Kostüme alles sind, was wir von der Illustrierten oder, besser gesagt, auf dem Umweg über die Illustrierte bekommen. Die Werbung, die wir für das Blatt machen, ist doch viel mehr wert. Das kann man doch ausrechnen, ich meine, Ihre Sesselfurzer können das, was die Werbeminuten da eigentlich kosten müssten, und da stellt sich doch die Frage, wo das Geld jetzt ist, ich meine: bei wem.«

Der Produzent hielt es für möglich, dass ihm der Oberkirchenrat eine Falle stellte, aber seine Ehre als Profi zwang ihn doch zu einer Richtigstellung: »Es sind ja nicht nur die Kostüme. Die Anzeigen da in dem Blatt, die machen auch Werbung für die Serie. Da geht's um schicke Kleider von einem angesagten Label – für eine schicke, dann hoffentlich auch bald angesagte Serie.«

»Ja, weiß ich, das habe ich gerade gelernt: Man nennt das Imagetransfer. Aber es ist doch sehr die Frage, ob da Image in nennenswertem Umfang von dieser *Corinna Morsbach* zu uns fließt oder ob wir es nicht vielmehr sind, die das Image spenden, und auch das können Ihre Sesselfurzer gewiss sagen, wer davon mehr hat und was dieses Mehr dann eigentlich kosten müsste, wenn alles mit rechten Dingen zugeht.«

Dem Produzenten begann wieder das Blut in den Schläfen zu pochen. »Mit rechten Dingen – verflucht noch mal, was soll das heißen? Es sind die normalen Dinge, weiter nichts, und wenn's da Fragen geben sollte, dann kann man das ganz gemütlich klären.«

»Nein, mein Lieber, das kann eher ungemütlich werden. Wenn man annehmen wollte, ich meine, um Himmels willen, das ist nur ein Gedankenspiel, mehr nicht, wir hätten für die Werbung nicht mehr bekommen als die Kleider oder diese fragwürdigen Anzeigen – dann wäre das doch, wie müsste man das nennen, Untreue zu Lasten des Senders?«

»Die Produktionsfirma, verflucht noch mal, ist nicht der Sender, das ist eine eigene Firma, und die leite ich, und die muss ihre eigenen Geschäfte machen.« Die Faust, die der Produzent geballt und gehoben hatte, fiel mit unfreiwilliger Wucht auf den Schreibtisch. »Wo sind wir denn, verflucht noch mal!«

»Ja eben«, sagte der Oberkirchenrat sanft und eifrig, »das

eben ist die Frage: Wo befinden wir uns mit diesem Geschäft? Diese eigene Firma ist immer noch eine Tochter des Senders, und Sie sind, wenn mich nicht alles täuscht, als Angestellter des Senders für diese Tochter zuständig.«

Er hatte inzwischen wieder seine Grundstellung am Fenster eingenommen, die tiefstehende Sonne durchschien die Sichelnase wie ein Pergamentpapier. »Und da muss man also doch fragen, was das Geschäft dem Sender nützt und was er davon weiß – beziehungsweise«, setzte er etwas unlogisch hinzu, »muss man verhindern, dass solche Fragen jemals gestellt werden.« Von dem schimmernden Pergament hoben sich, so schien es dem Produzenten, Krähenfüße dunkel wie unheimliche Schriftzeichen ab. »Denn«, fuhr der Oberkirchenrat unerbittlich fort, »wenn wir doch noch was anderes als die Kostüme gekriegt haben, dann könnte man fragen, was das ist und bei wem es landet.«

Der Produzent wusste natürlich, was es war und bei wem es landete. Es landete bei niemand Besonderem, aber natürlich oft auch bei ihm, allerding keineswegs durchweg als Annehmlichkeit. Es waren die Reisen, die Partys, die Vertraulichkeiten, die Adressbücher der Modefuzzis, die Möglichkeit, mal ein Model in die Sendung zu kriegen, ein richtig teures, das über Agenturen gar nicht zu bezahlen war, es ging um den Beziehungsrohstoff, mit dem die Produktionsfirma arbeitete, es war am Ende die Luft, die er atmete, nicht nur er, verflucht noch mal, die ganze Family lebte davon. »Der Bonze sagt immer: Wir können doch nicht im luftleeren Raum leben« (Bea).

Aber es war ihm andererseits auch zu blöd, von all dem zu erzählen, vom Knüpfen der Beziehungen, dem Geben und Nehmen, von der Mühsal, eine geneigte Atmosphäre aufzubauen, die nun mal nicht für lau zu haben war, sondern etwas,

was man nicht abrechnen, aber auch nicht unbezahlt lassen konnte, also dem Oberkirchenrat von all den Selbstverständlichkeiten zu erzählen, die natürlich auch manchmal das Herz wärmten und für das Alter vorsorgten. Es war ihm zu blöd, und vielleicht hielt er es auch für aussichtslos.

»Das wird mir zu blöd«, sagte er.

»Ja«, sagte der Oberkirchenrat, »das kann sehr blöd werden. Ich kann die Sache aber auch abkürzen und Ihnen einfach den Rat geben: Verhindern Sie, dass jemals die Frage gestellt wird, in wessen Auftrag Sie Ihre Gegengeschäfte treiben. Vor allem versuchen Sie niemals, sich auf die Zustimmung oder Kenntnis des Intendanten herauszureden.« Der Oberkirchenrat schien seine Storchenstelzerei durchs Zimmer wieder aufnehmen zu wollen, besann sich aber und stelzte nur bis zur Tür, die er öffnete, bevor er sich noch einmal umwandte und mit einem seltsamen Ausdruck hinzusetzte: »Sonst rappelt's im Karton!«

»Jetzt aber raus mit Ihnen«, sagte die Sekretärin zu mir, der ich noch immer im Vorzimmer herumlungerte und den Fehler begangen hatte, angesichts des saloppen Abgangs des Mannes einen weiteren verblüfften Blick in ihre Richtung zu senden.

Der Oberkirchenrat hatte indes den Rausschmiss auf sich bezogen. Er neigte ironisch sein Haupt vor dem Vorzimmerdrachen, nickte mir überraschend vertraulich zu und rieb sich die Hände, als sei die Aussicht auf einen Karton, in dem es rappelt, nicht nur als Warnung zu verstehen, sondern auch als eine Perspektive, die vergnügt stimmen konnte.

13. Auf der Stelle, unverzüglich, sofort

Der Besuch des Oberkirchenrates, der das Maß des Unangenehmen, das die letzten vierundzwanzig Stunden für den Produzenten bereitgehalten hatten, vollmachte (genauer gesagt: zum Überlaufen brachte), verdoppelte zugleich sein Verlangen nach Christina. »Der verfluchte Kirchenmann hat ihn endgültig verrückt gemacht« (Bea). Ich konnte mir allerdings gut vorstellen, dass der Bonze meinte, er könne mit dem Oberkirchenrat leichter fertig werden, wenn es ihm nur gelänge, endlich in eine nähere Beziehung zu Christina zu treten. Jedenfalls raffte er sich ein letztes Mal an diesem Tag auf, rief seine Sekretärin noch einmal zurück, die schon dabei war, den Mantel anzuziehen, damit sie mich nötigenfalls persönlich vor die Tür setzen konnte, und bat um eine Telefonverbindung. »Bitte geben Sie mir jetzt noch mal dieses Fräulein Laroche, dieses Unglücksmädchen …«

»Aus der Unglücksshow«, ergänzte die Sekretärin.

»Sie sagen es«, bestätigte der Produzent, es waren die letzten Worte, die ich von ihm selbst vernahm.

Es wäre gewiss nicht ohne psychologisches Interesse, den Wortlaut des folgenden Telefonats zwischen ihm und Christina zu haben. Es könnte sogar sein, dass sich ein Mitschnitt in den unerschöpflichen Archiven des Senders findet, der zur großflächigen Bespitzelung seiner Mitarbeiter neigte. Ich wäre auch ersatzweise bereit, einen Dialog zu erfinden. An der nötigen Skrupellosigkeit fehlte es mir schon lange nicht mehr, selbst weite Leerstellen in der Partitur mit Stimmen zu füllen. Andererseits genügt es vielleicht, sich ein stockendes, beiderseitig peinlich berührtes, zugleich aber drängend interessiertes Gespräch vorzustellen.

Vielleicht hilft es auch, sich klarzumachen, dass beide gegenüber dem jeweils anderen einen Trumpf in Händen hielten, von dem sie nichts wussten. Christinas Trumpf war die Unschuld, die der Fernsehdirektor in ihr vermutete, die sie aber naturgemäß nicht an sich wahrnehmen konnte. Der Trumpf, den der Fernsehproduzent besaß, aber wiederum als seinen Besitz nicht erkennen konnte, war das erlahmte Interesse an ihrer Person, das Christina ihm unterstellte. Anders gesagt: Sie sprachen miteinander in der wechselseitigen Furcht, verschmäht zu werden.

Weniges beflügelt Liebe so sehr.

Die Furcht, verschmäht zu werden – auch das kann man bei Casanova nachlesen –, lässt sogar Liebe entstehen, wo sie sonst nicht wächst.

Kurzum, Christina und der Produzent, in dem Moment, da sie beide ein Wiedersehen für unwahrscheinlich, wenn nicht ausgeschlossen hielten, wollten sich auf der Stelle, unverzüglich, sofort wiedersehen. Wenn die Möglichkeit bestanden hätte, wären sie sich am Telefon in die Arme gefallen.

Da die Möglichkeit nicht bestand, fanden sie ein Hotel. Sie fanden tatsächlich, wie ich wenig später erfahren sollte, am nächsten Tag ein Hotel, in dem sie ineinandersanken.

14. Wer A sagt, muss auch B sagen

»Quatsch«, sagte Bea, »das ist Quatsch, so schnell geht das nicht. Die sind da auch noch im Hotel stundenlang umeinandergeschlichen, wie in den Wochen zuvor.«

»Woher willst du das wissen?«

»Das kann gar nicht anders sein. Man nennt es auch Psychologie«, sagte sie und tätschelte mit zufriedener Herablassung meine Wange. »Wo bleibt deine berühmte Intuition? Ist doch klar, die haben sich so belauert. Sind von der Lobby in die Bar, von der Bar in die Lobby gezogen, dann hoch auf die Zimmer, dann wieder runter. Ist ja auch ganz unwahrscheinlich, dass sie gleich ein Doppelzimmer genommen haben. Man kann doch so eine Nacht, ich meine, die erste Nacht, nicht programmieren, das weiß der Bonze auch, so plump ist er nicht. Ich meine – ja, er ist plump, aber nicht so!«

»Voi sapete quel che fa«, summte ich, es war eine kleine Frechheit, die ich Mozarts *Don Giovanni* entnahm.

»Mit deinen blöden Opern kann man auch nicht alles erklären. Nee, die beiden sind dann vielleicht noch mal rausgegangen, ein bisschen shoppen oder auch nicht, Arm in Arm, und dann auch wieder nicht, ein fehlgeküsstes Küsschen, ich meine so ein verwackeltes, das nicht auf dem Öhrchen, sondern auf dem Haar landet, und dann vielleicht auch ein getroffenes, und dann sind sie wieder ins Hotel, und dann, und dann und dann ...«

»Aber der Bonze platzte doch vor Ungeduld.«

»Aber dann vielleicht nicht mehr. Oder vielleicht doch, weiß ich nicht genau. Er hat natürlich gewollt, aber sich jetzt auch gefürchtet, bin ich mir ganz sicher.«

»Und Christina«, sagte ich, »hat zwar weiterhin im Grunde nicht gewollt, aber sich jetzt auch nicht mehr gefürchtet.«

»Du idealisierst deine Christina auf eine Art und Weise«, Bea zog eine saure Miene, »die ist so ein Loser, für die war der Bonze die letzte Rettung.«

»Aber du willst doch nicht sagen, dass sie sich prostituiert hat!«

»Du armer Irrer«, Bea senkte die Lider mit gespielter Erschöpfung und hauchte mir einen Kuss zu, »du bist wirklich ein armer Irrer. Was heißt schon Prostitution? Diese Christina braucht jemanden, und sie braucht ihn jedenfalls nicht fürs Herz.«

Und wahrscheinlich wäre ich an dieser Stelle mit meinen Mutmaßungen nicht weitergekommen, wenn ich nicht neben Bea noch eine andere Zeugin gefunden hätte.

Am nächsten Tag, als ich etwas benommen aus einer Vorlesung kam, nämlich benommen von der Pedanterie eines Professors, der über radikalen Konstruktivismus in den Rechtswissenschaften las, stieß ich auf Philipp, der um die Ecke des Uni-Hauptgebäudes bog und eine aufsehenerregende Schönheit an seiner Seite hatte.

Doro, schwarzhaarig, sprühend, schaumgeboren, die legendäre Freundin Christinas, die es einmal schon in die *Morgenzeitung* geschafft hatte, weil sie für die Begleiterin eines Tennisstars gehalten worden war, erkannte in mir augenblicklich den geborenen Vasallen. Sie befahl mir ohne Umschweife, in ein Café mitzukommen, in dem das Gespräch dann auch sogleich auf Christina und den Bonzen kam.

Doro versuchte etwas, was ihrer strahlenden Physiognomie eigentlich nicht gegeben war, nämlich einen bekümmerten Ausdruck anzunehmen: »Jetzt sind sie also ein Paar.«

»Du kennst doch diesen Typ, ich meine, den alten Sack?«, fragte mich Philipp düster.

»Das ist nicht irgendein alter Sack, sondern ein mächtiger Mann, in seiner Welt jedenfalls, ein richtig schwerer Fernsehbonze.«

»Weiß ich, weiß ich«, seufzte Philipp. »Aber hast du ihn bei deinem Praktikum nicht kennen gelernt?«

»Nicht richtig, aber ich kenne eine Dauergeliebte von ihm, diese Bea. Die war damals übrigens auch auf Bens legendärem Geburtstag in der Bude, noch in Begleitung von Alex.« Bude war der Ausdruck, den wir in alter Studententradition, aber vielleicht auch in ehrlicher Erkenntnis ihres maroden Zustands für unsere WG benutzten.

»Meinst du etwa diese peinliche Tussi mit den kurzen Röckchen und den Lackstiefeln?«, fragte Doro.

»Das ist ganz ungerecht«, protestierte ich, »Bea ist ein wirklich rührender Mensch.«

»Und nicht blöd«, sagte der gute Philipp, »falls ich mich richtig erinnere. Bea, das war doch auf Bens Geburtstag die mit dem Kuss, die Alex diesen unendlich lang gezogenen, sozusagen rodinhaften Kuss gegeben hat. Von dem Harry so skandalisiert war. Der stand doch völlig besoffen vor den beiden und beugte sich immer tiefer, als ob er den Kuss mit der Lupe untersuchen wollte, minutenlang.«

»Ja«, sagte ich, »das war sagenhaft. Sagenhaft. Das war sozusagen der Kuss schlechthin, der Kuss in Großbuchstaben. Und Harry kam gar nicht mehr raus aus seinem Zustand rauschhaften Abscheus.«

»Na, der hätte die beiden am liebsten aus dem Tempel geprügelt.«

»Und was ist jetzt mit dieser legendären Virtuosin?«, fragte Doro. »Gibt's die noch, ich meine, hat der Bonze sie noch?«

»Ja«, sagte ich, »die bleibt sein Trost. Sein Stecken und Stab.«

»Und Christina kommt jetzt noch dazu, obendrauf, on the top sozusagen?«

»Ja«, sagte ich, »bei Häagen Dasz nennen sie das Topping.«

»Kann keine Liebe sein«, murmelte Philipp.

»Nein«, sagte ich streng, »das Gedicht heißt: *Kann keine Trauer sein.*«

»Stimmt«, sagte Doro, »Trauer wär auch übertrieben.«

Wir schwiegen einen Moment. Der Kellner klapperte in der Küche vernehmlich mit Geschirr, draußen begann es zu regnen, und wir hörten den Wind, der in die Straßenbäume fuhr. »Keine Liebe/Keine Trauer/Überhaupt gar nichts von Dauer«, summte Philipp.

Doro runzelte die schön gezupften Brauen. »Was ist denn das für ein grauslicher Schlager?«

»Nix Schlager – das war mal die Neue Deutsche Welle.«

»Aha«, sagte ich, »und wo ist diese Welle jetzt?«

»Auf der surfen jetzt wahrscheinlich Christina und der Bonze«, erklärte Doro, das Biest.

Philipp seufzte. »Das ist wahrscheinlich auch eines deiner Gesetze: dass sich die Schüchternsten immer in die wüstesten Geschichten verwickeln.« Er sah auf die Uhr.

»War's dir zu viel?«, fragte Doro

»XXL«, sagte Philipp und verschwand.

So war ich mit Doro allein.

»Wüst«, sagte sie, »wüst ist natürlich nicht der richtige Ausdruck. Es ist eher das Gegenteil. Christina lässt es so über sich ergehen, ich könnte wahnsinnig werden.«

»Aber wieso?«, fragte ich.

»Na ja, sie ist halt so ein Mensch, der denkt, wer A sagt, muss auch B sagen. Stimmt ja vielleicht auch. Aber sie sagt dann auch C und D, das ganze Alphabet durch bis zum Z.«

»Und bei welchem Buchstaben ist sie jetzt so, was meinst du?«

»Jedenfalls sind sie jetzt ein Paar.«

»Ich dachte ...«

»Jaja, alle dachten, es sei seit Wochen so, aber tatsächlich war es erst gestern so weit. Christina hat mich angerufen«, sagte Doro dumpf. »Ihr ist ganz schlecht.« Wenn Doro etwas dumpf sagte – oder vielmehr, wenn ich behaupte, dass sie etwas dumpf sagte –, dann war es immer noch bezaubernd, aber dieses Bezaubernde, das sie nicht abstellen konnte, senkte jetzt die Stimme um eine Oktave und trat in den Dienst der Bekümmerung.

»Ja«, sagte ich, »ja, das scheint mir aber die Frage zu sein, ich meine, ich kenne Christina ja nicht, aber das ist doch die Frage, wie sie das erlebt, was sie so passiv mitmacht.«

»Das kann ich dir sagen«, Doro beugte sich mit dem bezaubernden Ausdruck der Bekümmerung vor, »sie erlebt es als genau das, als passives Mitmachen. Sie wundert sich, dass es geht, ich meine: wie bei einem Uhrwerk, das funktioniert, aber ohne Spaß.«

»Aha«, sagte ich, »es klingelt also nicht.«

»Ja«, sagte Doro, »der Wecker tickt, aber klingelt nicht.« Sie überlegte einen Moment, ihre Augen strahlten unangemessen versonnen: »Na, genauer müsste man wohl sagen: Obwohl der Wecker nicht klingelt, gar nicht klingeln kann, weil er nicht auf Klingeln gestellt ist, tickt er trotzdem tapfer vor sich hin.«

»Soso«, sagte ich, »klingt ja ziemlich traurig. Mit anderen Worten: Christina hat sich darüber gewundert, dass sie mit dem Bonzen schlafen konnte, obwohl sie mit ihm nicht schlafen wollte.« Doro lächelte bitter oder vielleicht eher tadelnd, als sei hier alles zusammengekommen, was sie schon immer an Christina zum Verzweifeln gefunden hatte.

Wenn Doro damals durch den Austausch solcher Vertraulichkeiten mit mir flirten wollte, dann habe ich es jedenfalls nicht bemerkt. Wahrscheinlich war ich aber für sie in diesem Moment eher so etwas wie der Unbekannte im Zug, dem man sein Herz ausschüttet. Es war natürlich nicht Doros Herzensinhalt, sondern Christinas; aber Doro wollte etwas von dem wieder loswerden, was Christina in sie hineingeschüttet hatte. Es gibt diese Exportkette des Unglücks: Der eine klagt sein Elend einem anderen, dieser erzählt einem Dritten davon, der Dritte einem Vierten, und am Ende ist der Jammer auf vielen Schultern (oder wenigstens in vielen Ohren) verteilt, ohne dass, selbstverständlich, dieser seelische Lastenausgleich dem ursprünglich Betroffenen in irgendeiner Weise zu helfen geeignet wäre.

Aber wer weiß. Auf jeden Fall scheint es, als ob die Affäre von Christina und dem Fernsehbonzen über das normale Maß der Anteilnahme hinaus einen Überschuss produzierte, den niemand gerne bei sich behalten wollte. Worin bestand der Überschuss? Es war nichts Gewisses, es war nur die Erwartung, eine Erwartung von Unheil, wie sie auch mich sofort ergriffen hatte, vergleichbar der Erwartung vor einem Gewitter, vor einer elektrischen Entladung beim Kontakt von Sphären, die besser getrennt blieben. Christina gehörte zu den Verlierern, der Bonze zu den Siegern der Geschichte, die einen stiegen auf, die anderen stiegen ab, was wollte der Bonze, der schon alles hatte, noch von Christina haben? Einen Quickie auf dem Treppenabsatz der deutschen Sozialgeschichte? Von der Erwartung eines Blitzes, vielleicht sogar eines verheerenden Feuers, das alles in Asche oder einen zweiten Zustand überführte, konnte sich niemand freimachen; sonst hätten nicht alle so bereitwillig zur Erzählung einer Geschichte beigetragen, die niemand genau oder doch jeder nur in Einzelteilen kannte.

Und offenbar war es tatsächlich so, wie Bea vermutet hatte und Doro mir aus ihrem Gespräch mit Christina bestätigte, dass die beiden erst nach langem Zaudern und Zögern und Treppauf-, Treppabsteigen, inzwischen schon ziemlich besoffen, im Hotelzimmer des Bonzen landeten, wo sich alles Folgende weitgehend mechanisch vollzog.

Es war auch nicht so sehr Christina, sondern Doro, die das nicht hinnehmen wollte. »Aha«, sagte Doro zu ihr, »er hat dich also mehr oder weniger vergewaltigt.«

»Nein«, sagte Christina. »Stimmt schon, ich hatte keine Lust, aber ich war klatschnass.«

»Ssst! Geht das?«

»Ja, es geht. Es geht, verflucht noch mal.«

Der Produzent fand also, sehr im Gegensatz zu seinen rustikalen Phantasien, keine schwer durchdringliche Wildnis vor, sondern ein sanftes Flussbett, auf dem er sein leider auch völlig unheroisches Faltboot mühelos einschiffen konnte, bis es in sich zusammenfiel, in keinem Chiasmus, sondern einem milden Seufzer. »Der Bonze, nachdem er sich erst gefürchtet hat, war dann natürlich enttäuscht« (Bea).

Es war alles ganz anders als gedacht. Es war auch nicht so, dass Christina, die er sich eher unbiegsam und knochig gedacht hatte, eine Amazone gewesen wäre. Sie war auf eine angenehme, gänzlich unspektakuläre Weise warm und mollig. Keine Herausforderung, sondern etwas, an dessen Seite man gerne und beruhigt schlief.

Der Produzent hätte auch an ihrer Seite geschlafen beziehungsweise war schon dabei, als Christina plötzlich mit einem kleinen Schrei das Bett verließ, ein Weilchen vernehmbar im Badezimmer herumkramte und dann, im Hotelbademantel wieder hereinkommend, erklärte: »Es ist irgendwie ein bisschen blöd, das jetzt zu sagen, aber ich habe die Pille vergessen, und es ist nicht ausgeschlossen, dass ich schwanger werde.«

In dem Kopf des Produzenten blühte der Satz zusammen mit einer plötzlich einsetzenden Migräne auf. Aber was hatte er gedacht? Wie konnte er davon ausgehen, dass diese Christina, die er sich als nahezu unberührt und ahnungslos vorgestellt hatte, überhaupt verhütete? Dem Produzenten wurde schlecht. Das war ein hoher Preis. Er sah die Kette der Aufregungen und Heulkrämpfe vor sich, der Beklemmungen und Klammerzustände, die berühmte Kette, sie legte sich ihm würgend um den Hals. Er stand auf und taumelte ins Badezimmer. Er kotzte und kotzte, er wollte alles loswerden. Es war ein langes Purgatorium.

»Und da hat er immer noch nicht kapiert«, sagte Bea, »dass ihm diese Maus nicht bekommt, obwohl sie schon in seinen Eingeweiden rumorte – ist doch schlimm, oder was?«

Christina saß im Bett, als er aus dem Bad zurückkam, und weinte ein bisschen, was den Produzenten beruhigte. Es war sogar so, dass die Weichheit ihres Körpers im Weinen noch gewann und sich der überraschten Wahrnehmung ihrer offenbar unbehinderten Fruchtbarkeit einladend verband, so dass der Produzent noch einmal oder zum ersten Mal ein Drängen empfand, dass ihn jetzt auch etwas energischer in sie führte.

»Er hat es dann noch einmal getan?«, fragte Doro entsetzt. »Nachdem er gekotzt hat?«

»Ja, er wollte dann noch mal«, sagte Christina, vielleicht sogar mit einem leicht geschmeichelten Lächeln oder zumindest einem Lächeln der Genugtuung.

Das hätte nun, nachdem es zu einem Gewitterblitz nicht

gereicht hatte, zumindest der Falke in einer Novelle sein müssen. Aber was war das, in dieser Geschichte, für ein armseliges, federnasses Jungvögelchen! Es war weniger und mehr als eine Metapher. Es saß, während schon das Dämmerlicht des Morgens ins Hotelzimmer sickerte, draußen auf der Fensterbank und fror, es blickte mit dem scharfen Äugelchen über dem gelben, noch kaum ausgebildeten Hackschnäbelchen ins Innere, ob da vielleicht eine Maus oder eine andere kleine warme Mahlzeit zu fressen wäre. »Schau mal«, sagte Christina.

»Ich fasse es nicht«, sagte der Produzent, »das ist ein richtiger kleiner Raubvogel, der hat sich verirrt, vielleicht sogar ein junger Wanderfalke, etwas ganz Seltenes. Das ist ein Fall für die Feuerwehr oder den Naturschutzbeauftragten – oder was es hier in der Stadt dafür so gibt. Da muss ich, glaube ich, mal im Hotel Bescheid sagen.« Und er wälzte sich über Christina hinweg zum Telefon.

»Oder für die Bildzeitung!«, rief sie. »Da fotografieren sie uns gleich mit. Nackt im Bett! Seitensprung endet in Vogelschutzwarte!«

»Du hast sie wohl nicht mehr alle! Also echt«, brummte der Produzent, »also echt, die Kleene hier.«

Und so endete diese fast ins Katastrophische entglittene Nacht am Morgen danach doch in so etwas wie einem Anfall guter Laune.

15. Fischer und Karpfen

Wenn der Fernsehproduzent gedacht hatte, Christina würde sich nun an ihn klammern, dann sah er sich getäuscht. Christina fühlte sich im Gegenteil schon nach wenigen Tagen merkwürdig befreit. »Sie denkt, jetzt ist sie quitt« (Doro). Sie hatte die Nacht überstanden, die ihr ohnehin unvermeidlich erschienen war. Sie hatte die Nacht sogar sehr gut überstanden, wie sie fand, und fühlte sich nicht im Mindesten schwanger. Sie betrachtete die Welt, insbesondere die Männerwelt, mit einem Anflug von Herablassung, jedenfalls fühlte sie keinen Anlass, dem Bonzen bequem zu sein oder auch nur Zeichen gesteigerter Anhänglichkeit zu zeigen. In der Mensa, die sie gewohnheitsmäßig noch immer besuchte, mied sie nicht mehr die Tische, an denen die Kommilitonen saßen, die sie früher für aufdringlich gehalten hätte.

»Die Kleine ist dann regelrecht frech geworden«, sagte Bea.

»Was soll denn das heißen?«

»Na, die hatte so was von Oberwasser, ich habe sie ja gesehen, wie sie sich ihr Stammessen holte und dann zu ihrem Exfreund rübersegelte.«

Und tatsächlich setzte sich Christina zum Rupi, um den sie seit Jahren einen Bogen gemacht hatte, weil sie die erotische Überlegenheit fürchtete, die sie in ihm, der ihr erster Freund gewesen war, lange vermutet hatte. Diese Vermutung war jetzt erloschen. »Na«, sagte sie und nahm seine schmale harte Hand, »wie geht's dir?«

»Und dir?«

Ich wusste, dass Tante Rehleins knochiger Sohn selbst die unverfänglichsten Fragen zunächst mit einer Gegenfrage beantwortete. Es wäre ein Wunder gewesen, wenn er in diesem Moment nicht nach dem Muster verfahren sein sollte, das Christina früher zur Verzweiflung gebracht hatte. Aber diese Verzweiflung war jetzt ebenfalls erloschen.

»Mir geht es sehr gut«, sagte Christina vergnügt, denn zu mehr als dieser Mitteilung hatte das Gespräch nicht dienen sollen.

Ihr wurde nur übel, wenn sie an die Schneiderei dachte, die zu Hause auf sie wartete. Denn wenn sie auch *Corinna Morsbach* fast vergessen hatte, das Atelier hatte sie nicht vergessen und schickte täglich neue Stoffe und Schnitte. Diese Last, das spürte sie deutlich, musste der Fernsehproduzent noch von ihr nehmen.

Wenn Christina allerdings ihrerseits geglaubt hatte, der Produzent werde sie in Kürze anrufen, ja stündlich mit Anrufen terrorisieren, dann sah sie sich ebenfalls getäuscht. Er war abwesend, sehr abwesend. Er hatte, wie es in den alten französischen Romanen heißt, Christina »gehabt«; das machte ihn phlegmatisch, einerseits. Andererseits blieb von der Aufregung der Nacht ein Fonds von Sorge zurück, der seinen inneren Blick auch auf all das lenkte, worüber er sich womöglich noch Sorgen zu machen hatte, und da tauchte denn aus den Nebeln der wie narkotisiert zugebrachten letzten Tage mit plötzlicher Schärfe der Oberkirchenrat wieder auf. »Onkel Albrecht wird man schwer wieder los; er findet in allem den Wurm« (Philipp).

Und in der Tat sah der Produzent den Storch wieder vor sich, wie er durch sein Zimmer gestelzt war und mit jedem Ruck seines Schnabels einen Wurm ans Licht befördert hatte, der gar nicht dazu da war, in kritische Höhe gehoben zu werden, sondern im fruchtbaren Urschlamm des Studios seine nützliche Funktion hatte. Es war ein ärgerliches Schauspiel, aber was hatte der Oberkirchenrat, bitte schön, genau gesagt? Es ging um Fragen, die besser nicht gestellt werden sollten, um die Sesselfurzer, die irgendetwas ausrechnen könnten, aber um Himmels willen nicht ausrechnen sollten, um den Intendanten, der ahnungslos gehalten werden musste – doch in all dem schon gewohnten Hin und Her von unklaren Ermahnungen und Ratschlägen war auch das kleine hässliche Wörtchen »Untreue« gefallen, das in der unerfreulichen Juristensprache, wie er argwöhnte, eine präzise Bedeutung hatte, und mit einem Male erschien ihm das Neue des Gesprächs, seine pedantische Detailverliebtheit, nicht mehr kindisch, sondern gesteigert bedrohlich.

»Geben Sie mir mal den Dr. Fischer«, rief er seiner Sekretärin durch die halb geöffnete Tür zu, »der muss mir was erklären, und zwar sofort!«

»Sofort geht bei Dr. Fischer nie was«, gab die Sekretärin mürrisch zurück.

Aber Dr. Fischer war wider alle Gewohnheit doch sofort am Apparat und konnte tatsächlich etwas erklären, das indes die Beunruhigung des Produzenten nur steigerte. Am beunruhigendsten war, dass der Anwalt, der mit ihm jahrelang durch dick und dünn gegangen war, nicht im geringsten die Verwunderung darüber teilte, dass sich der Oberkirchenrat plötzlich für Details von Medienpartnerschaften und kleinen Gegengeschäften interessierte. Dr. Fischer wischte alles, was er »Praktiken in der Grauzone« nannte, großzügig beiseite und stürzte sich augenblicks auf die Intendantenfrage.

»Der Oberkirchenrat, mein Lieber, ist nicht plötzlich durchgeknallt und auch nicht dein Feind geworden. Er hat getan, was er auf seine«, Fischer lachte, »leicht trottelige

Weise immer tut: Er hat dich gewarnt. Wahrscheinlich denkt er, er bringt dich damit auf den Weg des Heils zurück«, er lachte schwächer und räusperte sich: »Nehmen wir einmal an, der Rundfunkrat oder der Verwaltungsrat oder beide zusammen wollten den Intendanten kippen, vielleicht sogar schon lange, dann wär das jetzt nämlich der Moment.«

»Der Moment? Was für ein Moment?«

»Na, meinetwegen die Lage, wenn dir das besser gefällt.« Dr. Fischer war unbestreitbar in seinem Element, und den Produzenten konnte die Sachkunde nur grausen, mit er sich darin bewegte. »Den öffentlich-rechtlichen Sumpf kennt der dicke Fischer wie seine Westentasche«, behauptete Philipp. »Wenn's da überhaupt etwas zu holen gibt – er holt es raus. Was nicht heißt, dass er unverwundbar wäre«, setzte er melancholisch hinzu. »Seine Medienrechtsvorlesungen waren jedenfalls das Beste, was ich jemals gehört habe. Mit echten Fällen! Und das hat ihm wahrscheinlich dann auch das Genick gebrochen.« Philipp hatte, wie sich zeigte, bei Fischer promoviert und blickte seinem Lehrer mit unverminderter Zärtlichkeit hinterher. »Das Ei, wir haben ihn immer nur das Ei genannt – klein, fett und brillant.«

»Seit wann haben Eier ein Genick?«, fragte ich.

»Na, den Lehrauftrag war er wieder los. – Trotzdem kennt er noch immer die Lage der fettesten Karpfen, und das schützt ihn irgendwie.«

Dr. Fischer explizierte dem Produzenten auch jetzt die Lage der Karpfen mit Genuss. »Wir haben die Lage, in der die Gremienheinis nur die Frage stellen müssten, was der Intendant von deinen Geschäften weiß. Wenn der Intendant sagt, er weiß nichts davon, dann ist er geliefert, weil er seiner Verantwortung nicht nachgekommen ist oder seine Aufsichtspflichten verletzt hat oder Pipapo, was weiß ich. Dann stürzt er, und dich wird er in den Abgrund mitreißen, das schwör ich dir.«

Der Produzent sah den Abgrund, und es schwindelte ihn. Bin ich jetzt wirklich blöde?, fragte er sich. »Und dann hat der Anwalt dem Bonzen noch mal extra das Mordwerkzeug gezeigt, mit dem der Kirchentyp seit Tagen rumläuft« (Bea). Gleichwohl versuchte der Bonze einen letzten Protest. »Das kann der Intendant doch im Ernst nicht sagen, ich meine, dass er nichts von nichts weiß, er ist doch nicht weltfremd, er weiß doch, wie das Geschäft läuft.«

»Tja-ha«, Fischer machte das kleine, halb hustende, halb triumphierende Geräusch, das Anwälte so gerne machen, wenn ihnen der Mandant in seiner ganzen Arglosigkeit gegenübersitzt, »das ist deine Position, und die ist für den Intendanten noch schlimmer! Wenn er wirklich sagen sollte, er weiß es, oder schlimmer noch, du sagtest, er wisse es, er hätte es vielleicht sogar angeordnet oder auch nur wohlwollend begleitet, dann geht er sowieso sofort hops. Denn öffentlich darf das alles nicht werden, da beißt die Maus keinen Faden von ab, und wenn die Medien erst darüber berichten, dann gibt es ein Gemetzel, da zittert das ganze öffentlich-rechtliche System, und deine Firma wird filetiert, bis aufs Skelett.«

»Du meinst, da rappelt's im Karton«, sagte der Produzent trostlos.

»Aber hallo!«

»Siegfried, du musst mir helfen«, sagte der Produzent.

»Jetzt beruhige dich doch erst mal«, Fischer versuchte, ein beruhigendes Brummen auch in seine Stimme zu bringen, »ich meine, das kann schon unangenehm werden, wenn die Fragerei losgeht, da hat der Oberkirchenrat recht, aber das muss dann auch in allen Einzelheiten erst mal bewiesen werden. Wie sehen denn die Verträge aus?«

»Ach, die sind ganz allgemein, weißt du doch.«

»Ja, ich erinnere mich undeutlich. – Mensch, Mensch!« Es war, als ob ein Anflug echter Wärme durchs Telefon ging, oder war es nur erheuchelte Nostalgie? »Wir sind doch Jahre durch dick und dünn gegangen, warum hast mich eigentlich damals rausgeschmissen?«

»Weil du so ein verdammter Bedenkenträger bist«

»Und jetzt?«

»Siegfried, komm zurück!«

»Das kann ich nicht, und das weißt du genau. Ich habe jetzt ganz andere Mandanten, und noch dazu ist gerade einer gekommen, dem habt ihr gekündigt.«

»Mit so was gibst du dich ab?«

»Was soll ich sagen? Der Ewige ist grausam, aber gerecht. – Nein, im Ernst, wenn die Verträge die alten geblieben sind, kann's doch nur um die Abwicklung gehen, und wer kennt denn da überhaupt die Details?«

»Na, nur mein Büro. Meine Referenten.«

»Bingo! Die kannst du doch ruhigstellen. Oder gibt's da irgendwelche Wunden, die nicht heilen wollen?«

»Na ja«, sagte der Produzent kleinlaut, »einen habe ich gerade rausgekegelt. Beziehungsweise vielleicht auch nicht. Vielleicht hat's nicht geklappt.«

»Doch«, sagte Fischer, und er schien jetzt auch irgendwie trostlos, »es hat geklappt. Oder wie heißt der Mann?«

»Krebs.«

»Krebs ist mein Mandant.«

»Na, also doch Bingo!« Der Produzent jubelte fast. »Den hältst du stumm, und ich vergolde dir das und ihm auch.«

»Nein«, sagte Fischer fest, »Parteienverrat ist nicht mein Ding.« Aber ehe er, wie er dachte, weit ausholen musste, um zu erklären, was das für ein Ding sei und warum man sich, selbst wenn man es darauf ankommen ließe, mit einem durch Schweigegelder ruhiggestellten Krebs nur einen Erpresser heranzüchten würde, hatte der Produzent schon aufgelegt.

Es war aber nicht aus Wut geschehen. Der Hörer war ihm zugleich mit dem jähen Schmerz, der in den linken Arm fuhr, aus der Hand gefallen. Er dachte plötzlich, dass er sehr krank sei. An Christina dachte er nicht.

16. Aus Sargholz geschreinert

An Christina dachte der kranke Bonze nicht. Aber auch wenn er ein zweites Mal in der Stunde der Not versucht hätte, Christina anzurufen, hätte das Handy nur verlassen in ihrer Handtasche geklingelt. Die Handtasche lag in einem großen dunklen Haufen von Mänteln und Taschen in dem großen dunklen Flur einer gewöhnlich auch eher dunklen, jetzt aber hell strahlenden Wohnung in der Georgenstraße, unweit des Englischen Gartens. Christina war, was sehr selten geschah, zu Gast in unserer Studenten-WG. Draußen ging ein warmer Sommerregen nieder; drinnen, das heißt vornehmlich in der Küche, stieg ein kleines Geburtstagsfest.

Vielleicht ist dies der Ort, um sich für einen Augenblick dem Umstand zuzuwenden, dass auch unter den Verlierern der Geschichte – heute nicht anders als unter den Angehörigen der Weißen Garde, die ihr Überleben nach der russischen

Revolution organisierten, bevor sie dann doch in alle Himmelsrichtungen verschleppt oder dem Henker zugeführt wurden – noch eine Zeit lang Netze bestehen, an denen Familien und Freunde, ererbte und gefühlte Verwandtschaften weben. Ihr Geflecht bleibt nur unsichtbar in dem staubigen, von der Zeit vergessenen Winkel, in den die neuen Herrscher nicht mehr vorzudringen pflegen. Wozu sollten sie auch? Aber wie in den Ecken eines Parks, die der Gärtner gnädig und achtlos dem Unkraut überlässt, gleichwohl Käfer leben und Spinnen auf die Jagd gehen, so hatte auch unsere baufällige Studentenbude ihr geselliges Leben. Die Feste, die wir ein- bis zweimal im Jahr, immer aber zu Bens Geburtstag toben ließen, konnten klein beginnen und im Laufe des Abends auf über hundert Personen anschwellen, sie konnten aber auch groß geplant werden, mit gedruckten Einladungen und mühsam zusammengetragenen Weinvorräten, und sich doch im Smalltalk von zwei Dutzend dauerhaft stehenden Gästen erschöpfen. Legendär war nur das Fest, das wir zu Bens Dreißigstem gefeiert hatten und das es bis in die Klatschspalten der *Morgenzeitung* schaffte, weil zu Bens weiterem Bekanntenkreis auch einige echte Prinzessinnen gehörten und sich das moderne München fragte, wie das zusammenpasste – eine Studentenbude und geschlossene Kronen?

Es passte aber sehr gut zusammen, weil der bröckelnde Putz und die löchrigen Dielen im Flur (gelegentlich brach sich einer nachts den Fuß, wenn er schlaftrunken zur Toilette strebte) eine gewisse Ähnlichkeit mit der Baufälligkeit alter Schlösser hatten und wir für das Fest weder aufräumten noch putzten, womit wir gewissermaßen schon einmal einen Scheck auf die Nonchalance der Aristokraten ausstellten. In der Küche, in der jetzt Christina gerade vorsichtig auf der äußersten Kante eines kaffeefleckigen Stuhls Platz zu nehmen versuchte – sie stand aber gleich wieder auf –, gab es einen großen Tisch für gut und gerne zwölf Personen, doch war er stets derart mit schmutzigem Geschirr bedeckt, dass höchstens zwei Personen daran essen konnten, indem sie sich einen kleinen Platz freischoben. Wenn das mehr als diese zwei gleichzeitig versuchten, fielen an irgendeiner Ecke Teller und Tassen herunter.

Das war auch damals zu Bens Dreißigstem nicht anders; nur dass es ein paar hilfsbereite Gäste gab, die das heruntergefallene Geschirr aufhoben und kurzerhand, damit man nicht darüber stolperte, aus dem Fenster in den Hof warfen. Der Lärm war beträchtlich, störte aber zu fortgeschrittener Stunde niemanden. Nach diesem Muster ungefähr vollzog sich die Organisation unserer WG; es funktionierte alles wie von selbst, nur dass ich manchmal etwas beklommen in meinem Zimmer auf die braunen Tannennadeln blickte, die noch vom Weihnachtsbaum des Vorvorjahres stammten. Von Zeit zu Zeit erhielten wir eine Kündigung durch den Hausverwalter, der sich über die niedrige Miete empörte; wir warfen uns dann in Schale (Blazer und Flanellhosen), stiegen in einen Zug nach Bozen und charmierten in Südtirol die alte Dame, der das Haus gehörte. Der Verwalter zeigte sich daraufhin für einige Monate von ausgesucht devoter Höflichkeit, und unserer Wohngemeinschaft war das Domizil, das wir die Bude nannten, bis auf weiteres wieder gesichert.

Die Bude war sich selbst eine Legende. »Ihr seid wie besoffen von der Bude«, sagte Doro, »ich kann die Geschichten schon nicht mehr hören.«

»Was für Geschichten?« Wir blickten sie etwas verwundert an, aber offenbar hatten die Geschichten, die Philipp bei uns aufschnappte, schon die schöne Welt der Christinas und Doros erreicht.

»Na, die Geschichten von der Mutti, die immer zu euch hochkommt, und von Harry mit der Pistole, und wie Ben in seinem Blute lag, und wie gespenstisch – warum eigentlich? – das Treppenhaus nicht ist.«

Und in der Tat. Legendär waren die Besuche der alkoholisierten Baronin, die unter uns wohnte, Mutter zweier Töchter, was sie nicht davon abhielt, abends in die WG hochzukommen und sich den peinlich berührten Jungs auf den Schoß zu setzen; legendär waren die unheimlichen Eskapaden Harrys, der neben dem Studium bei einem Werkschutz arbeitete und mit der Dienstpistole einmal auf Alex losgegangen war; legendär war der Morgen, an dem wir Ben in seinem Blute fanden, weil er angeblich in ein Messer gefallen war, von dem wir indes fürchteten, dass auch dieses Harry gehört haben könnte; legendär schon bald wurden die leichenblassen Dielen des Treppenhauses, nachdem mein Freund Augusto einmal behauptet hatte, es sei aus Sargholz geschreinert.

»Typisch Augusto«, sagte Bea.

»Wo steckt eigentlich Ben?«, fragte Alex.

»Augusto hat als Arzt im Praktikum zu lange in der Pathologie gearbeitet«, sagte Rupi.

»Ein Dichter«, sagte ich.

Um das Dichterwort auszuschöpfen, musste man allerdings die Frage stellen, woran sich Sargholz erkennen lässt, wenn es nicht in Form eines Sargs vorliegt. Wir stellten diese Frage gerne im Chor, und dann musste einer antworten, als habe er die Antwort für eine Prüfung auswendig gelernt: »Von Sargholz lässt sich berechtigterweise erst sprechen, wenn es schon einmal zu einem Sarg verarbeitet worden ist und dieser Sarg, womöglich nach einer Exhumierung, zerlegt wurde, um seine Latten einer neuen Verwendung als Dielen im Treppenhaus zuzuführen.«

Durch dieses Treppenhaus stieg des Nachts die Baronin, um sich von den kräftigen Jungs den Hof machen zu lassen; über diese Dielen schlurfte in den Morgenstunden zitternd der Hausmeister, der in der Bude nach dem Schnaps suchte, um sich wieder nüchtern zu trinken; auf den leichenblassen Stufen klapperten mit ihren hübschen Pumps die anständigen Mädchen, die uns abholten. Harry schleppte durch dieses Stiegenhaus die Schlampen, die er beim *Fischerwirt* aufgabelte, dann aber loszuwerden und an die schon schlafenden Jungs zu verkuppeln suchte; auf einem Absatz dieser ächzenden Treppe hatte sich Bea einmal um die eigene Achse gedreht, als sie ihren Blick nicht von dem schönen Alex lösen konnte, der an ihr vorbeigestiegen war und in den sie sich augenblicks verguckte.

Alles in allem bildete das Haus mit seinen riesigen, aber kaputten Wohnungen, die fast nichts kosteten, das vollendete Gegenbild zur klassischen Münchener Wohnsituation, die in überteuerten, überrenovierten und winzigen Apartments bestand. Das Haus, botanisch betrachtet, war der letzte Ausläufer jener Unkrautadern, die das renovierte München von heute noch als Zeugen seines einstigen Bewuchses durchzogen. Die Bude, die sich gleichzeitig innerhalb und außerhalb Münchens befand, war der archimedische Punkt, von dem aus ich Christinas Geschichte beobachtete und zusammenzusetzen versuchte.

»Ihr seid wie besoffen von eurer Bude«, wiederholte Doro. »Ihr tut gerad so, als habe es die Bude schon immer gegeben.«

»Wahrscheinlich gab es die Bude schon im Heiligen Römischen Reich«, behauptete Rupi. Auch Tante Rehleins gelehriger Sohn gehörte zu den Nachhilfeschülern Philipps.

»Der Reichsdeputationshauptschluss hat die Bude aufgelöst, aber dann wurde sie wiedergegründet«, verbesserte sein verehrter Lehrer und Meister.

Und in der Tat, was in der Bude geschah, erschien uns schon immer wie in einer sagenhaften Vorzeit geschehen; so auch der spektakuläre Kuss beziehungsweise seine spektakuläre Beobachtung durch Harry, auf die Philipp sofort wieder zwanghaft bei unserer Begegnung zu sprechen gekommen war. Der Kuss! Und es war gespenstisch, dass bei dem kleinen Fest heute das Gespräch abermals darauf kam, sogar in Gegenwart der gefeierten Virtuosin. Indes bestritt Bea ihr Meisterstück rundheraus. »Kann ich mich nicht erinnern«, sagte sie. »Das habt ihr euch ausgedacht.«

»Hier sind mindestens fünf Zeugen im Raum.«

»Aber Alex und ich waren damals schon fast auseinander.«

»Vielleicht hast du ihn nur geküsst, um Harry zu provozieren?«

»An euren Harry kann ich mich schon gar nicht erinnern.«

»Ich habe Harry heute gesehen«, sagte ich.

»Nicht möglich.« Staunen und Raunen. »Saukerl«, sagte der schöne Alex.

»Doch, ich hab ihn gesehen. Bea war dabei. Wir wollten über die Leopoldstraße, da hätte uns fast ein aufgemotztes Mercedes-Coupé überfahren. Vor Schreck fiel mir die Brille runter, und als ich sie aufheben wollte, ging eine Seitenscheibe auf, und in der Nuttenschleuder, auf Zebrafell, ihr glaubt es nicht, saß Harry mit einer aberwitzig aufgetakelten Supermaus. Ich war so entgeistert, ich hab nur gefragt: Mensch, Harry, wo hast du denn diesen Schlitten her?«

»Und, und?«

»Und Harry, mit seiner dumpfen Stimme: Der ist von meiner neuen Schlampe.«

Großes Geschrei, Gelächter. »Saukerl«, sagte Alex.

»Nein«, sagte Bea, »stimmt nicht. Das war nicht dieser Harry.«

»Stimmt«, sagte ich, »Bea hat ihn nicht erkannt.«

»Aber wer war es dann?«

»Herbert«, sagte Bea, »den kennt ihr doch, der Kameramann, der damals auch für den Sender den Film über die Bude gemacht hat.«

»Der Budenfilm!« Wieder großes Geschrei. »Nie gesendet.«

»Doch, ich hab ihn mal gesehen – im Nachtprogramm.«

»Kann ja jeder sagen.«

»Vielleicht nennt sich Harry jetzt Herbert?«

»Nein«, sagte ich, »ich kenne Herbert, er sieht überhaupt nicht wie Harry aus, er hat nur die schwarzen Locken von Harry, aber er spricht nicht wie Harry und ist überhaupt was ganz anderes.«

»Vielleicht eine Frage der Beleuchtung«, meinte Philipp, »im Studio ist Harry Herbert, und im Nuttenschlitten ist Herbert Harry.«

»Oder eine Frage der Perspektive: für Bea ist Harry Herbert, aber für uns wäre Herbert Harry.«

»Grotesk«, sagte Bea

»Oder bisschen unheimlich«, sagte Christina.

»Unheimlich war Harry immer«, sagte ich.

Die Sache ließ sich nicht klären. Sie verdarb nur die Stimmung, sie legte den Gedanken nahe, dass der unheimliche Harry, den wir seinerzeit nur mit Mühen wieder aus der Bude vertrieben hatten, unter anderer Gestalt noch immer in unserer Nähe lebte, vielleicht überhaupt in mancherlei Gestalt auftauchen konnte und womöglich schon morgen wieder. Aber die unsichere Identität war auch geeignet, in den Sagenbestand der Bude einzugehen, ich sah die mythologische Operation bereits vor mir, die Harry vielleicht nicht in den Götterhimmel, doch in den Zwischenhimmel der Halbgötter und Dämonen versetzen konnte.

Gleichviel, für einen Moment verflog das fröhliche Geschrei, und die dunkle Stille, die sich im Hintergrund der Wohnung nur versteckt gehalten hatte, eroberte die Küche. Wir schwiegen. »Was ist eigentlich mit dem Geburtstagskind«, fragte ich.

»Ben wollte noch anrufen, wann er kommt.«

Wir schwiegen wieder, als sei dieser Moment ein Kläppchen, das wir Ben für seinen Anruf offen hielten.

So leicht ließ sich indes Merkur nicht zitieren. Die kleinen Flügelchen an seinen Schuhen befähigten Ben zwar, in Windeseile von hier nach da zu spurten, garantierten jedoch keine Pünktlichkeit.

Aber dann klingelte doch ein Handy im Flur. Christina schreckte hoch, sie wusste, dass es der Produzent war, sie stürzte in den Flur, sie wühlte in den Mänteln und Handtaschen, und da, es klingelte jetzt laut, hatte sie die Tasche auch.

Aber es war ihre Tasche nicht.

»Nicht mein Handy«, rief sie laut in die Küche zurück.

»Dann ist's meins«, rief Bea, »kannst'es mir mal bringen?«

Und das Unglück wollte es, dass Christina daraufhin, die Aufforderung wörtlich nehmend, nicht die Handtasche, sondern tatsächlich nur das Handy griff, auf dem ihr, sehr hell im dunklen Flur, die Nummer des Produzenten entgegenleuchtete.

»Da, bitte«, sagte sie, und ihre Knie wankten. Ihre Beine gaben nach, sie fiel fast auf den Stuhl, auf dem sie so ganz, mit der ganzen Schwere des ganzen Körpers niemals hatte sitzen wollen. Es rauschte etwas in ihrem Kopf, es wäre zu viel und zu wenig gewesen, von Eifersucht zu sprechen, es war nur so, dass der erste Anruf nach ihrer gemeinsamen Nacht über sie hinweg und vor ihren Augen an ein fremdes Mädchen gegangen war, von dem sie wenig mehr als den erotischen Tratsch und die Neigung zu spektakulären Miniröcken kannte.

»Ist dir nicht gut?«, fragte Doro leise.

»Der Bonze«, sagte Christina. Bea, die am Fenster leise telefonierte, uns aber im Blick behielt, senkte verachtungsvoll die tuscheschweren Wimpern. »Wo bleibt Ben?«, fragte Alex.

»Scheiße«, sagte Doro.

»Was ist?«, fragte Rupi und berührte leicht Christinas Arm.

»Halt du dich da um Gottes willen raus«, sagte Doro hart.

Härte, erkannte ich zu meiner Überraschung, war etwas, das sich ohne weiteres mit der bezaubernden Physiognomie Doros vertrug.

»Es kann doch nicht sein, dass wir Bens Geburtstag ohne Ben feiern«, murmelte Alex.

17. Von Schwabing nach Bogenhausen

Das Handy, das Christina aus der falschen Handtasche gezogen hatte, war nicht so klein wie die Geräte heute; es war recht eigentlich noch gar kein Handy. Es war schwer und laut, und sein Display leuchtete giftgrün im Dunkeln. Nicht jeder konnte sich eines leisten; Christina hatte es wie Bea das ihre vom Bonzen bekommen. Und doch waren die ersten Mobilfunkgeräte kaum auf der Welt, da beherrschten sie schon die Beziehungen der Menschen. Was Proust über die Einführung der ersten Telefone erzählt – dass sie sich binnen kürzester Zeit von einer Sensation zu einer Selbstverständlichkeit wandelten –, galt auch hundert Jahre später für das Handy. Dass jeder überall erreichbar sein sollte, erschien Bea und Christina nicht mehr als Ergebnis einer technischen Revolution, sondern im Falle des Bonzen nur wie ein natürlicher Ausfluss seiner Ungeduld.

Bea stürmte also los. Sie warf ihre kleinen Füße in den Stiefeln aufs Pflaster, sie trommelten wie Hufe über die nächtliche Steppe. Jedes Mal, wenn ich sie so schon oder noch in der Ferne hörte, überlegte ich, ob ihre Verehrer oder Liebhaber die rührende Anmut dieser kleinen Antilope zu schätzen wussten, die sich todesmutig von der Herde entfernte. »Bist du etwa zu Fuß im Regen durch den Englischen Garten?«, fragte ich am nächsten Morgen. »Der Regen war aus. Trotzdem hätte ich ein Taxi genommen, wenn gleich eins gekommen wäre«, sagte sie, »aber warten konnte ich nicht.«

Der Schrecken, den sie erwartete, trieb sie voran. Der Englische Garten, den sie auf dem Weg von Schwabing nach Bogenhausen durchqueren musste, trennt nicht ohne Grund die beiden Stadtteile, die gerne zur Anrufung des Münchner

Glanzes genannt werden. Aber ebenso wenig, wie Schwabing die fröhliche Boheme enthielt, an die man den Touristen noch immer glauben lassen wollte, verbürgte Bogenhausen die Solidität, die mit dem Bezirk einst assoziiert wurde. Bea bewegte sich von der Welt der vorgespielten Lustigkeit in die Welt der vorgetäuschten Sicherheit, von den spiegelnden Lichtern, die auf dem trocknenden Asphalt der Leopoldstraße langsam erloschen, in den ewigen Schatten des mühsam begrünten Reichtums. Anstrengung atmete Bogenhausen aus, wie die üppigen Pflanzen seiner Gärten des Nachts Kohlendioxid ausatmeten. Bea stand vor dem regenschweren Dickicht, das die Waschbetonburg des Bonzen überwachsen hatte, und es gruselte sie. Die Lampen, die den Gartenweg beleuchten sollten, funkelten wie Irrlichter aus einer feuchtglänzenden Hölle.

Und Bea erschrak noch einmal, als sie in das Penthouse des Bonzen trat. Es war eine warme Nacht, vielleicht die erste warme des Frühsommers, aber sie war doch nicht so warm, dass es nötig gewesen wäre, die Klimaanlage aufzudrehen. Über die weißen Ledersessel strich eisige Kälte, es rauschte und dröhnte aus den Lüftungsgittern, die Luft zitterte über den Glastischen und Zebranomöbeln. Die Schweißtropfen auf der Stirn des Bonzen hätten jederzeit zu Kristallen erstarren können.

»Frierst du nicht?«, fragte Bea.

»Mein armer kleiner Junge«, sagte sie.

Sie setzte sich auf seinen Schoß und schlang ihre Arme um seinen Hals.

»Was ist denn nur los mit dir?«

»Ich hab die Faxen dicke«, sagte der Bonze.

»Und was ist das hier?«

»Ja, Scheiße«, der Bonze rieb seine geschwollene, ölverschmierte Hand, »jetzt hatte ich noch einen Unfall. Ich kann schon nicht mal mehr Auto fahren.«

»Du hast doch deine Chauffeure.«

»Ja. – Jetzt hatte ich sie nicht.«

»Und was ist mit dem Auto?«

»Gott sei Dank hab ich Herbert erreicht. Der hat den Wagen gleich mitgenommen.«

Bea hatte, wie alle in der Umgebung des Bonzen, längst aufgehört, sich über die vielfältigen Einsatzgebiete Herberts zu wundern; sie gingen weit über die eines Kameramanns hinaus und waren mit einem Tarifgehalt auch nicht annähernd bezahlbar. »Ooch son Punkt«, murmelte der Produzent, »den man den Sesselfurzern natürlich nicht erklären könnte: wozu man Leute wie Herbert vergolden muss.«

»Wovon redest du?«, Bea fror.

»Von den Büropflanzen! Den Trockengewächsen! Den Wichtigtuern und Bedenkenträgern, die mit ihrem Bücherstaub alles ersticken.«

»Ich versteh kein Wort.« Bea zitterte.

»Die Vornehmtuer, verflucht noch mal.«

Das verstand Bea.

Sie glitt vom Schoß des Bonzen und kehrte mit einem Pullover aus seinem Kleiderschrank zurück. Sie zögerte einen Moment, bevor sie sich ihm wieder auf die Knie setzte. »Sag mal«, sie zögerte abermals, »diese Christina – es geht mich ja nichts an – aber ob die so gut für dich ist?«

»Halt dich da raus!«, sagte der Bonze unversehens laut.

»Oh, Verzeihung.« Bea floh von seinem Schoß, es war, als sei sie eine Feder, die er sich mit einem Atemzug vom Anzug blasen konnte. Das allerdings täuschte. Die Feder blieb nur einen Moment vor ihm in der Luft stehen, sank dann wieder auf ihren Platz und erklärte sanft:

»Diese Vornehmtuer, ich meine, die mit den Bücherregalen, und dieser Kirchenmensch, über den du dich so aufregst – warum eigentlich? –, das genau sind die Leute von Christina.«

»Was ist denn das für ein Blödsinn?« Auf der Klaviatur seiner eigenen Ahndungen wollte er Bea nicht spielen sehen. »Christinas Eltern, diese Verlierer? Da war verdammt wenig Bücherregal.«

Bea nahm seinen Kopf zwischen die Hände. »Wenn du dich dumm stellst, hilft das gar nichts.« Sie strich ihm über die schweißnasse Stirn. »Und es passt auch nicht zu dir.«

18. Schlimmes Unkraut

Für einen Moment fühlte der Produzent, dass er sich vielleicht genau an dem Punkt befand, wo ihn der vermaledeite Oberkirchenrat haben wollte: in einem Zustand der verzweifelten Sehnsucht nach Umkehr und einem neuen Leben. Den ganzen Ballast abwerfen, dachte der Produzent, das wär's jetzt. Was sollten ihm die Häuser (komisch, dass er an sie zuerst dachte), die Mädchen, die Bambi-Feiern und Karibikreisen? Er hätte den Umfang seiner Existenz gerne gestutzt. Abgeschnitten hätte er gerne, was an ihm hing und versorgt werden musste, die ganze nervige Family, der dampfende Misthaufen, auf dem die Stars und Sternchen und fett blühenden Serien wuchsen, und was da noch am Rande des Misthaufens so mitscharrte, seine angeschissenen Referenten und die magere Spinnenkralle der Partygräfin, die so kratzig war und den Blick auf die weiten dürren Ebenen lenkte, aus denen noch mehr Leute hungrig und missbilligend herüberstarrten und den Bonzen am liebsten um sein fruchtbares Land gebracht hätten. Und er fragte sich nun auch, ob nicht die Eroberung von Christina schon eine gefährliche Überdehnung seines Imperiums bedeutet hatte, die Expansion in jene weiten dürren Ebenen hinein, von denen wenig zu erwarten war, aus denen man aber womöglich nicht wieder zurückkam, am Ende sein Russlandfeldzug, verdammt!

»Verdammt«, sagte Bea, »der Bonze ist am Ende, dem haben sie immer weiter zugesetzt, die ganze Bande, jetzt nimmt er sogar schon ab und wird ganz faltig.«

»Welche Bande?«

»Die Christina-Leute.«

»Ja«, sagte Herbert zerstreut, »der Chef fühlt sich irgendwie verfolgt.«

Ich saß tatsächlich mit Bea und Herbert beim *Atzinger* zusammen, ich hatte darauf bestanden, Herbert noch einmal zu sehen, es war mir die Begegnung auf der Leopoldstraße nicht aus dem Kopf gegangen. Wenn ich keiner Augentäuschung erlegen war und Herbert tatsächlich Harry war – oder, umgekehrt, wenn Harry sich durch irgendeine Operation in Herbert verwandelt hatte oder vorübergehend verwandeln konnte –, dann musste doch, dachte ich, bei aller Dämonie eines solchen Wesens, ein Schimmer des Wiedererkennens über sein Antlitz wandern, wenn er mit mir zusammensaß. Aber da wanderte nichts. An Herbert ließ sich nichts ablesen; es war aber auch nicht auszuschließen, dass Harry – wenn er denn in Herbert steckte – es für seine Pflicht hielt, seine beiden Existenzweisen hermetisch voreinander abzuschotten, und dabei mit meinem Einverständnis rechnete. Es war unheimlich, ich konnte es nicht klären. Ich fragte stattdessen Bea: »Wer soll denn das sein – die Christina-Leute? Doch nicht etwa Christina und ihre arme brave Familie?«

»Ich hab nicht gesagt: Christinas Leute. Ich meine Christina und die Christina-Artigen.« Bea konnte spitzfindig sein, es war klar, dass sie mich damit karikierte.

»Hm«, sagte ich, »das Christina-Artige. Klingt botanisch.«

»Schlimmes Unkraut«, schlug Herbert vor und wischte sich eine Locke aus der Stirn. Seine Haare, dachte ich, sind länger und nicht so fettig, er wäscht sich auch öfter als Harry.

»Kein Unkraut – eher eine aussterbende Art«, meinte ich. »Etwas, was auf der Roten Liste steht.«

»Ja«, sagte Bea, »und alle machen sich Sorgen und hätscheln es und päppeln es wieder hoch, und dann macht es einen gewaltigen Flurschaden.«

»Dinosaurier«, ein neuer Vorschlag von Herbert, »wie wenn man die aus einem versteinerten Ei wieder hochzüchten würde.«

»Nein«, meinte Bea, »eher so was wie der Wolf, den man wieder ansiedelt, und dann reißt er plötzlich Schafe.«

Bea und Herbert beugten sich liebe- und sorgenvoll über den Bonzen, so wie sich Doro und Philipp liebe- und sorgenvoll über Christina gebeugt hatten, man wusste nicht, ob aus Mitleid oder aus Angst der Schützlinge, den Schutzherrn zu verlieren. »Also ein Schaf«, sagte ich, »ist der Bonze bestimmt nicht. Ganz im Gegenteil.«

»Ich könnte mir aber vorstellen«, erwiderte Herbert, »der Chef wäre jetzt gern ein Schaf. Eines, dem niemand was tut, weil es selbst niemandem was tun kann.«

»Ich könnte mir vorstellen«, meinte Bea, »der Bonze säße

jetzt gerne mit einer Aktentasche in der Tram, auf dem Weg zu einem totalen Durchschnittsjob, und freute sich auf eine zünftige Brotzeit, mit einem ordentlichen Bier statt des stressigen Weißweins. Und das kann ich gut verstehen. Der ganze Stress mit Mama kommt auch vom Weißwein.«

»Mama, Mama, Mama«, höhnte Herbert.

»Der Weißwein bringt die Gespenster«, sagte Bea. »Und, by the way, was war das eigentlich für ein Unfall?«

»Na, das war ziemlich grausig, kann ich dir sagen. Unter uns: Der Chef sieht nichts mehr im Dunkeln.«

»Und nach dem ganzen Weißwein.«

»Ich weiß gar nicht, ob er besoffen war. Aber hilflos, vollkommen hilflos. – Na, ich habe die Scheiße weggemacht und den Wagen entsorgt. – Vergiss es. Am besten vergisst du das«, setzte er merkwürdig barsch hinzu. Und verfiel in ein dumpfes Brüten, das mich für einen Moment doch wieder an Harry erinnerte.

Aber Bea war nicht vom Weißwein abzubringen. »Er passt auch nicht nach München« sagte sie, »nach München passt Bier oder sonst gleich – «

»Kir royal«, schlug ich vor.

»Ja, aber auch das wäre für den Bonzen in seiner gegenwärtigen Verfassung viel zu anstrengend.«

»Es bleibt dabei, der Chef braucht ein Kristallweizen«, sagte Herbert.

19. Der Aal

Doch größeren Frieden als bei der Vorstellung eines Weißbieres fand der Produzent bei der Vorstellung eines grauen Berliner Mietshauses, seiner dicken grauen Mauern, seiner tief gestaffelten Hinterhöfe und grauen Hinterhäuser, der schneckenhorngleich gewundenen Dienstbotentreppe, auf der er sich nach oben schlurfen sah, in erlösender Resignation, antriebsschwach und vielleicht schon angesoffen, den Kopf eingezogen, denn anders kam man den engen Schneckengang nicht hoch. Keine Brotzeit, dachte er, kein Kristallweizen. Ein deutsches Beefsteak à la Mayer, dachte er, das man im *Luiseneck* am Tresen verdrückt, eine kleine Molle, die man gezischt hatte, schon das Wort beseligte ihn, denn der Produzent war, was nur wenige wussten, ein Berliner von Geburt.

Es war aber auch kein Geheimnis. Es hätte ihm nicht geschadet, es hätte im Gegenteil zur Entschuldigung seiner Grobheiten getaugt, denn für Süddeutschland ist der Berliner immer ein Grobian. Nur die Berliner selbst wissen, dass es nicht stimmt, dass es von ihnen diese und jene Sorte gibt, aber sie tun im Allgemeinen wenig, den Umstand aufzuklären. Sie leben im Schutz des Klischees, und der Produzent erinnerte sich sehr ungern an den Moment, in dem der Oberkirchenrat mit einem Ruck das schützende Wetterdach herunterriss und zu erkennen gab, dass auch er Berliner, aber von der anderen Sorte war.

Die Sorte war in Süddeutschland unbekannt. Der Produzent kannte sie auch nicht, wusste aber, was es heißen musste, wenn einer sagte, dass er am Grauen Kloster Abitur gemacht habe. Graues Kloster hieß Dahlem, Grunewald, Fledermäuse überm Schlachtensee und verwitterte Villen aus Vorkriegszeit, es hieß etwas Angeschlagenes, Windschiefes, aber immer noch ziemlich von oben herab Kommendes, vor allem hieß es Hochdeutsch, ein merkwürdig lässiges und verwaschenes Hochdeutsch. Es war nicht das bemühte Hochdeutsch der Bayern oder Schwaben, es war das Hochdeutsch von Leuten, denen es nicht darauf ankam. Es war eine Zusammenfassung alles dessen, von dem man in München oder Stuttgart oder Mainz nichts wusste.

Und dabei sollte es auch bleiben. Nichts quälte den Produzenten mehr als die Vorstellung, irgendeiner könnte versuchen, ihn und den Oberkirchenrat unter dem gemeinsamen Label Berlin zusammenzudenken. Der Mann war eine Pest. Den musste man stoppen!

»Und wenn sich der Bonze wirklich fürchtet«, sagte Bea, »dann ruft er den Aal.«

»Den was, bitte?«

»Den Aal. Hast du etwa gedacht, dass der Bonze nur Herbert hat? Der hat lauter solche Helfer – Helferlinge«, korrigierte sie sich. »Spezialtypen, für alles und jedes.«

»Und was ist der Aal für ein Typ?«

»Widerlich«, sagte Bea.

»Und wieso Aal?«

»Keine Schultern.« Bea sagte es, als enthülle sie ein entsetzliches Geheimnis. »Der ganze Typ ist rund. Und vorne, ich meine oben, spitz. Damit er besser durch die Rohre kommt. Der Aal lebt auf dem Studiogelände, im Abwassersystem.«

Es ist zugegebenermaßen unbefriedigend und gilt auch als Kunstfehler in der klassischen Literatur, wenn in einer Geschichte, die sich folgerichtig entwickeln sollte, immer neue Figuren auftauchen. Der Aal war nicht vorgesehen. Aber andererseits bildet das Fernsehen auch nicht die klassische Umgebung der klassischen Literatur – von der zeitgenössischen Wirklichkeit ganz abgesehen, in der sich meine Situation als Beobachter deutlich kompliziert hatte, seit ich mir die Geschichte nicht mehr im Rückblick zusammenreimte, sondern ihrem Ablauf beiwohnte. Wann war der Umschlag eingetreten? Es muss spätestens zu dem Zeitpunkt gewesen sein, als mir Doro über den Weg lief und sich, anders als vielleicht zu erwarten gewesen wäre, nicht zu einem vielversprechenden Flirt, sondern zu einer Telefonpartnerin entwickelte. Ich hatte sie ständig in der Leitung. Ich besprach mit ihr, was geschehen war und was geschah, ich korrigierte mit ihrer Hilfe rückwärts, was ich schon in Erfahrung gebracht hatte, und verfolgte vorwärts, was noch zu befürchten war. Doro war eine große Befürchterin.

Mit dem interesselosen Wohlgefallen des Compositeurs, der zum Spiel und aus Freude am Effekt mit fremden Noten bastelt, war es allerdings vorbei. Es ist das eine, sich eine Geschichte aus Klatsch und Tratsch zusammenzureimen, und etwas ganz anderes, wenn sich plötzlich Gullys anbieten, durch die man in das unterirdische Kanalsystem steigen könnte, in dem beispielsweise ein Aal lebt. Kurz gesagt: Meine Unheilserwartung hatte eine reale Aussicht auf Schauerromantik erlangt.

Doro indes war dem Aal in Christinas Berichten noch nicht begegnet.

Und so, als sei alles noch nicht verworren und verwebt genug, tat ich jetzt etwas, von dem ich schon wusste, dass ich es nicht hätte tun dürfen: Ich rief Christina an, um sie nach dem Aal zu fragen.

Sie war sehr nett und etwas verwirrt. »Der Aal – ich weiß

nicht. Sollte ich von dem etwas gehört haben – gehört haben müssen?«

»Aber wie ist es«, stotterte ich, »triffst du den Bonzen noch?«

»Ja – schon«, sagte sie gedehnt, »natürlich. Was für eine Frage. Aber höchstens auf ein Fischbrötchen.«

Wir lachten. Sie war wirklich sehr nett.

Aber als hätte der Name etwas in ihr alarmiert, rief sie einige Tage später noch einmal an. »Also, ich hab's mal zur Sprache gebracht. Hätte ich vielleicht nicht machen sollen. Der Bonze hat ganz komisch geguckt.«

»Aha«, sagte ich.

»Trotzdem«, sagte sie, »der Aal ist, glaube ich, nichts Gefährliches.«

20. Die Verschwörer beim Frühstück

Wo entspringen die Quellen, die sich später vereinen und gemeinsam in den langsam trüber werdenden Strom münden, auf dessen Grund am Ende auch ein Aal leben kann? Das ist eine der Fragen, für die sich Historiker drängend, aber Zeitgenossen nur höchst selten interessieren. Der Oberkirchenrat stand am sonnendurchglühten Fenster und schälte eine Orange, unternahm aber keinen Versuch, hinauszublicken. Es wäre im Übrigen auch vergeblich gewesen. Das Fenster gehörte zu seiner eigenen Wohnung und war so ungeputzt, dass sich das Licht auf strahlenden Staubfahnen den Weg ins Zimmer suchen musste. Die Sonne gelangte nicht in den hintersten Winkel, in dem sich die Bücher türmten, aber doch bis in die Mitte des Raumes, wo sie einen Hauch von Sommer auf der fleckigen Lederplatte des Schreibtisches und der Glatze eines kleinen runden Mannes plazierte.

Der Rundling pellte ein Ei. Er frühstückte von einem winzigen Tablett mit winzigen Tellern und Tassen, auf denen sich winzige bunte Drachen räkelten, er war sehr zierlich anzusehen mit seiner winzig gemusterten Krawatte, und wenn man seinen Spitznamen nicht gewusst hätte, er hätte sich in diesem Moment aufgedrängt, denn der Mann, der das Ei pellte, war selbst wie aus dem Ei gepellt.

Die siegelberingte Hand nahm einen Löffel, ließ ihn aber auf halber Höhe zwischen Tablett und Mund stehen. Der Staub flirrte golden in der Luft. Aus dem bücherbewehrten Ende des Zimmers löste sich Ton für Ton der langsame Satz von Mozarts kleinem A-Dur-Konzert. Das Ei, wie die Studenten den Mann nannten, der über viele Semester seine bewunderten Vorlesungen zum Medienrecht gehalten hatte, brummte leise zur Musik.

Medienrecht hatte eine Zeit lang in München als das Schickste vom Schicken gegolten. Die Vorlesungen des Anwaltes, der die Privatsender bei ihrer Gründung beraten hatte und dann für die öffentlich-rechtliche Konkurrenz arbeitete, waren juristische Attraktion und Heiratsmarkt in einem. »Ein Geschenk«, befand Doro, »das Ei ist ein Geschenkei, ein richtiges Osterei, so ein russisches, in Blau und Gold, mit einer Spieluhr drin.« Und tatsächlich hatte das Ei, das aus der amerikanischen Emigration seiner Eltern zurückgekommen war, in Deutschland wieder zu dem singenden Dialekt seiner östlichen Herkunft gefunden. Nicht nur Philipp verehrte den Mann. Allseits wurde die Fakultät beschimpft, als sie ihm den Lehrauftrag entzog, nachdem er seine Position als Rechtsberater eines Senders wieder verloren hatte. »Vielleicht war in dem Ei«, orakelte Philipp, »auch die eine oder andere Überraschung zu viel.«

Aber wie auch immer es sich damit verhielt, jetzt ruhte das Ei zierlich und prächtig wie nur je eine zaristische Juwelierarbeit im staubigen Sonnenglast des oberkirchenrätlichen Studierzimmers, und die kleine Spieluhr im Innern summte, nachdem der langsame Satz des Klavierkonzertes vorbei war, schon die ersten Takte des Schlusssatzes, während die Schallplatte noch knisternd auf den Einsatz des Orchesters wartete.

»Onkel Albrecht und das Ei«, sagte Philipp, »da haben sich die Richtigen gefunden. Auch wenn sie immer nur frühstücken – für ihre Verhältnisse sind das Orgien. Orgien der Antiquiertheit.«

Der Oberkirchenrat schwieg. Die Haut war wächsern, die Sonne schien die papierdünne Nase fast zu durchleuchten. Er kratzte sich am Unterschenkel, der billige Nylonstrumpf juckte. Er nahm ein Scheibchen von der Orange, er versuchte die verdrehte Krawatte zu richten, die das verschossene Pop-Muster eines vergessenen Jahrzehnts trug, bis er schließlich die schon bald geflügelten Worte formulierte:

»Siegfried, das wär jetzt der Moment.«

»Ja«, sagte Siegfried Fischer, »das wär jetzt der Moment, ohne Frage. Man könnte das Schwein kippen, es ist nur völlig offen, was mit dem Saustall von Sender geschieht und wer die Kraft hat, den Dreck wegzumachen. Wenn es aber niemand gibt, der das kann, könnten wir's uns auch gerad schenken.«

»Natürlich«, sagte der Oberkirchenrat, »gewiss doch. Das haben die Bedenkenträger immer gesagt – dass es nicht reicht, den Führer zu beseitigen.« Er lachte leise und versuchte nun doch, durch das Fenster zu blicken, auf dessen Staubschicht die Sonne ihren Feuerschein projizierte. »Und natürlich«, er wandte sich wieder zurück, »natürlich reicht es nie, den Führer zu beseitigen. Man braucht seinen Sturz aber, um dem System die Maske runterzureißen und der Öffentlichkeit ein Gesicht zeigen zu können.«

»Willst du damit sagen«, Fischer genoss sein gespieltes Entsetzen, »was wir hier ins Werk setzen, soll so etwas wie ein Putsch gegen das ganze öffentlich-rechtliche Fernsehen werden?« Er stach den Löffel durch die leere Eierschale. »Dann allerdings gute Nacht. Dann führen die Senderleute ein verschärftes Quotenregiment ein und liquidieren ihre letzten Kritiker.«

»Na, schlimmstenfalls müssen ein paar Unschuldige dran glauben.«

»Vielleicht« – Fischer suchte noch einmal nach dem historischen Ausweg der Resignation – »vielleicht finden wir auch niemand, der die Bombe plaziert.«

Aber der Oberkirchenrat blieb stoisch. »Ach was«, sagte er, »das mache ich dann schon«, und hob eine denkwürdig abgenutzte Aktentasche empor. »Hier ist das Zeug drin.«

»Gut«, sagte Fischer. »Das erleichtert mich. Ich könnte nämlich in gewisser Hinsicht, ich meine, natürlich nur für das Auge der Öffentlichkeit, als befangen gelten.«

»Befangen – mein Lieber, was soll denn das plötzlich heißen? Natürlich bist du befangen. Wer hat mich denn über die Jahre mit Material über den Sender gefüttert, nachdem er seine Studenten nicht mehr agitieren konnte?«

»Wie ungerecht du bist«, das Ei verzog seine Pelle zu einer weinerlichen Grimasse, »das ist es doch nicht! Das zwickt mich doch nicht. Das war doch klar, dass die Fakultät kein

Interesse an einem Medienrechtsonkel hat, der nicht mehr in den Medien arbeitet.«

»Was ist es denn, das dich zwickt?«

»Ich habe einen Mandanten, den der Bonze rausgeworfen hat.«

»Aha«, sagte der Oberkirchenrat und stopfte sich das letzte Orangenscheibchen mit der erfreuten Hast eines Schuljungen in den Mund. »Das ist ja fein für uns. Gut, dass ich das in letzter Minute auch noch erfahre. Da könnten wir an die Details kommen.«

»Die dürften aber – wie soll ich sagen? – jedenfalls nicht offiziell über mich eingespeist werden.« Das Ei hatte seine Fassung, besser gesagt: die feste Schale, noch nicht zurückgewonnen.

»Nö«, sagte der Oberkirchenrat, »aber man könnte deinen Mandanten ja mal einladen, ich meine in den Ausschuss, wenn's um die versteckten Werbeeinnahmen geht. Wie heißt denn der schätzenswerte Mann?«

»Krebs.«

»Guter Name«, sagte der Oberkirchenrat, »Krebs ist was Schönes.« Er blickte, wie es schien, noch einen Hauch andächtiger in die Fensterglut. »Früher gab es regelrechte Krebsgelage.«

»Schlimme Flecken«, meinte Fischer.

»Na, meine Mutter hatte damals noch zum Krebsservice eigene Krebsservietten, aus Rohleinen, Riesenlätzchen, da waren unten so kleine Krebsscheren eingestickt, und eigene Tischdecken gab's auch, das konnte alles in die Kochwäsche.«

»Fingerschalen«, sagte Fischer träumerisch, »Zitronenwasser.«

»Ja, aber das brauchte man wirklich, der Krebssud lief einem ja praktisch bis in die Ärmel.«

»Ich weiß nicht, ob ich das so nett finden soll«, Fischer leckte sich die Lippen, »wenn du mir solche Vorträge hältst, sozusagen auf dem Trockenen.«

»Ich dachte, ich hätte dir ein ordentliches Frühstück gemacht.«

»Aber wo war der Krabbencocktail?«

»Ach Gott, ich bin ein Trottel, dass könnte sogar der Junggesellenhaushalt hergeben, ich meine, wenn du so was haben willst.« Der Oberkirchenrat verschwand im Dämmer eines Flures.

Die Schritte verloren sich. Es wurde still. Die Wohnung des Oberkirchenrats war unergründlich, die dämmerigen Flure verzweigten sich, sie führten auf Treppen und Tapetentüren, hinter denen Ankleidekammern und Badezimmer lagen, die wiederum auf Schlafzimmer führten, deren Tapetentüren sich abermals zu Stiegen und Abseiten öffneten. »Niemand kann behaupten, jemals alle Zimmer gesehen zu haben«, pflegte Philipp zu sagen, »nicht einmal der Oberkirchenrat selber.« In einigen Zimmern wohnten uralte Tanten oder Großtanten, manchmal zeigten sie sich, manchmal hörte man sie rascheln oder sehr laut den Fernseher aufdrehen. »Niemand kann behaupten, jemals alle Tanten gesehen zu haben«, meinte Philipp.

»Sag mal, wie geht's eigentlich diesen Tanten, ich glaube, sie wohnen doch bei dir«, begann das Ei ein wenig zerstreut, nachdem der Oberkirchenrat mit einem Krabbencocktail in der Sektschale zurück war, »ich weiß gar nicht, dumme Frage, wie viele es eigentlich sind, die Edith, die Hannah, die Ricarda …«

»Also, erst mal«, der Oberkirchenrat setzte sich in einen behaglich knarrenden Sessel, »iss das hier, wenn's dir schmeckt, und zweitens wohnen die Tanten nicht bei mir, sondern ich wohne bei den Tanten.«

»Nette Tanten.«

»Sie sagen immer«, der Oberkirchenrat hob die Stimme, bis sie zitterte: »Wir tun nur das Werk deines Vaters.«

»Hast du nicht auch eine jüdische Tante?«

»Nun ja, alle meine Tanten, soweit sie über meinen Vater kommen, sind ein bisschen jüdisch. Genau genommen sind es übrigens Kusinen seiner Mutter, aber –«

»Du darfst es ruhig genau nehmen, ausnahmsweise.«

»Wie auch immer«, der Oberkirchenrat ließ sich bekanntlich nicht beirren, »mein Großvater hat das Jüdische dann stark verdünnt, soweit es nicht schon das Taufwasser zuvor getan hat.« Er blinzelte zufrieden in die Sonne. »Aber manchmal spüre ich oder bilde mir ein zu spüren, sehr wahrscheinlich ist es sogar Einbildung, eine sehr literarische, nicht sehr christliche Einbildung, dass in mir noch eine Ahnung von dem Alter und der Solidität des Alten Bundes spukt. Der Alte Bund! Der Neue ist ja etwas vergleichsweise Fragiles und immer Gefährdetes.«

»Na, ich bin ja nur Jurist, aber ob das eine dogmatisch belastbare Aussage ist?«

»Also erstens bin ich auch Jurist, vergiss das nicht. Und zweitens muss ich mich als Theologe streng dagegen verwahren, die Dogmatik mit irgendetwas zu belasten.«

»Wenn mich nicht alles täuscht, heißt es bei euch Lutheranern auch nicht Dogmatik, sondern Fundamentaltheologie«, das Ei spielte wieder gut gefasst den Dozenten, »und das klingt eigentlich sehr belastbar, oder wie?«

»Belastbar wär's vielleicht, wenn noch irgendjemand darauf bauen würde.«

Mit einer jähen Bläserfanfare setzte auf der Schallplatte das nachfolgende Klavierkonzert ein. »Jericho, nicht wahr?« Der Oberkirchenrat lachte. »So viel zum Thema Fundamente.«

»Jericho? Aber nicht in C-Dur!«

»Welche Tonart wär denn deiner Meinung nach angemessen? C-Moll?«

»Meinetwegen, wenn du's so dräuend und düster willst.« Das Ei oder vielmehr die Spieluhr in seinem Innern brummte einen Akkord. »Ich selbst würde eher an D-Dur denken, dorisch, militärisch, fest und klar.«

Eine merkwürdige, schwer definierbare Gesprächspause entstand. »Aber ist ja auch völlig überflüssig. Heutzutage baut wirklich niemand mehr auf irgendetwas«, meinte das Ei melancholisch – und dann, mit einem undurchsichtigen Gedankensprung: »Die Medien haben nun einmal diese fatale Anziehungskraft auf Emporkömmlinge, was vielleicht auch nicht so schlimm wäre, einmal abgesehen davon, dass sie die Manieren verderben. Aber für jemand wie mich ist es doch hart, der noch andere Zeiten erlebt hat, ich meine, wenn man an die Gründergeneration der *Hamburger Allgemeinen* denkt, das waren fast noch Bürgerliche …«

»Ja«, sagte der Oberkirchenrat, »Leute, die noch als Autoren im *Reich* Karriere gemacht haben.«

»*Das Reich* – was du alles parat hast«, das Ei ging vom Brummen in ein parodistisches Schnarren über, »fabelhafte Zeitschrift! Da haben die Nazis mal gezeigt, dass sie auch ein Herz für Bildung haben. Indes«, das Ei nahm sein Schnarren wieder zurück, wie ein Organist das Register wechselt, »sind die Autoren vom *Reich* nicht eher zum *Tag* gegangen?«

»Nein, wenn ich mich richtig erinnere, war es eher das Layout, das der *Tag* vom *Reich* übernommen hat. Ist aber auch egal. Ich möchte nur nicht, dass du die charakterlichen Vorzüge dieser Leute übertreibst.«

»Wenigstens waren sie besser angezogen.«

»Aber niemals so gut wie du, mein Lieber.«

21. Kostümprobe

Tatsächlich war der Oberkirchenrat nicht im entferntesten in der Lage zu beurteilen, ob sein Freund gut angezogen war oder nicht; es fehlte ihm jedes Auge dafür. Das einzige, was er bemerken konnte, war der Ehrgeiz, mit dem sich jemand kleidete; und dieser Ehrgeiz erheiterte und irritierte ihn gleichermaßen. In der Welt, in der er aufgewachsen war, hatten immer nur Herkunft und Erziehung, in Maßen vielleicht noch Bildung über das Ansehen einer Person entschieden, und diese waren ein offenkundig ebenso ungerechtes wie unverlierbares Erbteil, dass ihm jeder Gedanke fernlag, jemand könne es durch Kleidung bestätigen oder verdunkeln. »Sozialer Status ist für Onkel Albrecht nichts, was man sehen kann« (Philipp). Großvater und Urgroßvater von Siegfried Fischer hatten bedeutende Ämter in Weimarer Republik und Kaiserreich bekleidet, und dass der Enkel nun eine Neigung zu teuren Stoffen und Schneidern entwickelte, schien dem Oberkirchenrat eher eine persönliche Marotte zu sein, wenn nicht eine leicht peinliche Entgleisung.

Das sah man in München anders. Wer in München nicht vollständig verkannt werden wollte, musste seinen Status in der Kleidung dokumentieren. Das war weniger grausam, als es klingt, weil es die Möglichkeit einschloss, umgekehrt durch Kleidung seine Stellung in der Welt auch besser aussehen zu lassen, als sie war, oder zumindest schon einmal einen Scheck auf eine bessere Zukunft ausstellen zu können. Diese Verheißung ist es, die der Stadt noch heute ihre fiebrige Aufmerksamkeit für Äußerlichkeiten, für Schein und Glanz verleiht. Sie ist es aber auch, die den Äußerlichkeiten alles Spielerische entzieht. Mode in München wird immer etwas Gusseisernes haben, die Schwere des nicht zufällig hoch geschätzten Lodenstoffes, solange sie dazu dient, Solidität zu bekunden, und jedes Risiko scheuen muss, missverstanden zu werden. Ein Kleid mit offenen Säumen, kokett nach außen gekehrten Nähten war für Münchener kein snobistisches Experiment, sondern einfach nur ein schlecht genähtes Kleid. Eine Hose aus der orangefarbenen Folie einer Warnweste amüsierte nicht, sondern erinnerte an die Müllabfuhr. Das ganze Spiel mit Trash und Punk, Lumpenlook oder Arte povera, das in periodischen Wellen über die Mode kommt, durfte in München nicht gespielt oder höchstens in den allervorsichtigsten Anspielungen und Abbreviaturen zitiert werden. Die einzige Mode, die München jemals rückhaltlos mitgemacht hat, war die der achtziger Jahre des vorigen Jahrhunderts, die in ihrem falschen Paillettenglanz, den überbreiten Schultern, dem Goldkettchengeklingel genau jene Geste des Auftrumpfens und Überbietens, von Ehrgeiz und Party vorführte, in der die Münchener Gesellschaft zu sich selber kam. Für alle übrigen Moden galt das Gesetz einer unerbittlichen Zensur.

München beharrt zu Recht darauf, einen eigenen Stil zu haben. Seine Eigenart besteht jedoch nicht in der besonderen Eleganz, auf die sich die Stadt so viel einbildet, sondern in der besonderen Fähigkeit, allen Moden den avantgardistischen Stachel zu ziehen und von ihnen eine gekürzte Version ad usum delphini zu erstellen.

Das Unglück wollte es, dass Christina ein Auge dafür entwickelte. Es wäre falsch zu sagen, dass die Bekanntschaft mit dem Produzenten sie in mondänere Gesellschaft gebracht hätte; aber die Schauspieler, mehr noch die Visagisten und Kostümbildner, der ganze international versierte Tross der Studios vermittelten ihr eine Ahnung davon, dass der Münchner Begriff von Eleganz nicht unbedingt vom Rest der Welt geteilt wurde. Sie sah mit einem Mal die Arbeit für *Corinna Morsbach* nicht nur als Fron, sondern als fatale Sackgasse. Ein würgendes Gefühl von Enge und Provinz überkam sie.

»Und dann hat sie«, Doro konnte sich zwischen Bewunderung und Entsetzen nicht entscheiden, »in der Sendung, ich meine, in der Unglücksshow, tatsächlich mal die Arbeitsbedingungen bei *Morsbach* zur Sprache gebracht, und da kam die Kündigung natürlich postwendend. Das war genau der Skandal, auf den die Sendung gewartet hatte, aber es war auch wieder der falsche Skandal, weil *Morsbach* bei irgendeiner anderen Serie, ich glaube *Girls, Girls, Girls*, Medienpartner von dem Sender ist.«

Es war nämlich nicht so, dass Christina in der Unglücksshow nur einmal aufzutreten hatte; es war vielmehr so, dass alle Unglücksmädchen in allen Folgen anwesend sein mussten und zu beklagen und kommentieren hatten, was der Moderator gerade aus einem von ihnen, peinlich und demütigend, herausfragte. »Gibt es da nicht auch ein klitzekleines Alkoholproblem?«, fragte er zum Beispiel.

»Nein, wieso?«, empörte sich ein völlig überraschtes Mädchen, das gerade an der Reihe war.

»Das Leugnen scheint mir ein Teil des Problems zu sein«, insistierte der Moderator aufs Geratewohl.

»Ich trinke nicht«, sagte das Mädchen verunsichert, aber noch gefasst.

»Lügen hören Arbeitgeber ungern«, sagte der Moderator dann, und: »Du musst zuerst mal ehrlich zu dir selber sein«, und: »Du kannst deine Situation auch verschlimmern«, bis das Mädchen zu weinen begann und das Problem seiner prekären Beschäftigung kein Arbeitsmarktproblem mehr war, sondern ein persönliches Problem persönlicher Unzulänglichkeit.

In einer solchen Situation war es, dass Christina plötzlich aufbegehrte – »sie hat ja dieses blöde Gerechtigkeitsgefühl« (Philipp) – und dem Mädchen beisprang, das gerade auf der Folterbank lag, indem sie erklärte, wie schamlos in ihrem Fall die Firma und wahrscheinlich in allen anderen Fällen auch der Arbeitgeber die Lage ausnütze. »Die Firmen profitieren doch davon, dass sie uns klein halten.« Der Moderator wedelte verzweifelt mit den Händen in die Kamera, aber Herbert schüttelte nur die schwarzen Locken, denn ausgerechnet dieses Mal wurde die Sendung nicht aufgezeichnet, sondern live übertragen.

22. Streublümchen

Christina stand also, drei Monate nachdem sie den hochmögenden Fernsehbonzen kennen gelernt hatte und in seine Show gekommen war, »mit nichts und weniger als nichts in den Händen da« (Philipp). Wenn sie gedacht hatte, dass der

Produzent sie in irgendeiner Weise unterstützen würde oder ihr auch nur ein Apartment überschreiben würde, wie es im Allgemeinen zu dem unausgesprochenen Vertrag gehört, der in München zwischen einem Sugar Daddy und seinem Zuckerhäschen geschlossen wird, dann hatte sie sich allerdings getäuscht. Ich glaube im übrigen nicht, dass Christina solche Hoffnungen gehegt hatte. »Es ist generell schwer zu sagen, was Christina sich so vorstellt« (Doro).

Aber dass der Produzent wusste, wozu er nach dem Comment verpflichtet war, und dass es, wie er fürchtete, auch die weitere Umgebung so sehen musste, verriet die Gereiztheit, mit der er ihr eines Abends im Bett unversehens Illoyalität vorwarf.

»Wie bitte?«, fragte Christina fassungslos.

»Ich kann dir nicht helfen, wenn du mich hintergehst.«

»Was bitte?«

»Ich würde gerne wissen, wer dich auf den Gedanken gebracht hat, die Firma *Morsbach* in der Sendung schlechtzumachen.«

»Aber die Firma *Morsbach*, ich meine, wie die mich behandelt, war doch der Grund, warum ich in der Sendung bin.«

»Du bist in der Sendung einzig und allein, weil ich dich in die Sendung geholt habe – und nicht, damit du meine Geschäftspartner schlechtmachst.«

»Woher soll ich denn wissen, wer deine Geschäftspartner sind?«

»Das eben ist die Frage: wer dir das gesagt hat.«

Christina verschlug es die Sprache. Sie wurde sehr blass.

»Ich würde überhaupt gerne wissen«, der Zorn des Bonzen verdoppelte sich noch, »was du so hinter meinem Rücken treibst.«

»Was – was um Himmels willen«, Christina rang nach Worten, »was denn, was soll ich denn da um Himmels willen machen?«

»Zum Beispiel frage ich mich auch, wie du auf den Aal gekommen bist.«

»Manche Leute reden vom Aal, und da wollte ich einfach wissen, wer das ist.«

»Was für Leute?«

Christinas Blässe schwand, sie kam ins Schwitzen. »Na, so Leute. Aus dem Studio vielleicht –«

Sie konnte mich nicht erwähnen. Hätte sie mich erwähnt, hätte sie auch Bea erwähnen müssen. Hätte sie Bea erwähnt, hätte sie schon eingestanden, was der Bonze ihr vermutlich unterstellen wollte, dass sie sich nämlich hinter seinem Rücken mit Leuten aus seiner Umgebung traf, die ihr Informationen zuspielten.

Sie schlug daher, weil sie es noch für das Unverdächtigste hielt, Herbert vor.

»Herbert?« Die Stimme des Bonzen überschlug sich fast. »Ausgeschlossen. Herbert spricht nie vom Aal.«

»Warum denn nicht?« Christina, obwohl eingeschüchtert und angeschlagen, wollte sich von der Plausibilität ihrer Lüge nicht kampflos verabschieden.

»Warum nicht, warum nicht – verflucht noch mal! Wie willst du das wissen? Was weißt du überhaupt?«

Der Produzent richtete sich auf, nahm die Brille und drehte ihr die Nachttischlampe direkt ins Gesicht. »Und was hast du überhaupt mit Herbert?«

»Nichts. Was sollte ich mit Herbert haben?«

»Eben hast du noch mit Herbert geredet und dich in Dinge gemischt, die dich nichts angehen.«

»Was für Dinge?«

»Das musst du am besten wissen.«

»Ich weiß aber nicht, wovon du redest.« Christina begann zu weinen.

Der Produzent konnte es ihr auch nicht sagen. Er konnte und wollte ihr nicht sagen, was er von dem Aal, den er ohnehin ungern erwähnte, gehört hatte: dass nämlich der Oberkirchenrat Christinas Onkel sei. Es war ein starkes Gift, das ihm der Aal da eingeträufelt hatte; es vergiftete alles. Der Produzent sah sich umzingelt und von seinen Feinden bis ins Schlafzimmer verfolgt, es musste ihm scheinen, als ob Christina ein regulärer Teil der Truppen war, nicht einmal eine Überläuferin, sondern immer schon beim Regiment.

Und wie er sie jetzt so weinend liegen sah, deutlich weniger knochig als gedacht, mit dem schönen Hintern, aber doch recht molligen Bauch, mit den roten Augen und der schniefenden Nase, stellte er sich wieder die Frage, die bald zur Obsession werden sollte: Warum er überhaupt auf sie verfallen war und ob sie eigentlich so hübsch war, dass sie die Panik rechtfertigte, die er in sich aufsteigen fühlte. Konnte es sein, dass er in einem Mauerblümchen seinem Verhängnis begegnet war? Er sah auf den Stuhl, an dem ihr Kleid hing, daneben die Handtasche, die er ihr geschenkt hatte, und beides, das verschossene *Laura-Ashley*-Muster auf der billigen Baumwolle und die glänzende Goldkette der *Moschino*-Tasche, bildete einen so schreienden Gegensatz, dass es ihn für einen Moment rührte, man müsste sogar sagen: dass Christina ihn dauerte. Aber einen Moment später, nachdem er die Brille abgesetzt hatte, erschien ihm in dem Kleid mit den ausgewaschenen Streublümchen die windschiefe Gestalt des Oberkirchenrats mit dem unerträglichen Ausdruck bekümmerter Herablassung im Gesicht, die kein Geld und keine Macht herunterwaschen konnten.

Die Streublümchen waren blass, aber verschwanden nicht. Die Eltern von Christina waren vertrieben worden, aber immer noch unverschämt. Die Partygräfin war ins Eventgewerbe geraten, aber ungebeugt. Christina lag verheult in den Kissen, aber richtete sich doch auf. Sie nahm seine Hand, sie wischte sich mit der anderen eine Träne aus dem Auge und sagte: »Ich glaube, dir geht es gar nicht gut.«

Der Produzent entzog seine Hand. Dass Äußerungen von Mitgefühl ihn nicht trösteten, wissen wir schon. In der aktuellen Situation mussten sie ihm wie Hohn erscheinen. Christinas Diagnose seines unguten Zustands wirkte wie die Feststellung, dass die Kampagne, an der er sie beteiligt sah, ihren ersten Erfolg erzielt habe. Sie streichelte ihn, aber die eifrigen kleinen Hände, die Christina über seinen Körper wandern ließ, waren ihm keine Zärtlichkeit, sondern ein Gewimmel von Ameisen, die über einen toten Gegenstand zogen.

»Bin ich ein Kadaver, stinke ich schon?«

Das war sehr ungerecht. Christina weinte abermals, doch fasste sie sich auch abermals und versuchte ihn abermals durch Streicheln zu beruhigen. Sie legte ihren Kopf auf seinen Bauch, dem struppigen Busch zugewandt, aus dem sie sein Glied zu befreien versuchte. Sie zupfte und rupfte ein Weilchen daran herum, mit dem rührenden und beflissenen Ungeschick, das Frauen dabei an den Tag legen, wenn es ihnen nichts bedeutet, sie aber dem Mann doch einen Gefallen tun wollen. Für eine Weile ließ er es sich gefallen, dann schüttelte er sie ab und erklärte weniger aggressiv als vorher, aber womöglich noch misslauniger:

»So geht das nicht.«

»Warum nicht?«

»Ich weiß nicht, was ich von dir halten soll.«

»Hast du es je gewusst? Ich meine, hat es dich überhaupt je interessiert?« Christina war jetzt, wie schon einmal in dem legendären Gespräch mit Tante Rehlein, an dem Punkt angelangt, wo das Gefühl ohnmächtig erlittener Kränkung in Empörung umkippte. Sie fühlte sich bereit, zurückzuschlagen. Sie musterte den Männerkörper neben sich zum ersten Mal als etwas, das die Weichteile eines Opfers hatte.

»Und da«, sagte Doro, »hat sie ihn endlich einmal so gesehen, wie er ist, ein fettes Schwein, mit diesen blöden Ponyfransen in der Stirn, diesem schwachsinnigen Bubikopf eines gealterten RCDS-Funktionärs oder katholischen Jungvolkgruppenleiters oder wie diese Vereinigungen deutscher Muttersöhnchen noch heißen, die später ihre Verklemmtheiten durch Brutalität und Schweinereien kompensieren.«

»Also, liebe Doro«, protestierte ich, »ein Schwein mag er ja sein, obwohl uns auch dafür veterinäramtlich verwertbare Beweise fehlen, aber brutal? Von Brutalitäten ist nichts überliefert.«

»Der Bonze hat Christina aus heiterem Himmel einem regelrechten Verhör unterzogen«, sagte Doro, »mit Lampe-ins-Gesicht-Drehen und so weiter. Wenig fehlte, und er hätte sie geschlagen. Der Mann ist doch nicht mehr ganz richtig in der Birne! Und die blöde Kuh hat ihn dann noch zu trösten versucht. Der reine Hohn! Dass er das nicht wollte, verstehe ich fast schon wieder. Also in diesem Punkt wäre ich bereit, gerecht zu sein – wenn du schon die Gerechtigkeitsnummer durchziehen willst.«

23. Ein Messfehler

Wenn mir indes jemals so etwas wie die Gerechtigkeit vorgeschwebt hatte, die mir Doro unterstellte, dann war es mit der Distanz, die dazu gehört, in dem Moment vorbei gewesen, als ich Christina nach dem Aal gefragt hatte und damit die Information, die ich an einem Punkt der Geschichte entnommen hatte, an einem anderen Punkt in sie zurückspeiste, an den diese Information vielleicht von selbst niemals gelangt wäre. Physiker kennen das Problem als Einfluss der Beobachtung auf das Beobachtungsobjekt. Ein typisches Beispiel ist der Einfluss, den eine Messleitung auf den zu messenden Wert hat, weil die Kapazität des Kabels ihn verfälscht oder weil der Prüfstrom, der durch die Leitung geschickt wird, das Ergebnis überlagert. Es gibt sogar Messvorgänge, bei denen der Gegenstand der Messung zerstört wird. Das war in diesem Fall nicht geschehen. Der Messvorgang hatte den Gegenstand aber verändert. Das Misstrauen, das zwischen Christina und dem Produzenten entstanden war, hatte ich vielleicht nicht erzeugt, aber in seinem Entstehen stark beschleunigt. Mit anderen Worten: Ich hatte den Hund geweckt, den ich im Schlaf studieren wollte.

Andererseits – wenn man schon erfahren hat, dass im Gully ein Aal lebt, ist es schwer, der Versuchung zu widerstehen, auch einmal den Deckel zu heben. Man braucht zwar Kenntnisse, um das gusseiserne Teil zu bewegen, aber diese Kenntnisse fanden sich unschwer – nämlich, wie mir Bea offenbarte, bei ihrer Mutter.

Es offenbarte sich nämlich, dass diese Mutter, die ihrer Tochter den Kühlschrank leer fraß, nachts betrunken vor dem Fernseher einschlief und alle paar Monate einen neuen Liebhaber hatte, bei der Polizei arbeitete. Sie arbeitete in dem immer noch so genannten Ressort Sitte, und wenn Bea ihren Verdruss über Mama besonders prägnant formulieren wollte (aber mir gegenüber hatte sie es noch nicht getan), dann sagte sie: »Mama ist bei der Sitte, ist doch überpeinlich, oder was?« Bei der Sitte aber war auch der Aal einmal tätig gewesen, bevor er den Dienst quittierte, um einem Ermittlungsverfahren wegen des Verdachts auf Bestechlichkeit im Dienst zu entgehen.

»Seltsam«, sagte Beas Mutter, »dass du mich nach dem Aal fragst, ich habe gerade einen alten Fall von ihm in den Händen.« Sie war sehr interessiert. »Hat er wieder was angestellt, ich meine, was Weiterführendes?«

»Keine Ahnung«, sagte Bea, »beim Aal können sich die Leute immer alles vorstellen, ich ja auch. Andererseits, mal abgesehen davon, dass er keine Schultern hat, was ist eigentlich das Geheimnis, ich meine, was ist das für eine Existenz?«

Es zeigte sich, dass die Existenz so geheimnisvoll gar nicht war. Der Aal lebte auf dem Gelände des Studios, manche sagten: im Heizungskeller, seit er den Polizeidienst quittiert hatte und mit einer Detektei bankrottgegangen war. Er war aber kein Penner, er gehörte zu den Wachleuten des Studios, nur dass es ungewiss blieb, ob er einen ordentlichen Wohnsitz außerhalb des Geländes hatte. »Ich habe allerdings den Eindruck, er treibt sich überall rum und macht komische Sachen«, sagte Beas Mutter.

In unserem Fall hielt sich die Komik seiner Unternehmungen allerdings in Grenzen. Er verschaffte dem Produzenten lediglich zwei Informationen, die eine auftragsgemäß, die andere als Extra obendrauf. »Chef, ick muss Sie enttäuschen«, sagte der Aal und ließ sich in seiner speckigen Nappalederhose auf das Bürosofa fallen, was der Produzent ungern sah, »viel jibt et ja nich, wat über den Kirchentyp zu erfahren is.« Der Aal berlinerte stark, weswegen ihn der Produzent andererseits auch wieder gerne sah. »Es liegt nischt Nachteiljet vor. Janz blasse Jestalt. Aba wat Lustijes ha' ick jefunden: Der Typ is Ihr Mieter.«

»Wie?«

»Sie ham doch det Haus in Nymphenburg, wo Sie immer saren, det muss ma jrundsaniert wern, wenn erst die alten Tanten raus sind.«

»O Gott, ja, das verfällt total.«

»Die Tanten, det sind die Tanten von dem Typ. Der lebt da. Det is sein Zuhause.«

Ein Freudenblitz durchzuckte den Körper des Produzenten. Worin die beseligende Aussicht bestand, die sich ihm zu eröffnen schien wie der Blick aus einem plötzlich aufgestoßenen Fenster, ist allerdings im Nachhinein kaum zu sagen. Hatte er vor, sich mit einer Kündigung der Wohnung zu rächen? Wollte er den Oberkirchenrat erpressen, also die Kündigung gegebenenfalls wieder zurücknehmen, oder sollte sie ein erstes Schrecksignal sein, dem weitere Einschüchterungsmaßnahmen folgen könnten? Vielleicht genügte die Gewissheit, etwas in der Hand zu haben, um den Produzenten zu euphorisieren. Der Aal war ein Schatz. Der Aal war viel wertvoller, als er jemals gedacht hatte, und auf jeden Fall zu kostbar, als dass er durch irgendeine, vor allem die deplatzierte Neugierde Christinas gefährdet werden durfte.

Allerdings hatte der Aal noch eine zweite Nachricht im Gepäck, die den Produzenten augenblicks aus seiner rauschhaften Begeisterung stürzen ließ. Die Nachricht, die der Aal mit den Worten einleitete »Und jetzte ha' ick noch wat Speziellet für Sie«, enthielt die Information, die den Bonzen für immer von Christina entfernen sollte: dass es sich bei ihr nämlich um die Nichte des Oberkirchenrates handelte.

Jetzt wird mir einiges klar, dachte der Produzent, obwohl er nicht hätte genau sagen können, was ihm das Gefühl von Klarheit vermittelte. Vielleicht war es nur die Welle der Bitterkeit, die ihn auf ihrem Eiseskamm in einsame Höhen über das Meeresgetümmel hob, in dem er sich bisher blind hatte durchschlagen müssen.

24. Die Mitte ist leer

Ein paar Tage später, das Semester war zu Ende und ich war schon bei meinen Eltern zu Hause eingetroffen, klingelte plötzlich, in jener grausamen Morgenfrühe, in der sonst nur Doro anrief, das Telefon, und ich hatte Philipp in der Leitung.

»Sag mal – haben dich schon die Jungs von der Bude angerufen?«

»Nein, wieso?«

»Ben ist wieder aufgetaucht.« Philipps Stimme klang schrecklich.

Was daran so schrecklich sein sollte, war mir allerdings nicht erfindlich. Ben verschwand manchmal unangekündigt für ein paar Tage, manchmal auch für Wochen, und erschien ebenso unangekündigt wieder, sehr erfrischt oder sehr erschöpft, je nachdem ob er seine Großmutter in Hamburg besucht hatte oder von Einladung zu Einladung, von Hochzeit zu Hochzeit getingelt war. Ben verlor leicht die Übersicht über seine Zusagen, mitunter stapelten sich die Verabredungen in kaum zu bewältigendem Maße. Er raste von Cocktail zu Cocktail, er flog von Hochzeit zu Hochzeit, er eilte durch die Lüfte von einem Geburtstag in Rom zu einer Taufe in Lissabon. Einmal sah ich ihn, die Münchener Saison hatte gerade begonnen, im Smoking auf dem Rennrad durch die Nacht stürmen; er hatte bei drei Bällen gleichzeitig zugesagt. Man musste sich tatsächlich an seine Schuhe kleine Flügel denken wie bei Merkur, um die rasenden Ortswechsel überhaupt für möglich zu halten. Der Gott der Kaufleute hatte freilich die hanseatische Familie, der Ben entstammte, nur unzureichend behütet. Sie war weitgehend verarmt; wahrscheinlich weil die gesellige Pflichterfüllung schon vor Generationen alle kaufmännische Tätigkeit verdrängt hatte.

»Aha«, sagte ich daher recht flau, »Ben ist also wieder da. Na, wie schön. Da können wir bald wieder Party machen.«

»Ja, aber nicht so, wie du denkst.«

»Wie nicht?«

Am anderen Ende der Leitung wurde mehrfach Luft geholt. »Ben ist tot«, sagte Philipp schließlich, »Beerdigung ist Sonntag.«

»Wie bitte?« Mir schlug das Herz bis zum Hals. Da war das Unheil. Das Unheil war gekommen. Der Blitz hatte eingeschlagen, aber ganz woanders, ganz woanders als gedacht.

»Ja, sie haben ihn schließlich identifiziert. Beziehungsweise nein, ich meine, sie haben die Leiche identifiziert. An dem Geburtstag, als er nicht gekommen ist, du erinnerst dich doch, da gab's offenbar einen schrecklichen Unfall, und man konnte den Toten nicht erkennen, und es war offenbar Fahrerflucht, und da lag er dann wochenlang in der Gerichtsmedizin, und sie haben nach dem Lack des Autos gesucht oder was weiß ich, und sie haben nicht gewusst, wer der Tote ist. Aber jetzt wissen sie's, und wir auch.«

»Mein Gott.« Mir war übel. »Und der Fahrer, wissen sie den jetzt auch?«

»Nix. Keine Spur.«

»Das ist ja eine sagenhafte Schweinerei.«

Philipp wollte nichts mehr dazu sagen. Wie oft hatte er in den letzten Tagen dieses Gespräch geführt?

»Also Sonntag in Hamburg«, vergewisserte ich mich.

»Nein, München. Seine Mutter ist aus München.«

Ich fuhr also wieder nach München zurück.

Es war inzwischen schon sehr heiß. Die Zypressen zitterten im Sonnenglast, während die kleine Glocke ihre Töne über den winzigen evangelischen Friedhof wehte, auf dem sich mehr Menschen drängten, als der Ort wohl jemals gesehen hat. Es war ein Wogen, ein Hin und Her, ein Begrüßen und Umhalsen, als sollte noch einmal, zu Bens Ehren, ein Cocktail inszeniert werden, der seiner Stellung in der eleganten Welt angemessen war. Am Rande versuchte ein verlauster Reporter der *Morgenzeitung*, die Jacke rotkariert, die Namen der Trauergäste zu notieren. Zwei Kriminalbeamte näherten sich ab und zu und sehr diskret dem einen oder anderen, um einen Termin auf dem Präsidium auszumachen. Offenbar hatten sie den Fall noch nicht aufgegeben. »Makaber«, sagte Doro, die mich so fest umarmt hatte, dass ich ihr Parfüm und den Druck ihres Körpers noch Stunden später spürte, »als ob sie hier einen Münchener *Tatort* drehen.«

Indessen konnte man ahnen, dass nicht nur der Traueranlass den Cocktail dämpfte, sondern auch ein katholisch-bayerisches Befremden ob der lutheranischen Strenge eines Gottesdienstes unter freiem Himmel. Der Oberkirchenrat (ich sah ihn hier das zweite Mal) hielt die Predigt am Grab, die gewaltige Nase hoch über die Menge in den azurnen Himmel gereckt. Ihm gegenüber, vollständig angetreten, die Budentruppe – Philipp, Bea und Doro steinern, der schöne Alex bebend, Rupi vollständig in Christina versunken, die wiederum ihres Vaters Hand hielt, der mit seinem großen Murmelauge im Profil wie eine seltene Kamee aus römischer Kaiserzeit auf dem dunklen Fond der Trauergemeinde ruhte.

Bea habe ich niemals vorher oder nachher so stark geschminkt gesehen. Sie war nicht weiß wie eine Maske, sie war marmorn wie eine Statue. Es brauchte eine Weile, bis ich begriff, dass sie nicht in Trauer erstarrt war, sondern in Grimm und Entsetzen. »Guck mal, die beiden Ratten da«, zischte sie. Ich wandte mich um, konnte aber an der Zypresse, auf die sie kaum merklich mit dem Kinn wies, nur eine Person erkennen. Die allerdings ließ mich schaudern. »Ich will ja nicht wieder von vorn anfangen«, flüsterte ich, »aber das ist Harry.« Bea schüttelte, wieder kaum merklich, den Kopf. Ich wandte mich noch einmal um, und jetzt sah ich tatsächlich zwei Männer, die offenbar zuvor hintereinandergestanden hatten. Der eine klein, mit schwarzer Lockenmähne – Herbert? Der andere groß, vollkommen rund, wie eine fette Spindel nach oben spitz zulaufend –

»Der Aal«, bestätigte Bea.

Und wie sie es sagte! Und wie es mich tatsächlich noch einmal schauderte, so dass ich nicht anders konnte, als mich ein drittes Mal umzudrehen. Aber die beiden waren wieder zu einer Silhouette verschmolzen, die ich abermals nur – Gott helfe mir! – als Harry identifizieren konnte.

»Der Bonze hat seine Kreaturen geschickt«, zischte Bea, »dabei sollte er hier sein.«

Was sie damit sagen wollte, verstand ich nicht. Mir dämmerte aber etwas anderes. Am Grabe von Ben hatten sich tatsächlich alle Personen von Christinas Geschichte versammelt, selbst Dr. Fischer stand an der Seite der Partygräfin und strahlte die vollendete Gefasstheit eines kaiserlichen Fabergé-Eis aus. Nur der Bonze fehlte. Sein Fehlen erzeugte etwas, das auch ich spüren konnte, es hatte die Kraft eines Vakuums, das alle bedrohte.

»Die Mitte ist leer«, flüsterte ich zurück.

»Sag ich doch«, zischte Bea. »Hoffentlich ist es nicht die Mitte von dem großen Ausguss, in dem wir alle mal verschwinden.«

25. Das zweite München

Der Umtrunk nach dem Begräbnis fand selbstverständlich in der Bude statt. Da die Eltern in ihrem Schmerz nahezu erstarrt waren, machte Philipp die Honneurs. Er war großartig. Er hatte eine Schar ausgesucht rehäugiger Mädchen bestellt, die Weißwein auf Silbertabletts herumreichten. Er lief wie ein Weberschiffchen zwischen den Gästen hin und her, um einen Gesprächsfaden zu spinnen. Er stellte allen alle vor, er machte mich auch mit dem Oberkirchenrat bekannt, der zwar nicht sein leiblicher Onkel, aber doch, wie sich zeigte, sein Taufpate war.

Wenn dies die Information war, die der Aal missverstanden oder, vielleicht sogar in schlauer Berechnung auf die Psyche des Bonzen, absichtsvoll verdreht hatte, dann war der Mann ein begabter Detektiv. Taufurkunden sind nichts, was öffentlich ausliegt. Und selbst wenn er nur gesprächsweise etwas aufgeschnappt hätte oder das von Dritten Aufgeschnappte sich zurechtgelegt, dann wäre immer noch nach dem Zugang zu fragen, durch den er hatte schnappen können. Zu wem hatte ein Aal überhaupt Zugang?

»Grüßen Sie mal Ihren Vater schön«, sagte der Oberkirchenrat zu mir, und ehe ich meiner Überraschung Ausdruck verleihen konnte, fiel mir plötzlich ein Bild aus Kindertagen ein, auf dem während der familiären Spaziergänge, die uns am Schlachtensee entlangführten, gelegentlich ein Storch in Menschengestalt zu sehen war, der an uns vorüberstelzte, in einem Buch lesend und zerstreut grüßend. »Herr Doktor«, nickte mein Vater. »Herr Doktor«, nickte der Storch und zog die Baskenmütze. »Das ist Doktor Storch«, sagte mein Vater, wenn wir weiter waren, »eine Plage für alle in der Kirche, die ihren Frieden mit der Welt suchen.«

Wie sich zeigte, hatte Philipp nahezu alle eingeladen, die zur Beisetzung auf den Friedhof gekommen waren, womöglich sogar die beiden Unheilsboten des Bonzen, auf jeden Fall aber die beiden Polizisten. Sie standen mit Bea zusammen in der großen Küche und nippten sehr artig am Weißwein. »Na«, sagte ich mit der eigentümlichen Lust am Unpassenden, die uns in einem großen Schmerz manchmal befällt, »wie ist das«, ich hob das Glas, »im Dienst?«

Der eine Beamte blickte auf die Armbanduhr und sagte treuherzig: »Der Dienst ist gerade vorbei.« Der andere Beamte wandte sich um und schüttelte seine schönen blonden Locken. Bea zupfte ihn am Ärmel. »Das ist meine Mutter«, sagte sie. Ich hatte Mühe, in dem blonden Recken eine Frau, schon gar Beas Mutter zu erkennen. Aber nur für einen Moment; dann lachte sie Beas Lachen und zog mich ihrerseits an meinem Ärmel. »Wir müssen unbedingt reden. Und – ich brauche unbedingt ein Glas.«

Wo war das Glas geblieben, das sie eben noch in der Hand hatte? Aber da die rehäugigen Mädchen allgegenwärtig waren, genügte ein Handgriff, um die Mutter zufriedenzustellen. Sie trank das Glas in einem Zug aus und stellte es sehr weit oben in ein Bücherregal. Aha, dachte ich, so geht das.

»Und was machen Sie hier?«, fragte ich, vielleicht etwas vorwitzig, »Ihre Tochter hat mir erzählt, dass Sie nicht bei der Kripo, sondern bei der Sitte sind.«

»Ja, bisschen peinlich, was?« Sie lachte wieder mit der Freimütigkeit, die mich an Bea erinnerte. »Nein, passen Sie auf, wir ermitteln nicht mehr ganz ins Leere hinein. Da steckt vielleicht ein alter Fall von mir drin.«

»Und der wäre?«

»Nein, passen Sie auf, zu ausführlich wollen wir jetzt auch nicht werden.« Sie begann ihre Sätze gerne mit der Formel: Nein, passen Sie auf, es klang aber immer eher wie: Ich hab etwas Interessantes für Sie. Jetzt allerdings sagte sie:

»Vielleicht haben Sie etwas Interessantes für mich. Sie haben doch von dieser Affäre gehört, zwischen dieser Christina Laroche und dem Chef der Münchener Studios?«

»Habe ich?«

»Nein, passen Sie auf, das hat mir Bea so erzählt.«

Ich lachte. Wir lachten beide. Die rehäugigen Mädchen kamen wieder mit ihrem Tablett vorbei, und die Mutter schnappte sich ein Glas. »Nein«, sagte sie, »ich will hier gar nicht Ihren investigativen Eifer in Frage stellen. Mich interessiert nur, ob Sie in dem Zusammenhang mal was von irgendwelchen, ich sag mal, ziemlich seltsamen Partys gehört haben?«

»Was für Partys?«

»Na, es gab ja mal in München, vielleicht haben Sie es in der Presse verfolgt, Partys mit einem gewissen Eventcharakter, so wie heutzutage auch«, sie lachte, »aber das Event bestand damals darin, hoffentlich damals und nicht auch noch heute, irgendwelchen Mädels übel mitzuspielen oder auch Pennern, die man von der Straße aufgelesen hatte und dann halbtot wieder dort absetzte, wo man sie für ein Taschengeld engagiert hatte.«

Ein rehäugiges Mädchen schleppte einen Stuhl herbei und kletterte am Regal nach oben, um die Gläser einzusammeln.

»Ein Horrorfilm«, sagte ich.

»Das war es. Die haben da wirklich zum Spaßvergnügen und als Höhepunkt des Abends Leute gequält oder wie Ochsen an einen Spieß gebunden, und naja, wie soll ich sagen, wir haben niemanden je richtig dafür drangekriegt, man konnte keine Tatbeteiligung persönlich zuweisen, nicht mal unterlassene Hilfeleistung, weil es die Gäste dann immer nicht gesehen haben wollten. Die Einzigen, die wir jemals verknackt haben, waren die beiden schrägen Vögel, die Sie vielleicht jetzt auch auf dem Friedhof gesehen haben.«

»Herbert und dieser sagenhafte Aal?«

»Der schwarze Lockenkopf, ich meine Herbert, hat ein paar Monate auf Bewährung gekriegt, nur der Aal hat gesessen, aber auch nicht lange, und tatsächlich war das höchstens Beihilfe, ich meine, er hat vielleicht die Opfer gecastet, na ja, schlimm genug, aber apropos Casting, die haben natürlich vor allem auch Mädchen gekriegt, die zum Fernsehen wollten, dafür haben sie die Vorsprechtermine genutzt, das war eine Zeit lang die Falle schlechthin.«

»Ah«, sagte ich, »Fernsehen – da ist der Zusammenhang.«

»Aber passen Sie auf! Ich sag's nur, weil Sie mir vielleicht wirklich nützlich sein können, und dummerweise vertraue ich Ihnen, aber bitte, um Gottes willen! Kein Wort zu Bea, die dreht dann vollends durch. Es ist nämlich so, dass diese Partys damals in den Studios stattfanden.«

»Na, da konnte man doch den Produzenten als Hausherrn drankriegen?«

»Eben nicht, weil's nicht oben in den Hallen war, sondern unten, sozusagen in den Katakomben«, sie lachte, »in den Heizungskellern und Maschinenräumen.«

»Wo der Aal zu Hause ist.«

»Damit konnten wir den Aal rankriegen, und der Produzent konnte sagen, er weiß von nichts.« Sie angelte sich ein Glas von dem anmutig und rehäugig vorbeischwebenden Tablett.

»Aber glauben Sie im Ernst, dass der Produzent solche, ich weiß nicht, kranken Neigungen hat?«

»Das glaube ich gar nicht, das muss auch nicht sein, er wollte seinen Gästen einfach was bieten, das war sozusagen Abwechslung, oder wie nennt man das? Ein Unterhaltungsprogramm. Das ist Fernsehen, verstehen Sie? Denken Sie mal Fernsehen zu Ende, ich meine nur mal die Nachmittagsshows, wo sich die Prolls anbrüllen und sicher auch vor laufender Kamera totschlagen würden. Was ist das? Das hat der Produzent alles produziert. Unterhaltung durch Grauen und Entsetzen und Furcht.«

»Wenn Sie es so sehen, weitet sich das Thema allerdings beträchtlich.« Und ich hoffte auch sehr, das Thema weiten zu können, möglichst weit weg von Ben und seinem mutmaßlich schrecklichen Ende, ich versuchte auf dem rettenden Gedankenast, den mir die Polizistin in den Sumpf gehalten hatte, möglichst weit, bis zu einem tragenden Stamm zu kommen, und sagte daher mit einem gewagten Griff: »Diese Art von Unterhaltung ist in Deutschland auch schon mal im ganz großen Maßstab produziert worden.«

»Ja, sehen Sie?« Beas Mutter blickte mich geradezu innig begeistert an. »Und diese Hitlerproduktion ist bis heute die ultimative Unterhaltungsdroge geblieben, damit machen die Magazine noch immer Auflage.«

Die Rehäugigen kletterten am Regal hoch, um die Gläser einzusammeln. »Seid ihr bei meinem Lieblingsthema angekommen?« Dr. Fischer stellte sich zwischen uns, wer weiß, wie unbehaglich lange er uns schon zugehört haben mochte. Er umarmte die Polizistin stürmisch. »Diese Frau«, sagte Fischer, »hat genialische Züge. Sie hat bei uns im Club mal einen Vortrag gehalten mit dem Titel *Unterhaltungsdelikte*.«

»Diese Frau«, sagte Bea, die sich nun ebenfalls herandrängte, »hat vor allem schon wieder zu viel Weißwein getrunken und verbreitet irre Theorien, ist doch schlimm, oder was?«

»Ach, Kindchen, wenn es so wäre.«

»Ich wollte euch nur aufmuntern«, sagte Bea. »Bin schon wieder weg.«

»Und dich, lieber Siegfried, muss ich jetzt auch kurz verscheuchen«, die Mutter umhalste ihn noch einmal, »denn hier geht's um polizeiliche Ermittlungen.«

»Brauchen Sie einen Anwalt, mein Freund?«, fragte Fischer.

»Also, jedenfalls – passen Sie auf«, fuhr Beas Mutter fort, als wir wieder allein waren, »der Kontext ist uns beiden klar.« Sie entsorgte ihr Glas im Regal.

»Der Kontext damals, fürchte ich, war das deutsche Volk.«

»Ja, aber stellen Sie sich den Kontext heute auch nicht zu

exotisch vor. Wenn ich mich hier so umgucke, ich meine, das müsste mit dem Teufel zugehen, wenn da nicht – das ist ja hier so ziemlich die Cocktailgesellschaft, um die es geht – und schauen Sie! Schauen Sie mal dort, den und die und die da auch, die waren alle auf den Gästelisten.«

Ich schaute und schaute, aber was ich sah, war nur, was ich kannte beziehungsweise eben nicht kannte, mir aber von früherem Sehen vertraut war. Neu war mir nur einer, den ich auch auf dem Friedhof nicht gesehen hatte und der nicht Trauer trug, sondern mit größter Nonchalance ein dunkelrotes Einstecktuch aus dem gelben Sommeranzug wehen ließ. Die Partygräfin sprach sehr angeregt zu dem Mann. »Ja, ganz richtig«, sagte die Polizistin, »zum Beispiel der da.« Sie deutete ein Prosit an, und der Gelbe prostete zurück: »Immer im Einsatz, nicht wahr, haha.« Beas Mutter nahm einen wütenden Schluck von dem Wein, den sie gerade wieder frisch bekommen hatte. Die Rehäugigen waren unermüdlich. Sie waren so gut trainiert und »auf Zack«, wie die Partygräfin gesagt hätte, dass mir auch klar war, wer sie Philipp zur Verfügung gestellt hatte. Deshalb, oder besser gesagt, in Folge dieser Assoziation protestierte ich: »Aber nicht die Partygräfin!«

»Nein, die nicht, oder jedenfalls nicht zu ihrem Privatvergnügen. Aber wenn die mal ihre Kartei zur Verfügung stellen würde, mit allen Spezialwünschen und allem, was da sonst so notiert ist, und wir würden einen Abgleich machen – na, da könnte ich 'ne Soko beschäftigen.«

»Mein Gott, das wär ja« – ich benutzte den Konjunktiv, weil ich es mir nicht vorstellen konnte, und auch das passende Attribut schien mir zweifelhaft – »grauenvoll«, sagte ich versuchsweise. Unzweifelhaft und unausweichlich dagegen begann mir der geheime Fluchtpunkt ihrer verschlungenen Andeutungen zu werden. »Was aber«, fragte ich, »was aber hat das mit Ben zu tun?«

»Nein, um Himmels willen, nicht das, was Sie jetzt denken. Aber es gibt nun einmal dieses zweite München –«

»Das zweite München?« Der Begriff elektrisierte mich, obwohl ich nicht wusste, ob die Polizistin mit ihm auch meinte, was mich elektrisierte. Das zweite München, das war ein großer Gedanke, es war ein verrückter Gedanke, und er hatte das spontan Einleuchtende aller groß gedachten Verrücktheiten. »Das zweite München«, ich zögerte und dachte an das *Donisl*, wo man seinerzeit die Kneipengäste mit K.o.-Tropfen betäubt und ausgeraubt, aber womöglich auch, wer weiß, verschleppt hatte, »das zweite München, ist das so etwas – nun, was man meint, wenn man in der Türkei vom tiefen Staat spricht?«

»Das tiefe München«, überlegte die Polizistin vollkommen ernsthaft, »ja, das wär auch nicht schlecht.«

»Wo der Aal lebt.«

»Ja, von diesem zweiten oder tiefen München leben natürlich auch Leute, das hat seinen Dienstleistungssektor, ich meine, es ist ein einziger großer Sektor von Dienstleistungen für die Leute, die aus dem ersten München kommen.« Sie nahm einen ernsten Schluck. »Aber zunächst mal ist es einfach so, dass euer Ben an dem Abend auf einer Party mit Leuten war, von denen wir die meisten schon auf unseren alten Gästelisten hatten, und wir haben in dem Haus ziemlich komisches Werkzeug gefunden, auch Metzgerinstrumente, auch mit Blut dran.«

»Bitte nicht!« Meine Begeisterung für das zweite München verflog.

»Nein, Tierblut. Und das ist nämlich das Neueste, darauf sind sie dann ausgewichen, hoffe ich jedenfalls fast, nämlich

Tiere live zu schlachten, was auch verboten ist – aber wenn man die Tiere dann gleich verzehrt, ist alles weg, was ein Corpus Delicti darstellen könnte. So eine Party kann das auch gewesen sein, das würde ja reichen, wenn euer Ben gar nicht hätte dabei sein dürfen oder wenn er gesehen hat, was er nicht sehen sollte, oder gehört hat, was früher so die Highlights waren, oder was weiß ich. Das ist das eine. Es gibt aber noch was: Der Produzent war mit Sicherheit auf der Party, und ihm hat auch der Wagen gehört, mit dem Ben den Unfall hatte oder mit dem der Unfall vorgetäuscht wurde – und dieser Wagen ist von dem Produzenten noch in selbiger Nacht als gestohlen gemeldet worden, ist doch komisch, was?«

»Komisch finde ich das nicht.« Ich fragte mich allerdings jetzt, ob das Unheil, das wir von der Mesalliance zwischen Christina und dem Bonzen erwartet hatten, in Wahrheit immer schon unter uns gewesen war, zu unseren Füßen oder hinter unserem Rücken, in einem zweiten Raum der Geschichte, den nur die krankhafte Neugierde erst geöffnet hatte. War der Aal das Codewort gewesen? Ich dachte an die Tannennadeln in meinem Zimmer, die ihre Muster bildeten, wenn man sie nur lange genug anschaute. Alles hing mit allem zusammen, und ich hing mittendrin. Ich war mit meinen Nerven so ziemlich am Ende.

»Ja, wir sind jetzt gleich am Ende. Jedenfalls kann es natürlich sein, dass die Diebe dann mit dem Wagen den Unfall gebaut oder vorgetäuscht haben, aber seither ist der Wagen spurlos verschwunden, wirklich spurlos, und das kommt nicht oft vor, verstehen Sie? Oder kommt nur vor, wenn man wirklich die allerbesten Verbindungen hat.« Sie stellte ihr Glas mit einem bekräftigenden Ruck ins Regal.

Und da fiel es mir natürlich schlagartig ein. Ich wusste in

der Tat etwas, was Beas Mutter sicher gerne gewusst hätte, und ich verstand ebenso schlagartig, was Bea auf dem Friedhof andeuten wollte. Herberts nächtliche Unfallhilfe für den Bonzen, das war's. Wenn es stimmte, was er uns erzählt hatte, konnte der Wagen nicht vor dem Unfall gestohlen worden sein und also auch kein Dieb den Unfall verursacht haben. Das konnte dann nur der Bonze gewesen sein. Oder Herbert hatte gelogen; aber warum? Ich fühlte mich wie gelähmt. Wenn die Mutter es noch nicht wusste, hatte Bea es ihr nicht erzählt, und wenn Bea es nicht erzählt hatte, dann wäre es wahrscheinlich Verrat, wenn ich es erzählte. Aber Verrat an wem?

Bea wollte den Bonzen schützen.

War ich berufen, dabei mitzutun?

Die Mutter überreichte mir ihre Visitenkarte. »Sie besuchen mich mal«, sagte sie. Sie schien sicher zu sein, dass ich es tun würde.

Unterdessen war eine der Rehäugigen wieder dabei, mit einem Stuhl das Regal zu erklettern. Sie stellte sich mit einer Zehenspitze auf die Sitzfläche, der andere Fuß suchte Halt im Regal, ein Arm reckte sich den Gläsern entgegen. Ich war fasziniert. Langsam kippte das Regalbrett mitsamt den Büchern nach vorne – und ebenso langsam fiel das Mädchen zu Boden, und zwar mit dem Gesicht auf das Glas, das die Hand noch umklammert hielt, die es aus dem Regal gepflückt hatte. Eine Blutlache bildete sich, in der die Rehäugige ruhig liegen blieb. Das Reh blieb so ruhig liegen, dass der Unfall für einen Moment jede Plötzlichkeit verlor und die Anmutung einer umsichtig gestalteten Filmszene gewann – das schöne Rot, das tiefe Braun von Augen und Haar auf dem blonden Parkett. Die Umstehenden, soweit sie den Sturz überhaupt bemerkt hatten, verstummten und schienen dem Rauschen der Linde zu lauschen, das durch die geöffneten Fenster aus dem tiefen Schatten des Hofes kam, in den hinab zu besseren Zeiten die Gäste mit fröhlichem Lärm Geschirr geworfen hatten.

Ich beugte mich, mir schien: unendlich langsam, zu dem Mädchen herab und nahm es auf, ich setzte mich mit ihm auf den Stuhl und ließ das Blut vom Gesicht in ein Taschentuch ziehen. Es zeigte sich, dass es nur zwei lange Schnitte auf Stirn und Wange gab, die indes genäht oder, was wusste ich, geklammert werden mussten, aber indem ich mich noch zu einer Maßnahme aufzuraffen versuchte, kam schon Philipp – der Gute! – und hatte zwei Zugpflaster dabei, die wir gemeinsam in einer sich nun plötzlich wieder aus der Zeitlupe zur Eile befreienden Aktion anbrachten, worauf auch das Mädchen eilig zu zappeln und zu schreien begann. Ich hatte Mühe, es auf meinem Schoß zu halten, es war ein Toben und Brüllen, das die Gäste sonderbarerweise nicht beunruhigte, sondern im Gegenteil ermunterte, sich aus ihrer Erstarrung zu lösen und zur Konversation zurückzukehren.

Ich war für einen Augenblick mit der Tobenden allein, die sich nicht wie eine junge Frau, sondern wie ein sehr kleines Kind anfühlte, und mir kam der sonderbare Gedanke, ob das Geschlecht womöglich gar nicht in den Körpern steckte, sondern sie nur wie ein Schleier umgab und deshalb auch, durch einen Unfall zum Beispiel, wie ein Schleier fortgerissen werden konnte. Aber ehe ich den Gedanken verfolgen konnte, stürzte die Partygräfin herbei, zerrte das Mädchen an sich und schrie: »Jetzt ist Schluss mit dem Gezicke, du gehst nach Haus.« Und zu mir: »Sie halten sich da raus, aber endgültig.«

Das Mädchen, im Fortgezerrtwerden, wandte sich noch

einmal um und sagte, in einer merkwürdigen Tonlage zwischen Dank und Klage: »Ich habe auf Ihrem Schoß gesessen.«

»Macht nichts«, sagte ich.

»Ihnen vielleicht nicht.«

Sie verschwand.

Ich begab mich auf die Suche nach Bea. Zunächst traf ich jedoch nur auf Christina, die in einer Ecke lehnte, das Taschentuch in den Händen, ernst, regungslos, blass wie eine Schaufensterpuppe, und dann traf ich auf Philipp, der noch immer nicht alle mit allen bekannt gemacht hatte und mich deshalb jetzt der Partygräfin vorstellte (»Wir kennen uns schon« – was ein Tadel war) und gleich anschließend seinen Eltern (»Ach, Sie haben den Vater, von dem Albrecht so schwärmt« – womit der Oberkirchenrat gemeint war), aber als er mich schließlich noch der neuen Flamme von Alex präsentieren wollte, die von gesteigerter Rehäugigkeit schien, entdeckte ich Bea und griff sie am Handgelenk und zog sie ziemlich energisch an die Wand.

»Du tust mir weh.«

»Du willst den Bonzen schützen.«

Sie machte eine verzweifelte kleine Handbewegung.

»Ich fasse es nicht! Du machst dich strafbar, und ich auch, wenn wir nicht sagen, was wir wissen.«

»Soll ich ihn ans Messer liefern? Er vertraut mir doch.«

»Mein Gott –«, ich wusste nicht, was ich sagen sollte. Sie rührte mich in ihrer Treue und Tapferkeit, die sie sogar noch gegen ihr eigenes Gewissen behauptete.

»Aber«, versuchte ich es wieder, »du willst doch nicht Herbert laufen lassen.«

»Wenn sie Herbert kriegen, kriegen sie auch den Bonzen.«

In diesem Moment kam Doro vorbei. Wir verstummten.

»Na, du?« Doro strich mir eine Strähne aus der Stirn. »Hast du für mich kein Trostwort?« – »Gleich«, sagte ich. »Ach ja«, sagte sie und ging weiter.

Ich versuchte es mit Bea noch einmal. »Vielleicht läuft Herbert hier rum, und dann müsste ihn deine Mutter doch eigentlich gleich festnehmen, oder?«

Bea blieb unbewegt. »Was glaubst du? Der ist mit dem Aal schon beim Bonzen zum Rapport.«

Und so war es wohl auch. Denn einige Stunden später, als die meisten Trauergäste gegangen waren und nur noch der Kern einigermaßen erschöpft und ziemlich angetrunken in den Trümmern saß, klingelte Beas Handy.

Der Bonze tobte. Man konnte ihn hören. Es war eine helle, sonore Stimme, ich hatte ihn dumpfer in Erinnerung. »Was machst du bei der Beerdigung von diesem, ich weiß nicht, diesem Typen aus dieser sagenhaften Wohngemeinschaft?«

»Ich habe ihn gekannt«, sagte Bea einfach, »wir haben ihn alle sehr gerngehabt.«

»Wer sind wir alle?«

Dann hörte man den Bonzen nicht mehr. Bea zog sich in einen Winkel des Flurs zurück und begann ein beruhigendes, jedoch leicht gequältes Flüstern. Der Bonze hatte sich offenbar von seinen Kreaturen erzählen lassen, dass auf der Beerdigung der Oberkirchenrat gesprochen, dass sein treuloser Anwalt mit der Partygräfin zusammengestanden hatte, dass Christina mitsamt den Eltern erschienen war, dass ihr unverschämter Bruder die Honneurs machte, dass zu allem Überfluss Bullen auf dem Friedhof zugegen waren, und wenn er auch noch erfahren hätte, dass die Polizisten zum Empfang geladen worden waren, hätte ihn wahrscheinlich endgültig die Vision einer Verschwörung überwältigt, in der alle, die er fürchtete oder von denen er etwas fürchten zu müssen glaubte, zu einer herzlichen Gemeinschaft zusammengefunden hatten, und zwar unter Einschluss jener, vor denen er sich bis vor kurzem noch nicht gefürchtet hatte, nämlich Christina und Bea. Nachdem der Bonze aufgehört hatte zu toben, begann er zu greinen. »Warum erfahre ich so was nicht von dir?« Man hörte ihn wieder, so laut war der Jammerton. Denn Bea, dieses schlaue kleine Biest, so drehte er es jetzt, hatte das Spinnennetz schon früh durchschaut, ihn aber trotzdem ins Verderben rennen lassen.

»Aber ich habe dich doch gewarnt, ich hab dir gesagt, dass diese Leute nichts für dich sind.«

»Das hast du gesagt, aber nur, um mich zu ärgern.« Der Bonze fühlte sich jetzt wieder einigermaßen ins Bild gesetzt. Das einzige, was auf dem Bild fehlte, war zugleich das einzige, was ihn hätte alarmieren müssen: dass es sich bei einem der beiden Polizeibeamten um Beas Mutter handelte.

»Na, was ist?«, fragte ich Bea, als ich sie auf der Treppe nach unten begleitete, die ihrem sagenhaften Ursprung an diesem Tag einen bedenklichen Schritt näher gekommen war.

»Wenn der Bonze in dem Zustand ist«, sagte Bea, »ist es schwer zu sagen, ob er auf Mitleid macht oder wirklich am Ende ist. Er verflucht den Tag, an dem er auf Christina reingefallen ist, aber sie sei ja so hübsch gewesen, da hätte er nicht anders gekonnt, ich weiß wirklich nicht, warum ich mir diesen Dreck anhören muss – ist doch schlimm, oder was?«

Und sie stürmte die Treppe hinunter, die kleinen Hufe trommelten auf das sinistre Holz.

26. Die deutsche Brille

Vielleicht macht es nicht den besten Eindruck, wenn in der Geschichte immer nur von dem Bonzen, bestenfalls: dem Fernsehproduzenten die Rede ist. Der Mann hatte schließlich nicht nur einen Beruf, sondern auch einen Vor- und Vatersnamen, und Bea ebenso wie Christina haben ersteren sogar mehr als einmal geflüstert. Es war aber andererseits nicht so respektlos, wie es scheint, sondern zeugte eher umgekehrt von einem gewissen ängstlichen Respekt, dass die meisten nicht von Dr. Torsten Welske sprachen. Er hatte es schließlich zum Fernsehbonzen gebracht, er sah sich selbst als solchen, und seine Mutter erwähnte ihn nie anders als mit der Formel »mein Sohn, der Fernsehbonze«.

»Das einzige, was noch an Torsten erinnert«, sagte Bea, »ich meine, was einen, aber nur, wenn man sehr schlau ist, auf den Gedanken bringen könnte, dass er eigentlich Torsten heißt, ist seine Brille.«

»Können Brillenträger nicht auch, sagen wir, Alex heißen?« Das war eine kleine Stichelei, mit der ich sie an ihren Exfreund erinnern wollte.

»Ich meine natürlich das Gestell, du Quatschkopf. Ich meine dieses gewisse Eckige, Spitzige, du weißt schon, das immer aus irgendeinem tollen Material ist, Titan oder so, ich meine«, jetzt hatte sie das Wort: »dieses Hightechmäßige, was die Sache erst so richtig schlimm deutsch macht.«

Und tatsächlich trug der Produzent etwas, das überall auf der Welt – nur nicht bei den deutschen Männern, die es tragen – als deutsche Brille bekannt ist. Und tatsächlich ist diese Brille gerne aus Titan oder einem anderen Material, dessen Vorzug nicht darin besteht, gut auszusehen, sondern technische Qualitäten zu haben. Nirgendwo in der Welt würde jemand seine Brille unter Absehung von ihren modischen Vorzügen aussuchen. Nur den Lehrer an der deutschen Schule in Bogotá erkennt jeder Kolumbianer, wenn nicht an den Sandalen, dann doch sofort an seiner unvorteilhaften, immer etwas zu eckigen Brille. Aber während ich darüber nachdachte, mit welcher Sicherheit sich die Nationen noch heute über ihre unbewusst gewählten Attribute definieren, fiel mir plötzlich ein, dass zufällig der einzige Torsten, den ich in meiner Kindheit gekannt hatte, tatsächlich eine Brille trug. Er fuhr nachmittags auf seinem Dreirad die Straße herunter und hatte eine Schielbrille, mit einem Einsatz aus rosa Leukoplast über dem linken Auge. »Torsten – ja, stimmt doch«, gab ich zu, »fährt Dreirad und trägt eine Brille.«

»Na, siehst du«, sagte Bea, »und genau deshalb braucht der Bonze all die Tussis, die ihn anhimmeln, damit man das Dreirad nicht mehr sieht und gar nicht erst auf den Gedanken kommt, dass er eigentlich Torsten heißt.«

Aber wie sprach sein Vater von ihm? Hatte auch der Vater den kleinen Jungen auf dem Dreirad vergessen? Die traurige Wahrheit schien leider: Der Vater sprach gar nicht mehr von ihm. Es war leider so, dass der Vater schon vorzeiten – wie sollte man sagen? – abgefault und vertrocknet war. Der Vater war wie die Frucht eines überdüngten Baumes erst angeschwollen, dann aufgebrochen, schließlich eingeschrumpft. Die wachsende Bedeutung des Sohnes hatte den Vater gebläht, und so, wie man sagt, dass einer vor Stolz platzt, war es tatsächlich geschehen, die Größe des Sohnes sprengte den Vater, und er, der sich eben noch mitwachsen fühlte, sank in die Bedeutungslosigkeit einer bloßen, nunmehr leeren Hülle zurück. Der Vater fühlte sich klein und hässlich. Hass auf die eigene Saat, die ihn zerstört hatte, vergiftete ihn. Klein, hässlich, giftig, kroch er im Hintergrund der Geschichte umher. »Mir passt die ganze Richtung nicht«, pflegte er zu sagen. Bea sagte: »Der Vater hängt wie eine Fledermaus im Besenschrank und funkelt einen aus roten Augen trübe an.«

»Soll das etwa heißen, du warst mal bei den Bonzeneltern zu Hause?«, fragte ich entgeistert.

»Ich habe die Alte auf dem Wochenmarkt kennen gelernt. Ganz vergnügt und superfett! Mit winzigen Händen und gewaltigen Vorderschinken. Die Arme sehen echt wie Stulpenstiefel aus, die Hände sind die Absätze. Nicht die Stiefelspitzen! Die Absätze. Die Stiefelspitzen sind der Schwabbel, der noch drüberhängt.«

»Monströs.«

»Aber ganz nett. Ich bin direkt mit ihr ins Gespräch gekommen, sie hat so 'n gewissen Schwung.«

»Wie der Sohn.«

»Ja«, sagte Bea ziemlich gedehnt, »mag sein, ja. Aber mögen tun die sich nicht! Die Alte hasst ihn. Und das kam dann auch raus, da wusste ich noch gar nicht, über wen sie eigentlich redet, aber langsam begann es mir zu dämmern. Ich kannte sie nicht, sie kannte mich nicht, aber wir sprachen über denselben Mann. Und dann sprachen wir auch noch über mich! Die Alte sagte: Er scheffelt Geld, aber sonst lässt er alles verkommen, seine Frau säuft sich zu Tode, er hat an jedem Finger jeder Hand irgendeine Freundin.«

»Wie charmant für dich.«

»Ja. Da konnte ich mir dann aussuchen, an welchem Finger welcher Hand ich stecke.«

»Mir scheint, dass du jedenfalls fester steckst als jeder Ehering.«

»Ja«, sagte Bea traurig, »mag sogar sein.« Ich hielt es für möglich, dass eine Träne in der schweren Wimperntusche glitzerte. Sie blickte in eine unbestimmte Ferne und sagte dann fest: »Und es muss sogar sein! Der Bonze verliert ja sonst alles, alles verfällt vor ihm und geht um ihn herum zugrunde.«

»Was meinst du damit? Dass sein Stuhl wackelt und vielleicht sogar der Intendant über die Bonzenschweinereien stürzt?« Inzwischen stand in den Zeitungen allerlei. Es hatte dazu keiner Indiskretionen und keiner investigativen Anstrengung bedurft, es hatte der Verdacht genügt, und der Blick der Journalisten war wie von selbst auf die Geschäfte gefallen, die mit dem öffentlich-rechtlichen Statut des Senders schwer vereinbar waren.

»Nein«, sagte Bea, »meine ich nicht. Ich meine: Er macht und tut und plant, und dann … Es ist wie ein Hexenkreis. Ich meine, es gibt doch diese unheimlichen Pflanzen, um die herum nichts anderes mehr wächst.«

»Ja, aber – Mensch, Bea! Du kannst ihm doch nicht bis ins Gefängnis die Treue halten.«

»Weiß ich«, sagte sie, »weiß ich, weiß ich.«

»Du musst weg, wenn du nicht auch zugrunde gehen willst, vor allem musst du«, ich korrigierte mich: »müssen wir deiner Mutter was sagen, wir machen uns sonst strafbar.«

»Strafbarkeit ist mir scheißegal. Es geht um etwas ganz anderes. Hat Mama mit dir darüber geredet?«, fragte sie misstrauisch.

Mir schwante es. »Das zweite München, meinst du das? Diesen verrückten Ausdruck hat sie allerdings benutzt.«

»Mama war natürlich besoffen, aber verrückt ist das nicht. Verrückt ist, was der Bonze plant. Er plant immer weiter, aber nur die Wüste wächst. Er weiß es nicht, aber er plant das Nichts.«

»Und was soll ich mir darunter vorstellen, ich meine, aufs Fernsehen angewandt? Ist das dann so etwas wie das zweite Fernsehen?«

»Du bist blöd«, Bea war gekränkt, fasste sich jedoch erschreckend schnell, »beziehungsweise nein – du hast vielleicht recht. Das zweite Fernsehen, das wär was Schlimmes. Falls es nicht überhaupt immer schon nur das zweite Fernsehen gegeben hat. Aber der Bonze plant jedenfalls etwas Schlimmes«, wiederholte sie. »Und es hat Proben davon schon gegeben.«

»Wenn ich ehrlich sein soll, Bea: Du sprichst in Rätseln.«

Aber Bea hörte mir nicht zu. Sie sagte: »Hast du mal über das zweite München nachgedacht, ich meine richtig, ernsthaft nachgedacht?«

Natürlich hatte ich seit dem Gespräch mit ihrer Mutter über nichts anderes nachgedacht. Es lag in dem Begriff eine beunruhigende Suggestionskraft, die geeignet war, alle Gedanken an andere Dinge zu überstrahlen, die vielleicht auch zu Beunruhigung hätten Anlass geben können. Selbst die konkreten Verbrechen, die mit dem Ausdruck bezeichnet werden sollten, verblassten vor dem abstrakten Glanz des Spiegels, der alles verdoppeln konnte. Als Typus der Begriffsbildung war das zweite München schon fester Bestandteil unserer Budengespräche geworden, es entfaltete dort allerdings eher satirische Qualitäten. Bald hatten wir von jedem Objekt ein zweites: einen zweiten Toaster, der seine bisher verborgene Gemeinheit offenbarte, indem er das Brot verbrannte, und einen zweiten Hausmeister, nämlich den nüchternen Hausmeister, der uns tyrannisierte, solange er noch nichts getrunken hatte. »Ich habe die zweite Tischdecke genommen« hieß entweder, dass der Tisch unbedeckt blieb oder aber von einem unbeschreiblich verfleckten, brandlöchrigen, sozusagen gänzlich verkommenen Exemplar bedeckt wurde. Es gab von allem ein Zweites, und jedes Mal konnte man die Ambivalenz auskosten, dass sowohl etwas nicht Vorhandenes wie auch etwas besonders Abscheuliches gemeint werden konnte. Ich hatte wenig Lust, zu dem Ernst zurückzukehren, den Bea forderte und den sie offenbar vor Augen hatte, wenn ihr Blick in die Ferne wanderte.

»Ernsthaft nachgedacht – nein«, sagte ich deshalb zögerlich, auf der Suche nach einem Ausweg. »Aber im Ernst« – jetzt hatte ich ihn – »kann man sich natürlich von jeder Geschichte denken, dass sie zwei Seiten hat, zum Beispiel eine Harry-Seite. Man muss nur etwas Aalblut dazugeben, dann verwandelt sich Herbert in Harry.« Das war albern, aber es wirkte sofort.

»Nein, wirklich nicht«, protestierte Bea, »du willst jetzt nicht wirklich mit Dr. Jekyll und Mr. Hyde kommen? Das ist nicht dein Ernst! Ist doch peinlich, oder was? Genauso gut könnte man sagen: Es ist alles eine Frage der Brille.«

»Eine Frage der deutschen Brille?«, schlug ich vor.

Das war ein unbedachter Schritt über den Spaß hinaus. »Und wenn du deine Brille aufsetzt«, sagte Bea verbittert, »verwandelt sich alles in Literatur.« Ich fürchtete, dass wieder etwas in der Wimperntusche zu glitzern begann. »Das mit der Literatur siehst du falsch«, sagte ich rasch, »ich meine, die Literatur ist eher auf deiner Seite. In der Literatur gab es immer die Vorstellung, dass zu allem ein Gegenstück existiert, zu Christus der Antichrist beispielsweise, und die moderne Physik hat zur Materie sogar eine Antimaterie erfunden.«

Beas Ärger war aber schon erloschen. »Antichrist?«, murmelte sie, bevor ihr Blick wieder in die Ferne wanderte, die mir Angst machte. »Ja«, sagte ich, »und das verrückteste Buch darüber ist von einem Russen, das habe ich sogar hier.«

»Hm«, sagte sie abwesend, und während ich noch darüber nachdachte, ob sie mit den Mitteln der Literatur einzufangen sei, entglitt sie mir wie ein entschlummerndes Kind.

Unheimlich ist viel; aber nichts unheimlicher als die Macht der Gedanken. Was vermag überhaupt die Wirklichkeit? Verlass ist nicht einmal darauf, dass sie den nüchternen Konterpart gibt. Manchmal unterstützt sie sogar den Wahn; in unserem Fall beförderte sie selbst noch die kabarettistischen Phantastereien, die der Begriff des zweiten München provoziert hatte. Der schöne Alex wusste eines Abends von dem Kummer seiner kleinen Schwester zu erzählen, die sich zu ihrem Goldhamster noch einen neuen dazugekauft hatte. Nach ein paar Tagen hatte er den ersten totgebissen – und wir schrien natürlich sofort: »Der zweite Hamster, ist doch klar!«

Und mit solchen Späßen begann jene ungesunde Stille vor dem Sturm, in der sich die Meereswogen ölig glätten – sie schillern, aber schlagen nicht –, während die Mannschaft, statt die Segel zu bergen, herumlungert und auf dumme Ideen oder auf allerlei gefährliche Spielchen verfällt.

27. Die Konzeptgruppe tagt

Denn die ersten Blitze hatten wir zwar gesehen; es war ihnen aber kein Donner gefolgt. Christina hatte ihre Vereinigung mit dem Bonzen, wie es schien, überstanden, und der Blitz, der Ben gefällt hatte und für einen Moment eine Landschaft des Schreckens am Horizont aufleuchten ließ, war ohne Konsequenz geblieben. Das eigentliche Unwetter schien noch in der Ferne, und so dehnte sich die Zeit, in der ich auf neue Zeichen lauerte. Philipp überfiel die Bude eines Abends mit dem Wunsch, anstelle Bens einziehen zu dürfen. War die Trauerfrist schon abgelaufen, nach der man über seinen Platz verfügen konnte? Wir fragten uns das, wir waren sogar leicht bestürzt, aber wir fragten uns nicht, was wir uns vielleicht hätten fragen sollen: ob nämlich das bequeme Geschenk der Nachfolge nicht auch ein Danaergeschenk sein konnte. Indes, Philipp lebte sowieso schon mit uns, und weshalb sollten wir seinen Einzug nicht mit einem fröhlichen Besäufnis feiern?

So wurde also in dem achteren Schiffssalon eine kleine Party der Flaute abgerungen. In dem Konferenzsaal der Fernsehstudios hingegen tagte die große Konzeptgruppe, unter Einschluss vieler hübscher frischer Praktikantinnen. Der Bonze plante tatsächlich eine neue Sendung, wie Bea angedeutet hatte, aber nur, weil einige alte Sendungen, vor allem die Unglücksshow, nicht mehr liefen. Der Skandal, den Christina provoziert hatte, indem sie eine Firma namentlich genannt und für das Elend der Berufsanfänger verantwortlich gemacht hatte, war ohne nennenswertes Presseecho geblieben; jedenfalls hatte er der Sendung keine neuen Zuschauer verschafft, und auch der zweite Skandal nicht, der wenige Tage später durch den Selbstmordversuch eines Mädchens aus der Show hervorgerufen wurde. »Das ist blöd gelaufen«, sagte der Produzent, »aber man kann leider nie wissen, wann ein Skandal einer Sendung hilft und wann nicht.«

»Vielleicht hätte man da etwas nacharbeiten müssen«, meinte der Pressereferent selbstkritisch.

Aber Nacharbeiten und erst recht das Hinterherweinen waren die Sache des Produzenten nicht. »Schluss mit der Debatte, Kinder«, sagte er, »es gibt sowieso zu viel Unglück auf der Welt. Was wir jetzt brauchen, ist Trost.«

Das Unglücksmädchen, dem der Moderator eine Alkoholsucht angedichtet hatte, war bewusstlos auf der Straße gefunden worden. »Das Fernsehen produziert die Opfer, die es beklagt«, hatte eine Zeitung kommentiert, »Sozialkritik als Unterhaltung« nannte es eine andere. Doch die Debatte über Moral und Scheinmoral war verstummt, nachdem sich herausgestellt hatte, dass die Verletzungen des Mädchens nicht von einem Selbstmordversuch stammen konnten.

»Unglaublich«, meinte Dr. Fischer, »was der Bonze für Schweinereien produziert und wie sie dann doch auf wundersame Weise immer nichts mit ihm zu tun haben.«

»Ja«, sagte der Oberkirchenrat, »und das Problem haben wir auch. Unser Material betrifft ja auch nicht ihn, sondern die Usancen im Sender, und diese Geschäftsusancen sind ja auch nicht, was wir beklagen – das wirklich Grauenhafte ist die Logik. Die Logik, nach der sich alles steigert, nach dem vorgeführten Unglück kommt das künstlich erzeugte Unglück, und nach dem künstlich erzeugten Unglück –«

»Kommt der künstliche Trost«, sagte der Anwalt.

»Und woher wissen wir das?«, fragte der Oberkirchenrat, es war eine rhetorische Frage, die zu einem ergiebigen Ausflug in die Geschichte abendländischer Ketzereien führen sollte. Aber Dr. Fischer hatte nicht die Kirchengeschichte vor Augen, er hatte Nachricht von Fakten. Eine Referendarin, genauer gesagt, seine Lieblingsreferendarin, war unter den neuen Praktikanten des Studios. »Die wundert sich jetzt«, sagte Dr. Fischer, »und wir können –«

»Wundern muss die sich nicht«, sagte der Oberkirchenrat, der seinen Vortrag noch nicht verloren geben wollte, »wenn man an die Gnostiker denkt –«

»Die wundert sich nicht«, befand auch Philipp, »die füttert jetzt die beiden Altchen, und die haben was zu schlecken.« Für einen Moment beschäftigte mich, ob ich die Praktikantin vielleicht noch kennen gelernt hatte, ein ausnehmend hübsches und schnippisches Wesen, das ebenfalls, aber womöglich nicht so erfolglos wie ich, im Vorzimmer des Bonzen herumgelungert hatte.

Aber mehr beschäftigte mich etwas anderes. Der Mann, der das verletzte Mädchen gefunden hatte, wurde in der Sendung interviewt, »rückhaltlose Ehrlichkeit in eigener Sache« nannte das der Moderator, und dieser Mann mit den fettigen schwarzen Locken, die an der verschwitzten Stirn klebten –

»Nein«, sagte Bea, »nein, sag es nicht. Halt einfach mal die Klappe. Verschon mich mit deinen Spinnereien. Es gibt schon zu viele Zufälle.«

»Es gibt schon zu viel Unglück«, wiederholte der Produzent, während die Praktikantin eifrig mitschrieb, »was wir jetzt brauchen, ist Trost.«

Und wirklich hatte er schon vor Wochen eine Show mit dem Arbeitstitel *Die Tröster* konzipiert, es sollte dort alles aufmarschieren, im besten Fall sogar gegeneinander antreten, in Konkurrenz sozusagen um den bestgetrösteten Zuschauer, was so im Angebot war an Erweckungspredigern, Psychologen und Wunderheilern. Aber dann, ein Casting in der Therapeutenszene hatte schon begonnen, überkamen den Produzenten Zweifel. Zunächst hatte es ihn nur geärgert, dass die Kirchen nicht bereit waren, in der Konkurrenz der Weltanschauungen und des Aberglaubens aufzutreten. Wenn er die nüchterne Brille abnahm, sah er in der Konkurrenz allerdings auch ein Problem für die Quote, jedenfalls für die emotionale Bindung des Zuschauers. »Davon redet der Bonze immer, dass man an die Gefühle der Menschen ranmuss« (Bea).

Für das Gefühl der Menschen aber, erklärte der Produzent, würden die widerstreitenden Angebote doch nur wieder das heillose Durcheinander der Gesellschaft abbilden und den Zuschauer, anstatt tröstende Orientierung zu bieten, mit seiner Entscheidung zwischen Bachblüten und Buddhismus allein lassen. »Der Zuschauer darf sich nicht allein gelassen fühlen!« Was der Zuschauer wirklich brauchte, sei mehr als Trost, er brauchte Entlastung von der Vielfalt. »Ein Angebot, das ist es! Und zwar, jetzt kommt's, nur ein einziges. Ein einziges Angebot von schlagender Einfachheit. Es ist ja alles viel zu kompliziert geworden, um Trost zu spenden, denken Sie allein mal, was die Theologen mit der Bibel angestellt haben, und die Bibel selbst ist auch schon viel zu kompliziert!« Und so wurde die große Konzeptgruppe ins Leben gerufen, die eine Show mit dem Arbeitstitel *Neues Leben* entwickeln sollte.

Die Entlastungsshow, wie sie intern genannt wurde, brauchte vor allem einen Guru. »Schluss mit den Experten, die sich widersprechen. Ein Mann muss her, in dem sich alle wiederfinden und der alle zusammenführt.«

Aber wer sollte dieser Mann sein?

Das konnte nach der kühnen Meinung des Produzenten nur ein Unbekannter sein, »ein ganz unbeschriebenes Blatt, das dann vom Publikum beschriftet wird. Mit all unseren Sehnsüchten und Wünschen! Ein Mann des Volkes, der vom Volk geschaffen wird! Das kann praktisch jeder sein, vielleicht«, der Produzent überlegte nur kurz, »am besten ein arbeitsloser Schauspieler, vielleicht sogar mit einer kleinen

Behinderung, einem nervösen Tick, oder was weiß ich, damit die Zuschauer darin ihre eigenen Beschädigungen wiedererkennen, und dieser Tick wird dann berühmt und vielleicht sogar nachgemacht und ist schließlich der Kern der Botschaft!«

»Zieht er vielleicht ein Bein nach?«, fragte vorwitzig die Praktikantin.

Der Produzent setzte die Brille auf. »Nicht schlecht, nicht schlecht«, er war begeistert, er nahm die Brille wieder ab. »Aber vielleicht ist es auch wirklich nur ein Tick oder ein Wort, das er immer wiederholt –«

»Erlösung«, schlug die Praktikantin vor.

»Auch nicht schlecht, auch nicht schlecht. Vielleicht bisschen zu religiös, nichts für Leute, die aus der Kirche ausgetreten sind. Aber jetzt, Kinder, ich hab's! Er sagt immer: Lösung. Er sagt immer: Das ist die Lösung, oder: Das löst es, oder: Jetzt ist es gelöst, oder: Wir haben's gelöst. Vielleicht sagt er auch manchmal: Das ist die endgültige Lösung. Oder er sagt das immer am Ende der Sendung.«

Allgemeine Begeisterung.

»Hoffentlich«, brummte Herbert, »sagt er nicht mal aus Versehen: Endlösung.«

Allgemeines Gelächter.

»Der Bonze ist auf einem New-Age-Trip«, sagte Fischer zum Oberkirchenrat, »hat mir meine Referendarin erzählt.«

»Der Bonze ist unter die Welterlöser gegangen«, sagte der Oberkirchenrat zu Philipp, »hat mir Dr. Fischer erzählt.«

»Der Bonze arbeitet an der endgültigen Volksverdummung«, sagte Philipp zu mir, »hat mir Onkel Albrecht erzählt.«

Ich aber sagte zu mir: Der Bonze tuscht jetzt vielleicht tatsächlich den Plan aus, den Bea vor Augen hat.

28. Es wird gebeichtet

Das also tat sich während der Ruhe vor dem Sturm im Studio des Produzenten. Die große Konzeptgruppe spielte unter Geschrei und Gelächter Poker um die Zuschauerseele, während ich eher schweigend und faul herumlungerte und mich nicht entscheiden konnte, ob ich wieder zu meinen Eltern nach Berlin heimfahren oder noch etwas in den Münchener Straßencafés herumsitzen sollte. Und so begab es sich eines frühen Tages, in jener köstlichen Morgenkühle, die schon die kommende Hitze ahnen lässt, dass mich im *Adria* an der Leopoldstraße ein hübsches Mädchen anstarrte. Das dunkeläugige Mädchen starrte mich lange an, aber ich wusste nicht recht, ob es ein Signal war, das ich befugt war zu empfangen.

Schließlich kam sie jedoch an meinen Tisch. »Ich bin die kleine Schwester von der Freundin vom Alex«, sagte sie. »Wie nett«, sagte ich. »Du erkennst mich nicht«, sagte sie. »Das ist wahrscheinlich ein Fehler«, sagte ich. »Ich habe auf deinem Schoß gesessen«, sagte sie.

Und wirklich, es war das verunfallte Reh. Die Welt ist voller Zufälle. »Lass mal schauen, sieht man was?«, fragte ich.

»Keine Narben«, sagte sie eher melancholisch, »ihr habt mich prima verarztet.«

»Aber du hast dich geärgert, dass du auf meinem Schoß sitzen musstest.«

»Habe ich gar nicht so gemeint«, sagte sie, »aber pass mal auf. Ich hab so mit halbem Ohr gehört, was dir diese Polizistin da erzählt hat – und es stimmt. Es gibt diese Partys.«

Wenn ich jemals gehofft hatte, das zweite München sei nur vom Weißwein inspiriert gewesen, dann war diese Hoffnung jetzt vorbei. Die Rehäugige hatte eine Freundin, und diese Freundin, die unbedingt ins Fernsehen wollte, war stattdessen auf einer Party gelandet und vergewaltigt worden, »sie weiß gar nicht, von wie vielen, sie liegt immer noch im Krankenhaus«.

»Und was sagt die Polizei?«

Es zeigte sich, dass keine Anzeige erstattet worden war. Es waren, wie die Rehäugige argwöhnte, zu viele Geschäftspartner des Vaters auf der Party gewesen.

Ich wollte es nicht glauben. »Aber der Vater deiner Freundin wird doch seine Geschäfte nicht über seine Tochter stellen?«

»Diese Frage lässt er gar nicht zu, er nimmt nicht mal zur Kenntnis, dass was Schlimmes passiert ist. Du kannst es bei ihm nicht auf die Festplatte ziehen, ich habe es ersatzweise auch bei meinem Vater versucht – aber dasselbe: Abspeichern unmöglich.«

»Ist doch verrückt! Wie heißt du gleich?« – »Melanie.«

»Also, Melanie, Vergewaltigungen, oder was weiß ich, sind keine Anzeige-, das sind Offizialdelikte, das heißt, da muss die Staatsanwaltschaft auch ohne Anzeige ermitteln, wenn sie davon Kenntnis erhält. Du musst es nur erzählen, geh doch zu der netten Polizistin, die freut sich, bestimmt sogar.«

»Hab ich ja gemacht. Sie hat sich auch gefreut. Aber Zeugen braucht sie auch. Und mein Vater, dem das irgendwie sogar klar ist, das ist ja das absolut Gespenstische, hat gleich gesagt, schon vorher, bei der ersten Andeutung: dass du dich da nicht etwa als Zeugin missbrauchen lässt! Für solche Phantastereien, hat er gesagt. Obwohl man gar nicht wusste, warum er gleich so hysterisch wird, wenn er alles für Phantasie hält. Also«, sagte sie erschöpft, »da läufst du gegen eine

Wand. Ich könnt das noch ausführlicher machen, das zweite München ist –«

»Sagt man das wirklich so – das zweite München?«

»Keine Ahnung, vielleicht, normalerweise natürlich nicht. Aber wenn einer das zweite München kennen gelernt hat, versteht er gleich, was gemeint ist, ich hab's auch gleich verstanden, dass es das ist, was meiner Freundin passiert ist. Vielleicht ist das sogar ein Indiz, und man muss gleich misstrauisch werden, wenn's einer versteht.« Womöglich hatte sie recht. Möglicherweise war es aber auch umgekehrt, und nicht die Kenntnis der Wirklichkeit ließ den Begriff verstehen, sondern der Begriff funktionierte wie eine Brille: Wenn man ihn benutzte, sah man sofort, was er meinte. Und wenn man ihn nicht kannte, blieb das zweite München unsichtbar.

»Aber hör mal«, sagte ich, » wenn das so ist, dann musst du dich über deinen Vater hinwegsetzen. Er kann deine Aussage doch nicht verhindern!«

»Kann er wohl, ich bin ja erst vierzehn.«

»Vierzehn«, ich musste mich sammeln, das hatte ich nicht gesehen, »dann ist deine Freundin auch nicht älter?«

»Na, sie nehmen Schülerinnen, eben drum. – Das zweite München ist von einer hohen Mauer geschützt, o ja!«, sagte sie altklug und fast ein wenig stolz.

Wenn es noch eines Anstoßes bedurfte, mich Beas Mutter anzuvertrauen, dann hatte ich ihn also bekommen. Die Polizistin zeigte sich indes sehr dienstlich, sehr nüchtern und schlecht gelaunt. »Das mit den minderjährigen Zeugen, ja verflucht, das ist ein Riesenproblem, in jeder Hinsicht, und außerdem kann es natürlich wirklich sein, dass die irgendetwas aufschnappen und sich daraus eine Geschichte zusammenphantasieren, die es gar nicht gibt.«

»Man phantasiert sich doch nicht mit schweren Verletzungen ins Krankenhaus!«

»Ja, aber wissen Sie, wo die Vergewaltigung wirklich geschehen ist und durch wen? Vielleicht waren es Mitschüler, die aus irgendeinem Grund nicht genannt werden können, vielleicht war ja auch die große Liebe von dem Mädchen dabei, und dann ist jedes Märchen besser als die Wirklichkeit – das sind so Geschichten, das gibt es alles.«

»Doch nicht unter Vierzehnjährigen!«

»Aber wo leben Sie denn? Wir leben in keiner heilen Welt. Was wir brauchen, sind keine Märchen durchgeknallter Teenies, was wir brauchen, ist jetzt eine belastbare Aussage von Ihnen.«

Sie war jedoch auch mit meiner Aussage nicht zufrieden. Die Polizistin wischte alles beiseite, insbesondere, was ich erheblich fand – dass nämlich ein Diebstahl des Autos, falls es überhaupt einen gegeben hatte, nicht vor dem Unfall geschehen sein konnte.

»Also, das beweist leider überhaupt nichts. Ich meine, ich glaube, dass es genauso war, wie Sie sagen, aber uns fehlt ein schlagendes Indiz dafür, dass Ihr Freund Ben das Opfer dieses Unfalls war, verstehen Sie? Der Fernsehproduzent kann ja auch gegen einen Baum gefahren sein. Ich meine, wenn dieser Herbert überhaupt bestätigt, was er Ihnen gesagt hat, dann könnte ich den Produzenten wegen Fahrerflucht rankriegen, aber erstens wird es dieser Herbert nie bestätigen, und zweitens hätten wir den Zusammenhang mit Bens Tod immer noch nicht im Kasten, dafür fehlt eben einfach der Wagen, um die Spuren zu sichern.«

Trotzdem war ich unendlich erleichtert, als ich das Polizeipräsidium wieder verließ. Ich fühlte mich wie nach einer

Beichte, die mit einer umfassenden Absolution beantwortet worden war. Ich trug kein Geheimnis, das irgendeine Schuld begründete. Ich war, wie mir schien, aus der Geschichte wieder heraus. Ich stand wieder am Rand.

29. Das böse Zimmer

Aber so einfach war es nicht. Das Gespräch mit der Rehäugigen entfaltete eine Nachwirkung, die das tröstende polizeiliche Beichterlebnis wieder aufhob und zu neuer Beklommenheit wandelte. Sie ähnelte dem Gefühl von Ohnmacht, das jeder Schüler kennt, der sich schon einmal vergeblich einer Respektsperson anvertraut hat. Er wird nicht gehört, und es wird nicht geholfen. Er wird nicht gehört, weil es nicht geglaubt wird. Und es wird nicht geholfen, weil es für nicht so schlimm gehalten wird. Oder es wird nicht gehört und nicht geholfen, weil es gar kein Geheimnis ist, sondern ein allseits bekannter Umstand, mit dem man zu leben hat und den nur der blöde Schüler gerade eben, in der ersten Morgenfrische seiner Blödheit, entdeckt und herausgekräht hat, weshalb sich die Lehrerin, der Vater, der Pfarrer peinlich berührt umgucken müssen, ob hoffentlich niemand zugehört hat.

Auch das zweite München, sagte ich mir, war nichts, was dem ersten verborgen war; es war nur etwas, das nicht angesprochen werden sollte. Jede Stadt hat ihre eigene Verkommenheit. München erinnerte an jene teuren Internate, die den Kindern alles bieten, was ihre Eltern für sie wünschen: Exklusivität, gute Luft, ein bezahltes Abitur, die aber zusätzlich noch etwas darüber hinaus im Angebot haben, das in keinem Schulvertrag steht: nämlich Drogen, Promiskuität und den schlechten Einfluss verwöhnter Kinder aufeinander. Dieses Zusatzangebot ist keineswegs unsichtbar. Es wird schon an dem Tag offenbar, an dem die Eltern ihren Sohn in der frohen Gewissheit auf dem Schulgelände zurücklassen, dass er nun in den ersten Kreisen der Gesellschaft seine Kameraden finden werde, die ihn auch tatsächlich, kaum dass die Eltern den Rücken kehren, herzlich willkommen heißen: nämlich mit einer bunten Pille und einem selbstgedrehten Pornofilm.

Die Münchener Heuchelei war nicht von der Art, die es gewagt hätte, der Wirklichkeit offen ins Gesicht zu lügen. Die schmutzige Wirklichkeit selbst war es, die sich nicht schämte, offen aufzutreten. Sie tat es nicht in abgelegenen Stadtteilen oder peinlich verschwiegenen Etablissements. Die Dirne saß am Tisch von Staatsbanketten, sie mischte sich unter elegante Empfänge und hätte leichthin an der Seite des Oberbürgermeisters das Oktoberfest eröffnen können. Auch deswegen versuchte Mode in München so ängstlich auf Solidität zu bestehen: um einen letzten wahrnehmbaren Abstand zur Halbwelt zu schaffen.

Indes war die Konkurrenz nicht zu gewinnen. Das Ergebnis des modischen Wettlaufs, ähnlich dem Märchen vom Hasen und dem Igel, bestand darin, dass ein Callgirl, das in der Hotelhalle des *Bayerischen Hofes* nach Freiern Ausschau hielt, ein Twinset mit Perlenkette trug und mühelos als Dame durchging – so wie in ihrem weiteren Umfeld der Geschäftemacher als Geschäftsmann, der Buchmacher als Bankier, der Herrenschneider als Graf. Das war, so sehe ich es heute, das Demokratische an München im Gegensatz zum alten Westen Berlins, wo die Leute beliebig reich werden konnten, ohne jemals ihrer Herkunft zu entkommen. Erst einige Jahre nach dem Fall der Mauer, als die Süd- und Westdeutschen in die Stadt strömten, begann auch in Berlin das Durcheinander. Aber zu meiner Zeit traf jeden Berliner, der nach München zog, die soziale Camouflage gänzlich unvorbereitet. Selbst wenn er sich von der ersten Verblüffung erholt hatte, pflegte er noch lange zu übertriebenem Misstrauen zu neigen und umgekehrt auch den Grafen dort für einen Herrenschneider, den Bankier für einen Wettbetrüger, die Damen für käuflich und alle zusammen für Hochstapler zu halten.

Das waren so die Missverständnisse, die München produzierte; nicht aber, dass man es für seriöser, anständiger und vertrauenswürdiger gehalten hätte, als es war. Schon das erste München hatte keine Not, für den gewöhnlichen Bedarf tugendhafter Menschen an lasterhaften Freizeitvergnügen aufzukommen. Ich fragte mich daher, was das zweite München, wenn es denn ein solches geben sollte, über Gewalt und Vergewaltigung und ihre Vertuschung hinaus, also über das hinaus, was man auch andernorts als Kriminalität und Korruption kennt, noch bieten sollte.

»Du bist immer so buchstäblich«, sagte Bea unzufrieden, »es ist wirklich rührend, und dann bist du doch ganz ungenau. Was du meinst, ist nicht das zweite München. Was du meinst, müsste eher das andere München heißen.«

»Aber deine Mutter hat es genau in diesem Sinne gemeint.«

»Mama kann auch nicht denken.«

Bea besuchte mich manchmal nachmittags in der Bude, »das ist wie ein Sanatorium für mich«, pflegte sie zu sagen, »wenn es auch wahrscheinlich von Krankenhauskeimen wimmelt.« Sie nahm gerne mit der Fingerkuppe Staub von einem Buchrücken, hielt ihn mir anklagend unter die Nase und strich ihn dann mit einer liebevollen Geste an meiner Wange ab. »Etwas mehr Respekt«, pflegte ich zu fordern. »Den hast du nicht verdient«, pflegte sie zu antworten.

Heute allerdings war sie von einem seltsamen, abwehrenden und feierlichen Ernst.

»Mama kann auch nicht denken. Das andere München ist die dunkle Rückseite der Stadt, so wie die Schwarze Messe die dunkle Rückseite der Sonntagsmesse ist. Beide gehören zusammen.«

»Ja«, sagte ich, »das ist, dachte ich, der Punkt.«

»Nein«, sagte Bea, »ist er nicht.«

Und dann kam es. Bea setzte sich umständlich aufrecht und strich das Röckchen glatt.

»Nein«, wiederholte sie feierlich, »das zweite München ist etwas ganz anderes. Das zweite München ist so etwas wie das zweite Rom.«

Ich muss sie vollkommen entgeistert angesehen haben. Sie zuckte leicht, wie unter einem Schlag.

»Ja«, sagte sie mit einem scheuen Lächeln, »es ist nicht die Rückseite der Stadt. Es ist eine neue Stadt. – Ich meine, ich weiß schon, was du denkst, du denkst, da gibt es einfach eine Tür, und durch die geht man von dem guten Zimmer in das böse Zimmer …«

»Nein«, sagte ich, »so einfach auch nicht. Ich denke schon, dass man erst den Deckel von einem Gully runterkriegen muss.«

»Ja, das denkst du, aber das ist falsch. Es sind nicht zwei Räume. Es gibt nur einen Raum, aber zwei Türen. Und wenn du durch die zweite Tür reingehst, ist es plötzlich ein ganz neues, böses Zimmer.«

»Puh«, ich tat, als wischte ich mir Schweiß von der Stirn,

»das ist ja –«, ich wollte sagen »kompliziert«, sagte dann jedoch, um ihr entgegenzukommen: »unheimlich.«

»Ja, und alle finden das unheimliche Zimmer viel gemütlicher.«

»Aber irgendwie verbrecherisch muss man sich dieses gemütliche Zimmer doch auch vorstellen, ich meine, was darin vorgeht?« Es fiel mir schwer, das zweite München als etwas zu denken, in dem die Menschen mit neuer Begeisterung lebten.

»Verbrecherisch ist viel zu wenig. Es ist die Sünde. Es ist die reine Gotteslästerung.«

Es war mehr ihr Ton als der Wortschatz, der mich schaudern machte. Trotzdem sagte ich: »Bea, bitte, erklär mir erst mal: Was ist das für ein Vokabular?«

Aber Bea hörte mich nicht.

»Bitte«, flehte ich, »schau mich mal an: Bist du einer Sekte verfallen, oder was ist passiert? Hattest du ein so genanntes Erweckungserlebnis?«

Aber Bea sah mich nicht an. Sie sah durch mich hindurch auf die Bücherwand in meinem Rücken.

Meinen Blick erwiderten nur die verdorrten Tannennadeln, die den Boden des Zimmers vom Weihnachtsbaum des Vorvorjahres bedeckten. Wo sie den Teppich freigaben, zeigten sich Brandlöcher ungezählter Zigaretten, ausgebleichte Flecken vergangener Zeiten, die sich mit den Nadeln zu seltsamen Figuren fügten. Bea erhob sich stumm, strich ihr Röckchen glatt und ging, wie in Trance.

Ich blieb sitzen und versuchte die Muster zu entziffern. Die Stadt, in der ich unklug geblieben war, brütete etwas aus. Der Himmel, den ich durchs Fenster über dem Hinterhof sehen konnte, spielte von einem verwaschenen Blau ins Gelbliche.

Die Hitze stand wie eine Mauer. Das Schiff, das in der Flaute dümpelte, war in keinem guten Zustand. Gereiztheit und Verwirrung nahmen zu.

Es sollte auch nicht das letzte scheiternde Gespräch an diesem Tag bleiben. Am Abend rief mich Doro an. Der späte Zeitpunkt, es war fast schon Nacht, gab mir zu denken, aber sie klang zunächst sehr heiter.

»Christina trifft sich mit Männern«, sagte sie. Sie sagte es lustig, gespielt empört, aber auch ein wenig ehrlich entsetzt.

»Na, doll«, sagte ich, »was ist denn da für eine Lawine losgetreten worden?«

»Lawine ist auch übertrieben, aber ich muss mich doch sehr wundern, sehr wundern.«

»Also, was nun?«

»Sie schminkt sich, ich meine richtig, und trägt auch so richtig kurze Röckchen.«

»Röckchen sind Mode.«

»Nein – wirklich nicht. Oder höchstens so eine Zwischenmode, die man am besten nicht mitmacht. Das hat sie immer gewusst, was man mitmacht und was nicht.«

»Aber bestimmt nie so gut wie du.«

Doro gurrte zufrieden. »Wenn du es sagst – obwohl mich diese Expertenschaft von deiner Seite doch eher verblüfft.«

»Du meinst: misstrauisch macht.«

»Also, wenn ich mal ehrlich sein darf, das heißt, ich will dich natürlich nicht kränken, aber – aber, streng genommen, kennst du weder Christina noch mich, ich meine: näher in irgendeiner Hinsicht.«

Ich überlegte einen Augenblick, ob ich das für Christina zugeben sollte, aber in Doros Fall darauf bestehen könnte, dass wir immerhin seit Wochen täglich telefonierten. Stattdessen sagte ich nur:

»Das ist vielleicht mein Glück.«

»Du meinst, es ist die Voraussetzung deiner Sympathie?«

»Liebe Doro«, sagte ich so pathetisch wie möglich, »sei nicht so kokett.«

»Ich bin nicht kokett. Ich frage mich nur manchmal, was dich so antreibt – oder umtreibt.«

»Du meinst wohl: was dich umtreibt?«

»Ich, mein Lieber, bin Christinas Freundin. Aber was bist du? Du bist eines Tages aufgetaucht, praktisch aus dem Nichts, und hast dich eingemischt. Ich meine, du kanntest vielleicht Philipp, aber eigentlich hast du nur auf der Tribüne gestanden, wenn überhaupt, und dann bist du plötzlich aufs Spielfeld gerannt. Ich weiß nicht – ernährst du dich von fremdem Leben? Bist du ein Vampir?«

»Dein Hals ist elfenrein und unversehrt.«

»Ich weiß nicht, ich weiß nicht.«

Doro schwieg. Ich schwieg. Unsere Beziehung war offenbar in der Krise. Aber bevor wir das Telefongespräch beendeten und für eine lange Zeit nichts mehr voneinander hörten, räusperte sie sich noch einmal und sagte:

»Du, übrigens – wenn wir gedacht haben, Christina sitzt jetzt auf dem Trockenen, haben wir uns getäuscht. Sie ist wieder in Lohn und Brot – bei Tante Rehlein. Die Partygräfin hat sie angestellt, in echt, mit Lohnsteuerkarte und allem Pipapo. Da kann sie jetzt Tischkarten schreiben, oder was weiß ich.«

Doro, ohne Frage, war wirklich sauer – und offenbar nicht nur auf mich, sondern auch auf Christina.

»Na, ist doch alles fabelhaft«, sagte ich.

»Nein«, sagte sie, »denn wer jetzt auf dem Trockenen sitzt, das bist du. Es ist aus mit Klatsch und Tratsch und der ganzen Geschichte. Die Tante hat nämlich eine Bedingung gestellt: Christina darf den Bonzen nicht mehr sehen.«

So war das jetzt. Das war die Bilanz. Ich hatte Doro verloren, aber Philipp gewonnen, der von den Semesterferien gelangweilt in der Bude saß, mit den Fingern auf den Tisch trommelte und nur darauf wartete, Klatsch und Tratsch umzuwälzen und mit verwegenen psychologischen Spekulationen anzureichern. Von seiner Schwester wusste er allerdings wenig zu erzählen (»Tante Rehlein hat sie gekauft. Sie wohnt jetzt sogar bei ihr«). Wovon Philipp viel zu erzählen wusste, das waren die Schicksalsschläge des Oberkirchenrats.

30. Historische Gerechtigkeit

Denn jetzt schien das Unwetter wirklich gekommen. Es donnerte noch nicht, aber es stürmte, und schon der erste Windstoß wehte die Kündigung der Tantenwohnung in den Briefkasten des Oberkirchenrats. Der Jurist in ihm sah sogleich, dass hier, außer dem bloß mechanischen Widerspruch, nicht viel zu machen war. Trotzdem (und auch weil er Zuspruch brauchte) bat er das Ei zu sich, das indes nur zögerlich hin und her rollte und sich mit gewohnter Verfressenheit über das Frühstückstablett hermachte. »Befristet, du sagtest, der Mietvertrag ist befristet, obwohl ihr schon so lange hier wohnt?«

»Nun, der Vertrag war mal befristet, und dann hat er sich, mangels Kündigung, immer um ein Jahr verlängert.«

»Gut – oder vielmehr schlecht. Ich wollte es nur wissen, damit wir uns nicht ins Bockshorn jagen lassen. Ich fürchte, da kann man nichts machen, und ich fürchte sogar, man sollte nichts machen, denn das Haus –«

»Denn was?«

»Nun, du hast ja wohl immer mit der Verwaltung zu tun gehabt, aber weißt du auch, wem das Haus gehört?« Der Anwalt machte eine Kunstpause. »Das Haus gehört dem Bonzen.«

»Wie bitte?«

»Interessant, nicht wahr? Auch ich habe meine Kontakte. Der Bonze hat also zugeschlagen, bevor wir zugeschlagen haben. Fehlt nur das Erpresserbriefchen.«

Aber das Erpresserbriefchen war nicht gekommen. Es war und blieb unklar, was der Fernsehproduzent mit der Kündigung bezweckte. Wollte er, dass sich der Oberkirchenrat in Panik bei ihm meldete und einen Vergleich vorschlug?

»Das Wahrscheinlichste ist«, meinte Siegfried Fischer, »dass er seine Macht demonstrieren will. Du sollst dich fürchten und von weiteren Schritten Abstand nehmen.«

Der Oberkirchenrat stand am Fenster und aß eine Kirsche. »Kalt ist es hier«, sagte das Ei, »es ist heute irgendwie kalt bei dir.«

»Ja«, sagte der Oberkirchenrat, »ich habe mal die Fenster putzen lassen.« Und tatsächlich lagen die pompösen Möbel, die zerschlissenen Perserteppiche, die gedrechselten Löwenköpfe, die ganze falsche wilhelminische Renaissance nicht mehr in der golden durchsonnten Aureole von Staub, sondern nackt in klirrender Klarheit. Nur das Meißener Porzellan hielt dem Licht stand. Die Drachen räkelten sich in ungebrochener Wehrhaftigkeit.

Draußen bogen sich die Bäume in dem ungastlichen Wind. Es gibt diese Sommer in München, die mitten im Lauf zusammenbrechen und einen gnadenlosen Herbst vorwegnehmen. Das Laub glitzert kalt. Die Häuser werfen scharfe Schatten. Die Menschen stehen in den Kulissen wie auf den Gemälden de Chiricos. Es ist aber meist nicht für lange. Meist bringt der Spätsommer die Hitze mit Wucht zurück, mit erstickenden Tagen und brütenden Nächten.

»Sage mal«, begann das Ei von neuem, »noch so eine Information, die mich erreicht hat: Wusstest du eigentlich, dass der Bonze eine Affäre hatte oder hat – mit einer Nichte von dir?«

»Nichte«, sagte der Oberkirchenrat zerstreut, eher gedankenverloren als verblüfft, »Nichten habe ich leider nicht.«

»Christina, diese Schwester von dem Philipp Laroche.«

»Philipp ist nicht mein Neffe, sondern mein Patenkind, um das ich mich, der Herr wird mich strafen oder tut es schon, auch nicht genug gekümmert habe«, sagte der Oberkirchenrat, als käme zu einem ohnehin strafwürdigen Mangel an leiblichen Nichten und Neffen noch verschärfend eine unzureichende Erfüllung von Patenpflichten hinzu.

»Na, immerhin habe ich Philipp promoviert, und das hast du arrangiert.«

»So ein begabter Bursche braucht keine Arrangements«, sagte der Oberkirchenrat immer weiter melancholisch, »das war reine Wichtigtuerei meinerseits.« Aber dann, als er die letzte Kirsche verzehrt, den letzten Stein in einen Aschenbecher gelegt und die Finger an dem leicht glänzenden Jackett abgewischt hatte, belebte er sich doch. Ein Anflug von Röte, etwas bei ihm nie zuvor Gesehenes, zog über sein pergamentenes Gesicht. »Die Christina ist doch noch ein Kind! Jedenfalls nicht mal aus dem Elternhaus heraus.«

»Aber Albrecht«, Fischer protestierte, »wo lebst du denn? Das Kind, von dem du sprichst, hat sein Studium abgeschlossen und hat übrigens auch schon mal erfolgreich dem Sohn meiner lieben Freundin, der Gräfin Kranichen, schöne Augen gemacht. Also abwegig – wenn deine Phantasien schon wieder in diese Richtung gehen – ist daran nichts. Unappetitlich, das vielleicht«, er blickte versonnen in den Raum. »Man könnte aber«, der Ausdruck der Versonnenheit steigerte sich zu einem sinistren Leuchten, »auch versuchsweise die umgekehrte Perspektive einnehmen und davon sprechen, dass sich das kluge Mädel um eine – halten zu Gnaden! – Vitaminspritze bemüht hat.«

Der Versuch, wenn es denn überhaupt einer war, im Oberkirchenrat so etwas wie Hass zu züchten, misslang. »Ach, du leichtfertiger alter Trottel«, sagte der Oberkirchenrat liebevoll, »die berühmte Kur mit der Vitaminspritze, das hat schon der Fürst Lampedusa in seinem *Leoparden* gezeigt, geht immer schief. Der proletarische Samen befruchtet die verdorrten Felder nicht. Und im übrigen besteht zu Hochmut oder einer weinerlichen Sehnsucht nach dem vitalen Proletarier auch nicht der geringste Anlass. Die sogenannten bürgerlichen Kreise, die den Fürsten in der Rolle der aussterbenden Klasse nachgefolgt sind, haben jedes Recht dazu verspielt.«

»Du bist und bleibst ein alter Sozi. Ich weiß noch, wie du als Kirchenfunkredakteur vor dem Sender Flugblätter verteilt hast.«

»Das war mein Bruder, und der war auch nicht beim Kirchenfunk, sondern –«

»Das trägt zur Sache gar nichts bei. Ich will dir nur sagen und habe es dir damals schon gesagt, dass uns die Solidarität mit der Arbeiterklasse schlecht bekommt. Erst hat sie Hitler gewählt, und dann hat sie zur Belohnung von den Sowjets noch einen eigenen Staat geschenkt gekriegt.«

»Na, mag ja sein«, der Oberkirchenrat lachte, »dass die Klassenlage manchmal falsch eingeschätzt wurde. Was du meinst, ist übrigens auch nicht die Arbeiterklasse, sondern das entwurzelte Kleinbürgertum.« Er begann, mangels weiterer Kirschen, in den Schreibtischschubladen nach einem Ersatz zu suchen. »Aber in historischen Illusionen oder falschen Bündnisstrategien liegt auch nicht die Tragik der bürgerlichen Klasse. Die Tragik, ach, was sage ich: die Schande besteht darin, dass sie das alles überlebt hat und bereit war, dafür den Preis der Unsichtbarkeit zu zahlen.«

Der Anwalt sah mit Schaudern und Bewunderung den Teppich der klassischen Kampfbegriffe, den sein Freund noch immer aus dem Webstuhl der historischen Dialektik ziehen konnte, wenngleich das Gewebe nicht ganz das Muster zeigte, das die Klassiker einst entworfen hatten. Für jüngere Leute, die nicht mehr mit dem heiligen Abrakadabra des Marxismus-Leninismus aufgewachsen sind, dürfte der Vortrag, wenn sie ihm als Mäuschen in den löchrigen Dielen der oberkirchenrätlichen Wohnung hätten lauschen können, kaum verständlich gewesen sein. »Das ist nichts für Anfänger«, meinte Philipp zu mir, »das ist eher was für Archäologen, die könnten in Onkel Albrechts Konversation noch die bunten Fetzen finden, ich meine, diese verblichenen Schulterstücke und Fahnenreste, die auf Schlachtfeldern ausgegraben werden, aber nur mehr im Labor zeigen, zu welcher Bürgerkriegspartei sie einmal gehört haben.«

»Natürlich ist das nicht die Wahrheit der Partei, die sich einst als Mutter aller Siege besingen ließ«, gab auch der alte Kämpfer zu, »es ist jetzt eher unsere eigene traurige Wahrheit.« Ganz so ruckelfrei ließ sich der Webstuhl offenbar nicht mehr bedienen. Der Oberkirchenrat suchte weiter in seinem Schreibtisch, bis er endlich eine Packung Zigaretten gefunden hatte, aus der er sich mit der beängstigenden Routine des Rückfälligen bediente. »Das Bürgertum hat Hitler überlebt, es hat den Kommunismus überlebt, und nichts davon hätte es überleben dürfen. Und wenn es sich jetzt unter der Tarnkappe mit seinen Peinigern einlässt, und das tut es ja nicht nur, indem es ungefragt die Beine breit macht vor jedem, der stärker ist, denn die Idolatrie der Stärke gehört auch zum Bürgertum, sondern allein schon mit den Geschäften –«

Der Oberkirchenrat verlor den Faden.

Zum ersten Mal, seit ihn der Anwalt kannte, zeigte er so etwas wie Nervosität und wischte fahrig mit dem Ärmel über das geputzte Fensterglas. Dann klickte das Feuerzeug, und die Zigarette glühte. »Also wenn das Bürgertum, das wollte ich sagen, sich schon mit seinen Feinden einlässt, und das tut es jeden Tag bereits mit den Geschäften, die es macht, dann soll es wenigstens die Schnauze halten. Zu empörtem Stolz aus gekränkter Ehre ist nicht der geringste Anlass, die Ehre ist spätestens seit '33 futsch – futschikato!«

Der Anwalt genehmigte sich jetzt auch eine Zigarette. »Dein bürgerlicher Selbsthass ist wirklich ungebrochen, ich sehe dich schon wieder mit deinen langen Haaren und dieser komischen Indianertasche, von irgendwelchen Partisanen handgewebt –«

»Zu bürgerlichem Selbsthass bestand immer Anlass«, der Oberkirchenrat inhalierte tief, »ich verstehe, weiß Gott, Marx und Engels immer besser.«

»Darum hat man dich auch damals aus dem Sender geworfen«, das Ei blies einen Rauchkringel in die Luft, »und deswegen akzeptierst du jetzt willenlos wie ein Schaf, dass man dich aus der Wohnung wirft, als historischen Akt ausgleichender Gerechtigkeit.«

»Also, Siegfried, wirklich«, der Oberkirchenrat lachte wieder, »ich weiß nicht, was du heute mit meiner Familie hast. Beim Sender, das war mein Onkel, und man hat ihn auch nicht rausgeworfen, sondern, sagen wir mal: komfortabel pensioniert. Das war vielleicht sogar so etwas wie historische Gerechtigkeit, wenn man damit die Entfernung von alten Säcken meint, die – wie sagt man? – nicht mehr in die Landschaft passen.« In das Lachen des Oberkirchenrats mischte sich ein Hauch von selbstzufriedener Bitterkeit. »Aber ich, für meinen Teil, wünsche historische Gerechtigkeit meinen ärgsten Feinden nicht. Die sogenannte historische Gerechtigkeit vollzieht sich immer im Modus des Unrechts.« Der Oberkirchenrat saß jetzt wieder völlig entspannt in einer Wolke von Zigarettenrauch, die im Sonnenlicht leuchtete. »Und wir werden die Bombe noch zünden, verlass dich drauf – wenn es überhaupt noch nötig ist, denn wie ich aus dem Sender höre, arbeitet die Vorsehung schon in unserem Sinne.«

»Aha«, sagte das fröhlich paffende Ei sarkastisch, »als Vorsehung wird die historische Gerechtigkeit offenbar wieder akzeptabel.«

31. Freie Marktwirtschaft

Und dann kam der Sommer zurück, er kam schneller, als es irgendjemand gedacht hätte, er kam als Föhnsturm im September, und an einem heißen Tag, dem heißesten des Jahres überhaupt, standen die Möbelpacker vor der Tür des Oberkirchenrats. Das Haus leerte sich, es leerte sich schneller, als es irgendjemand für möglich gehalten hätte. Es zeigte sich, dass die große Wohnung so groß nicht war. Die Flure waren nicht unendlich, die Treppen übersichtlich. Die ungezählte Zahl der Zimmer ließ sich zählen, »die meisten von ihnen waren eher Besenkammern« (Philipp). Die alten Möbel erwiesen sich, auf der Straße stehend, als Gerümpel. Die kostbaren Rosen in dem kleinen Stadtgarten, von denen so viel geschwärmt worden war, präsentierten sich verlaust, klein, mickrig. Der Löwenzahn, der sich unter ihnen ausbreitete, hatte sie schon fast gefressen. Gewaltig ins Kraut geschossen war, weil er kein Wasser braucht, nur der Lavendel. Ein blasses Violett überwucherte das helle Blau des Vergissmeinnichts, dem die ganze Liebe der Tanten gegolten hatte.

Es gibt ein wunderbares, zu Recht gefeiertes Kinderbuch, in dem der englische Dramatiker Alan Alexander Milne die Stofftiere seines Sohnes zum Leben erweckt. Darunter ist, neben der berühmten Hauptfigur Winnie-The-Pooh, auch eine alte, hochgelehrte Eule, die in ihrer ehrwürdigen Eulenburg auf der Astgabel eines Baumes lebt. Eines Tages, in einem schweren Sturm, fällt der Baum, und die Eulenburg stürzt mitsamt ihrem Inhalt zu Boden, der daraufhin einer gnadenlosen Musterung durch die übrigen Tiere ausgesetzt wird. Die Teppiche sind voller Löcher, Eules Halstuch ist nur ein schmutziger Lappen, das freiwillige Räumkommando, angeführt von Klein-Ruh, dem quiekenden Känguruh-Kind, entlarvt den pompösen Hausrat als Gerümpel, und Eule wird am Ende sogar gezwungen, das schmierige Etwas, das Klein-Ruh ihr anklagend unter den Schnabel hält, als ihren Badeschwamm zu identifizieren.

»Aber als Kinder haben wir nie daran gezweifelt«, meinte Philipp, »dass Eule bald wieder eine neue Eulenburg bekommen würde, und natürlich wieder in der Astgabel eines großen alten Baumes.« Und ebenso wenig besteht irgendein Zweifel daran, dass sie in Kürze ebenso vollgerümpelt, schmuddelig und heimelig wie die alte Eulenburg werden würde. Aus dem neuen Badeschwamm – »Christina und ich haben uns nur gewundert, dass Eulen baden« (Philipp) – würde bald wieder etwas werden, was Klein-Ruh als Matsch bezeichnen könnte.

Das ist unter den Bedingungen der freien Marktwirtschaft anders. Der Oberkirchenrat bekam keine neue Eulenburg; was er sich so gerade eben leisten konnte, war eine Dreizimmerwohnung am Stadtrand. Die Tanten mussten ins Altersheim, und mehr als die Hälfte der Bücher wurden der theologischen Institutsbibliothek geschenkt. »Haben wollten die das Zeug nicht, aber nehmen mussten sie's« (Philipp). Man mag sich wundern, dass der erzwungene Wohnungswechsel so schnell und reibungslos und ohne sinnlose Auseinandersetzungen vollzogen wurde. Aber das lag nicht etwa daran, dass sich der überlegene Realitätssinn des Oberkirchenrats bewährte; vielmehr entwickelte die Realität einen überlegenen Sinn für die Möglichkeiten des Oberkirchenrats, und deren waren, außerhalb der Welt seiner Gremien, nicht eben viele. Der große zarte Mann mit der berühmten Nase wurde bei den Besichtigungen freier Mietwohnungen, zu denen sich hunderte Bewerber drängten, von den dubiosesten Geschäftemachern und Schwabinger Schwindlern, kleinen bunten Wanzen der Werbewirtschaft und Eintagsfliegen der Boutiquenwelt, mühelos ausgestochen. »Vielleicht ist es auch nicht überflüssig, darauf hinzuweisen, dass Onkel Albrecht mit seinem alten schwarzen Fahrrad zu den Besichtigungen fuhr«, meinte Philipp.

Nun, das wäre vielleicht überflüssig – aber nur in Kreisen, denen der soziale Typus des Oberkirchenrats noch vor Augen steht, zu dem ein altes Fahrrad, die Baskenmütze und ein kurzer Nylonregenmantel zwingend gehörte. In München gab es diese Kreise schon lange nicht mehr. Die Baskenmütze verwies dort auf keinen bürgerlichen Akademiker, sondern bestenfalls auf einen versoffenen Pflastermaler; der schäbige Regenmantel war nichts weiter als schäbig; und an dem geschwungenen Lenker des alten Fahrrades (ein Vorkriegsmodell der Marke Adler) sah der Münchner vor seinem geistigen, besser gesagt: sozialen Auge immer schon die Plastiktütenbündel eines Obdachlosen hängen.

Und was tat Gott? Tatsächlich fuhr der Oberkirchenrat gerne mit einer Plastiktüte voller Bücher, die gefährlich am Lenker schwankte, auf dem Fahrrad zur Arbeit, in die Bibliothek oder eben leider auch zu den Wohnungsbesichtigungen, während hinten, in den Gepäckträger eingezwickt, immer weiter die abgewetzte Aktentasche mit ihrem brisanten Inhalt lag.

32. Kröten und Igel

Denn das Dossier war seiner fatalen Bestimmung in den Gremien des Rundfunkrates noch keineswegs zugeführt worden. Der Zersetzungsprozess in der Umgebung des Bonzen lief weiter, auch ohne dass von außen toxisches Material zugeführt wurde, aber auch ohne dass sich an seiner Position im

Sender offiziell etwas geändert hätte. Er saß weiter in seinem Büro, nur dass die meisten Vorgänge und Verträge an ihm vorbei erledigt wurden. Für den Betrieb des Studios schien es keinen Nachteil zu bedeuten. Serien wurden entwickelt, verworfen oder produziert, gesendet oder aus dem Programm genommen. Stars wurden geboren oder wieder vom Sternenhimmel geschossen, sanken zurück ins Nichts oder in den weichen Humus der Medienpartner, der Modezeitschriften und Werbeagenturen, von denen sie als Models weiterverarbeitet wurden, bis sie am Ende für Wäschekataloge posierten oder an Automobilmessen vermittelt wurden, wo sie sich auf glänzenden Motorhauben rekelten und des Abends den geschätzten Geschäftspartnern zur freien Verfügung überstellt wurden.

»Umgekehrt«, meinte Philipp, »es ist umgekehrt, die Karrieren beginnen in Wäschekatalogen und enden mit einer Show im dritten Programm.«

»In Hollywood«, sagte ich, »hat ein böser Mensch, ich glaube, es war W. C. Fields, einmal behauptet, alle Filmkarrieren begännen und endeten mit Prostitution.«

»However«, meinte Philipp, »der Stoffwechsel der Medien ist unerforschlich.«

Das war er aber nicht. Es blühte und welkte nur alles wie von selbst im launischen Rhythmus der Quote. Der gewichtige Priester des Orakels, der Bonze, der es befragte und seine Exkremente beschaute, der Herr über den Stoffwechsel des Vorabendprogramms, konnte in Ruhe sein unfreiwilliges Nickerchen machen. Viele meinten, der Bonze, die fette Kröte, habe sich genügend angefressen, um über den verordneten Winterschlaf zu kommen. Herbert sagte: »Den kannste gar nicht dauerhaft kaltstellen. Der hat seine Körpertemperatur vorsichtshalber selber runtergeregelt, aber wenn der Frühling kommt, wirste sehen, da kommt er unter dem Laubhaufen raus und packt sich die erste Maus, die zu laut piept.«

Denn auch in der Kältestarre glühte das Herz. Das Blut pochte hinter den Schläfen und sann auf Rache. »Passt bloß auf«, sagte Herbert, »der Bonze bleibt immer auf Empfang geschaltet.« Es sollte mich nicht wundernehmen, wenn er aus dem Äther sogar die Nachricht empfangen hätte, dass Philipp in die Bude eingezogen war. Vielleicht raschelte es unter dem Laubhaufen kurz.

Und wurde dann wieder still. Fassen wir also zusammen: Der Bonze war angeschlagen, aber immer noch gefährlich. Christina war in eine Affäre geschlittert, die für peinlich gehalten werden konnte, aber kaum für mehr als das. Die Wirkung, die wir von der Affäre erwartet hatten (aber niemals genau benennen konnten), hatte sich, wenn überhaupt, nicht an dem Ort ihrer Entstehung gezeigt. Vielleicht war die Wirkung überhaupt eher perspektivischer Natur. Seltsame Figuren waren aufgetaucht und wieder verschwunden. Harry war noch einmal aus der mythischen Vorzeit der Bude ans Licht gestiegen, aber vielleicht auch als bloße Luftspiegelung unserer Erinnerung. Ben war unter unheimlichen, nüchtern betrachtet jedoch nur ungeklärten Umständen gestorben. Der erste Dezemberschnee wärmte das zarte Moos, das über sein Grab gewachsen war. Der einzige, dessen Leben sich grundstürzend geändert hatte, war der Oberkirchenrat.

Es zeigte sich, dass die Tanten, die in der großen alten Wohnung nahezu geräuschlos gelebt hatten, ohne Komplikationen, ohne Stürze, ja nahezu ohne Fürsorge (»Man musste ihnen nur wie Igeln im Garten«, sagte Philipp, »ein Schälchen Milch hinstellen«), unter den Bedingungen eines Altersheims gar nicht lebensfähig waren. Sie verirrten sich auf dem winterlichen Gelände (»Wir haben nach dem Vergissmeinnicht gesucht«), sie verpassten die Mahlzeiten (»Neuerdings gibt es für uns nichts mehr zu essen«), sie fanden ihre Zimmer nicht mehr (»Jetzt haben sie uns sogar das Bett weggenommen«). Die Tanten wurden Pflegefälle. Sie vergaßen alles, vor allem das Trinken, sie erkannten einander nicht mehr (»Ricarda? Ricarda ist doch aus Guatemala gar nicht zurückgekommen!«), sie trockneten langsam ein, und das Jahr war noch nicht zu Ende, da musste der Oberkirchenrat die erste von ihnen begraben.

33. Papageien über Golgatha

Aber was heißt schon begraben? Nichts ist begraben. Aus den sogenannten Gräbern recken sich bis zum Jüngsten Tag die zarten, ausgebleichten Ärmchen und wohl auch die eine oder andere starke Mörderhand. Begraben war auch nur in der Diktion der Partygräfin die Affäre zwischen Christina und dem Produzenten. Unter ihrem Herzen trug Christina die Frucht der Begegnung, die ihren Gang beschwerte. »Das musst du jetzt begraben«, hatte Tante Rehlein gesagt, als sie Christina das Versprechen abnahm, den Bonzen nicht mehr zu sehen. Aber was vermögen der gute Wille und alle Versprechungen gegen den Zufall? Tatsächlich sah Christina den Bonzen noch einmal. Es war ein nasser, von nassem Schnee durchnässter Samstag vor dem ersten Advent, als der Produzent mit einer Einkaufstüte in der Hand aus der Theatinerpassage kam, was für sich schon ein alarmierendes Zeichen war – »der Bonze geht nie zu Fuß, und schon gar nicht in die Fußgängerzone« (Bea) –, aber alarmierender noch war sein gebückter Gang. Man könnte geradezu sagen, dass erst durch diese Gebücktheit der Mann für Christina in der Masse der Weihnachtseinkäufer sichtbar wurde.

»Na, Mädel, du hast ja gut zugenommen«, sagte er, und es schien ihr, dass er es so traurig sagte, als sei sie tatsächlich innerhalb weniger Monate wieder in unerreichbare Ferne gerückt. Trauriger hätte Judas nicht von dem wiederauferstandenen Christus begrüßt werden können, wenn er ihm am Wegesrande begegnet wäre. Christina wurde von einer Woge des schlechten Gewissens erfasst, aber wie sie auf den Produzenten zugehen wollte, um ihn zu umarmen, ihm wenigstens die Hand zu geben oder was auch immer Herzliches, zumindest ihm Zugeneigtes zu tun, wich der Produzent zurück, nicht indem er einen Schritt zurück machte, sondern indem er wie die Figuren in unseren Träumen, nach denen wir vergeblich haschen, zu schwinden und zu schmelzen schien. Der große schwere Mann wurde vor Christinas Augen klein und kleiner, bis er in der Menge der Passanten verschwand und von ihm nur ein klägliches Gefühl in Christina zurückblieb.

Sie hätte sich gerne irgendwo gesetzt, was aber bekanntlich in der Theatinerstraße nur möglich gewesen wäre, wenn sie in ein Schuhgeschäft gegangen wäre. So ging sie weiter, bis sie zu dem budengesäumten Platz kam, der einige Bänke anbot; aber von den Bratwurstschwaden, die aus den Buden drangen, wurde ihr so übel, dass sie lieber zur nächsten U-Bahn strebte.

Es war ihre letzte, doch nicht die allerletzte Begegnung. Bei der allerletzten Begegnung war der Bonze nicht mehr körperlich anwesend, man konnte ihn weder sehen noch hören, aber Christina zweifelte keine Sekunde, dass er der Geprächspartner war, mit dem ein anderer, geradezu schreiend bunt, wie ein gelber Papagei gekleideter Mann in der Halle des *Bayerischen Hofes* telefonierte. »Ich weiß nicht, was Sie wollen«, sagte der Papagei ins Telefon, »Sie sind doch ein Casting-Genie, und wenn Sie zu dem Abend nicht kommen, bringen Sie sich nur um die Früchte Ihrer Arbeit.«

Christina war mit Tante Rehlein verabredet, aber wie ihre Augen in der Hotelhalle über die Sitzgruppen wanderten auf der Suche nach einem Platz, wurden sie magisch angesaugt von dem roten Seidentüchlein, das aus der Brusttasche des zitronengelben Anzugs wehte. Es wehte hervor wie eine blutige Fahne, die das Pendant zu den burgunderfarbenen, gewissermaßen schon geronnen-blutigen Schuhen bildete. »Also, ich kann nur bedauern, wenn Sie nicht kommen«, wiederholte der gelbe Papagei mit dem roten Abzeichen auf der Brust, »Ihre Mädels sind wieder allererste Ware.« Er ruckte mit den Schultern, wahrscheinlich weil der Anzug zwickte, aber es sah aus, als ob er sich plusterte, um an Volumen zu gewinnen. Er war sehr lang und dünn, selbst die schwarz gelockten Kopffedern lagen flach an, von einer Brillantine gebändigt, die damals noch nicht häufig und deshalb umso auffallender war. Christina war frappiert; sie konnte sich nicht beherrschen, einen Platz in seiner Nähe zu suchen.

Der lange dünne Papagei telefonierte mit der einen Kralle, die andere warf einen Autoschlüssel in die Luft und fing ihn wieder auf. Gelegentlich näherte sich ein Hotelboy und erklärte, der Porsche müsse jetzt aus der Einfahrt. Bei der fünften Aufforderung warf ihm der Papagei den Schlüssel zu. Er war ungeduldig (die Kopffedern sträubten sich leicht), aber er zwang sich zur Geduld. Offenbar wollte sein Gesprächspartner ihn nicht verstehen. »Absagen, was genau heißt Absagen? Sie können natürlich absagen, das ist bedauerlich, aber wahrscheinlich nicht zu ändern, wenn Sie es sagen.«

Christina spürte die Verärgerung des Produzenten am anderen Ende der Leitung, die mit der Uneinsichtigkeit wuchs, auf die er hier stieß. »Es wird ein schöner Abend, wir werden Sie vermissen«, sagte der Papagei, als könne er mit der Wiederholung von Höflichkeitsformeln dem Wunsch des Produzenten ausweichen, der sich offenbar gerade nicht darauf beschränken wollte, nur für die eigene Person abzusagen.

Indes war natürlich mit Höflichkeit, das wusste Christina, beim Produzenten nichts auszurichten, und das begriff langsam auch der Gelbe. »Sie sind nicht der Hausherr«, sagte er spürbar bestimmter, »Sie wollten definitiv nicht als Hausherr auftreten, und das sind Sie jetzt auch nicht, insofern gibt es für uns auch nichts abzusagen.«

Christina hatte das ungute Gefühl, dass der Bonze auf jemand gestoßen war, dem er nicht befehlen konnte, und es machte ihr Angst. »Sie wollten liefern, und Sie haben geliefert. Die Mädels sind präpariert, alles kein Problem, nur natürlich, dass wir bedauern, auf Ihre Anwesenheit verzichten zu müssen.«

Christina stellte sich vor, wie der Ton des Bonzen allmählich jämmerlicher wurde, worauf der Gelbe jedoch nicht gnädig reagierte, sondern unversehens in den Modus der Drohung wechselte. »Sie wollten einige Gäste umsonst teilnehmen lassen, und wir haben das immer akzeptiert, aber das hieß natürlich, dass es für andere teurer wurde, und da gibt's jetzt Leute, die das bezahlt haben und auch noch was extra, damit sie eigenes Besteck mitbringen dürfen, denen können wir nicht absagen, sonst kommen die womöglich mit diesem

Besteck bei uns zu Hause vorbei beziehungsweise bei Ihnen zu Hause, nicht wahr, haha.«

Christina lief es kalt den Rücken hinunter, ohne dass sie sich im entferntesten vorstellen konnte, wovon die Rede war – vielleicht war es auch nur das seltsame »nicht wahr, haha«, das der Gelbe nicht lachte, sondern kollernd aus dem Kropf würgte. »So geht das nicht, die Mädels müssen raus, nicht wahr, haha.«

Und Christina wäre auch hinaus, auf die Straße, in die schöne weiße Schneeluft geflohen, wenn nicht in diesem Moment Tante Rehlein gekommen wäre, sie mit Neuigkeiten und Nettigkeiten überhäuft hätte, so dass sie nur noch im Hintergrund, abgerissen und leicht verrauscht – vielleicht hatte sie ein leichtes Kreislaufproblem – die letzten Wortfetzen des Gesprächs hörte. »Polizei? Nein, das ist jetzt nicht wahr!« – »Das finde ich ganz traurig, dass Sie von Polizei reden, da haben wir doch nie ein Problem gehabt, haha.« – »Polizei, verstehen Sie, das ist der Schwarzweißkrimi, aber wir drehen den Farbfilm, und in 3D sozusagen, nicht wahr, haha.«

Ich weiß nicht, ob es das Stichwort Polizei war, das ja, auch wenn es nur halbbewusst aufgenommen wird, bei den meisten Menschen einen Fluchtimpuls auslöst, oder die erschreckend zunehmende Blässe Christinas, die Tante Rehlein bewog, ihrerseits nach draußen zu streben, das schwankende Mädel am Arm. Draußen traf auf sie allerdings nicht nur die ersehnte frische Luft, sondern auch ein Schwall schmutzigen Schnees, der von den Reifen des eben vorfahrenden Porsches spritzte. Der Hotelboy sprang heraus, und der lange Gelbe knickte sich wie ein Klappmesser in den Wagen hinein. Tante Rehlein grüßte ihn fröhlich mit einer wedelnden Hand. »Wer ist denn das?«, fragte Christina entgeistert, nämlich entgeistert von der offenbaren Vertrautheit zwischen der Partygräfin und dem unheimlichen Vogel.

»Ein Galgenvogel«, sagte Philipp zu mir, »das ist ein richtiger Galgenvogel. Für meine Schwester natürlich typisch, dass sie an einen Papagei denkt, sie hätte wahrscheinlich auch über Golgatha Papageien kreisen gesehen.«

»Das ist Magnus S***«, sagte Tante Rehlein zu Christina, »Graf S***«, wiederholte sie, um einer bürgerlichen Begriffsstutzigkeit Christinas zuvorzukommen, »er hat nie viel Glück gehabt, mit dem Autohandel ist er pleitegegangen, und jetzt hat er da dieses, ich meine, er leitet dieses Magazin, wie sagt man?«

»Chefredakteur«, stotterte Christina.

»Das ist es«, sagte Tante Rehlein, »traurig, nicht wahr?«

Und mit diesen Worten machten sich die beiden, schwankend die eine, entschlossen die andere, auf den Weg durch den schmutzigen Schnee, um den Arzt zu besuchen, den Christina nicht alleine besuchen wollte, der aber, wie Tante Rehlein hoffte, auch etwas gegen Schwächezustände zu unternehmen wüsste.

34. Die Aktentasche explodiert

Die dritte Sturmwelle kam Mitte Dezember. Sie kam mit den von Meteorologen so genannten Weihnachtszyklonen, die jede Aussicht auf Schnee zu den Festtagen zunichtemachen. Die warmen Winde bliesen heftiger als der Septemberföhn und diesmal aus der entgegengesetzten Richtung. Sie füllten die Boulevardpresse mit Enthüllungsgeschichten über den

Fernsehproduzenten. Man sah ihn mit Schauspielerinnen am Set schäkern oder in Diskos mit Halbweltgrößen trinken, man sah ihn in Badehose am Strand oder mit Fernsehsternchen in den Fluten der Karibik, »Gott sei Dank sieht man ihn nicht auch noch mit Christina baden« (Philipp).

Woher und warum waren die Bilder gekommen?

Die Bonzenfrau hatte die Scheidung eingereicht. Sie hatte, man wusste nicht, warum gerade jetzt und wie nach der dritten gescheiterten Entziehungskur, einen Anwalt gefunden, der mit allen Listen und Lastern der Öffentlichkeitsarbeit vertraut war. Der Produzent hatte, man wusste nicht, von wem falsch beraten oder ob überhaupt beraten, den Fehler gemacht, öffentlich zu antworten. »Er hat mich über Jahrzehnte betrogen«, verkündete die Frau in der *Morgenzeitung*. »Ich habe über Jahre eine Alkoholleiche an meiner Seite ertragen«, erwiderte der Bonze im *Express am Abend*.

Das Duell konnte für den Produzenten nicht gut enden. Jeder Leser, jeder Familienvater, jedes brave Mütterchen mussten sich fragen, wer, wenn nicht der untreue Ehemann, die Frau wohl in den Suff getrieben habe. Und wie es die Vorsehung so will, wurde auch die Dauergeliebte gefunden, die neben all den Eintagsaffären die Ehe über Jahre im Hintergrund begleitet und, wie es jetzt aussehen musste, untergraben und zersetzt hatte.

Bea verschlug es die Sprache. Es verschlug ihr das Essen, das Trinken, das Schlafen, das Atmen fast. Ich empfing sie Abend für Abend in meinem staubigen Sanatorium; manchmal musste ich sie in den Armen wiegen, in denen sie wie ein gefangenes Wildtier nur noch das Lebenszeichen eines schlagenden Herzens zeigte. Die Fotos leider, die von ihr zusammengetragen wurden, waren so liebreizend anzusehen, dass die Bildzeitungen tagelang in ihrem Konterfei schwelgten. »Wer ist diese unbekannte Schöne?«, titelten sie, aber leider auch: »Das ist die Tochter der Polizistin, die gegen den Produzenten ermittelt.«

Damit hatten sich die Ermittlungen, falls sie überhaupt je Aussicht auf Erfolg hatten, auf lange Sicht erledigt. Beas Mutter wurde von dem Fall abgezogen, aber bevor sie wieder aus der Öffentlichkeit verschwand, erlaubte sie sich, mit stillschweigender Billigung des Polizeipräsidenten, einen Auftritt. Im *Express*, neben einer Fotogeschichte aus dem süßen Partyleben des Produzenten, war ein Interview mit der Polizistin zu lesen, in dem sie über ihre Nachforschungen anlässlich der jetzt so genannten Eventmorde, Cocktailvergewaltigungen und Tierquälerpartys berichtete. Es sei gespenstisch, erzählte sie, die Mauer des Schweigens zu erleben und wie die Halbwelt von Mode, Film und Herrenmagazinen, denn dieses Milieu deutete sie an, ihre Verbindungen bis in die High Society unterhalte.

Eine Verbindung zu dem Produzenten wurde nicht gezogen. Allein, der gemeinsame Abdruck des Interviews auf einer Seite mit der Bonzenstory legte doch irgendwie nahe, dass es Verbindungen gebe, und das Schlagwort, das die Polizistin nun zum ersten Mal in die Medienöffentlichkeit einspeiste, unterstützte die Ahnung eines solchen Zusammenhangs. »Das zweite München« avancierte in Kürze zur Dachzeile, unter dem alle bunten Blätter ihre Nachrichten von lokalen Verbrechen und Schweinereien, bald aber auch nur den üblichen Klatsch über Seitensprünge und Prominentenliebeleien unterbrachten. Die Seite mit vermischten Lokalnachrichten im *Express am Abend* wurde sogar umgetauft; sie hieß nun und heißt seither noch immer *Das zweite München*.

»Aber wie um Himmels willen«, fragte ich Philipp, »wie kann der Polizeipräsident dulden, dass Ermittlungsdetails gestreut werden, die in diesem Zusammenhang nichts als Gerüchte und womöglich justiziable Verdächtigungen darstellen?«

»Der Polizeipräsident«, sagte Philipp, »ist ein Bauernbub aus Oberbayern. Den kannste nicht einschüchtern, und wenn's versucht wird, was ich in diesem Fall stark vermute, dann verhärtet er sich erst recht.«

Alarmiert und in die Enge getrieben fühlte sich nun allerdings der Intendant des Senders, der sich ausrechnen konnte, wann die bohrenden Fragen nach den Umtrieben des Fernsehproduzenten bei ihm ankommen würden. Er sah in beängstigender Geschwindigkeit alle Spielräume schrumpfen, die Geschäfte des Produzenten aus der Öffentlichkeit herauszuhalten und das Kontrollverlangen des Rundfunkrats zu zügeln. Der Bonze ließ sich nicht mehr verstecken. Der Intendant beschloss, ihn zu opfern, solange er selbst ihn noch opfern konnte. Dazu bedurfte es nur eines Winks, ach was: eines Zuckens der Augenbraue, es war ein winziger Hebel, den er umlegen musste, ach was: den er wie nebenbei berühren musste. Es genügte ein Signal des Desinteresses an die Partei, die ihn ins Intendantenamt gebracht hatte, damit ihre Vertreter im Rundfunkrat die Blockade der Untersuchung aufgaben. »Ach Gott ja, der Welske, ich weiß auch nicht«, sagte der Intendant bei dem politischen Aschermittwoch seiner Partei. Und damit flog der Sicherungsbolzen aus der Arretierung.

Aber die Maschine, die er so in Bewegung setzte, war noch nie zu disziplinarischem Zweck eingesetzt worden. Niemals hatte irgendeiner das Hebelchen berührt, niemals sich auch nur in die Nähe des Bolzens gewagt, und als er jetzt heraussprang, geschah etwas Unerhörtes. Ein Donnern ging durch den gewaltigen Leib der ineinander verzahnten Kontrollorgane. Nie bewegte Gelenke lösten sich aus ihrer rostigen Starre, nie zuvor gesehene Arme hoben und senkten sich, und der Transmissionsriemen, der bisher schlaff zwischen dem Senderinneren und der politischen Außenwelt hing, straffte sich ruckartig und begann Kräfte ungeahnten Ausmaßes zu übertragen. Der Boden bebte. Die Schockwellen übertrugen sich bis in die entferntesten Anstalten des Senderverbunds, die nicht den geringsten Anteil an den Geschäften der Produktionsgesellschaft hatten. Der Transmissionsriemen schwirrte. Er heulte wie eine singende Säge und beförderte Leitartikel um Leitartikel in die Presse, kleine und große Anfragen in die Länderparlamente, brennende Schriftsätze und Gutachten in die Staatsanwaltschaften.

Weniger blumig gesagt: Die Bombe, die bisher in der Aktentasche des Oberkirchenrates geschlafen hatte, war explodiert. Die Druckwelle hatte Kraft genug, den Intendanten augenblicks selbst auf die Anklagebank zu schleudern. Das Stichwort Untreue, einmal gefallen, rief den Staatsanwalt auf den Plan, der die interne Berichts- und Verantwortlichkeitskette unter die Lupe nahm, die nun einmal, wie konnte es anders sein, beim Intendanten endete.

Oder noch einmal anders gesagt, um zu unserer ursprünglichen Metapher zurückzukehren: Die vierte Sturmwelle, die den Produzenten vor Gericht brachte, und die fünfte, die ihm den Intendanten beigesellte, waren schon nicht mehr zu trennen, es war ein Wirbel, ein Orkan, es flogen die Fetzen, sie flogen in aller Öffentlichkeit. Der Bonze nutzte seinen unfreiwilligen Zugang zur Presse mit wilden Hassausbrüchen gegen den Rundfunkrat. »Produzent klagt: Kirchen blockieren

Fernsehentwicklung«, hieß es in der *Morgenzeitung*. »Weltfremder Moralismus beschädigt die Konkurrenzfähigkeit der öffentlich-rechtlichen Sender«, verlautbarte er im *Express*. »Amtskirchen missbrauchen ihr Aufsichtsmandat«, echote das *Echo am Mittag*. »Sex und Partys: Das ist das Leben des Mannes, der die Kirchen angreift«, lautete die höhnische Zusammenfassung einer überregionalen Bildzeitung. Es war allen klar, dass für den Bonzen auf diesem Weg nichts zu gewinnen war. Der Intendant verbarg sein Gesicht in den Händen und murmelte »O Gott, o Gott«, während der evangelische Landesbischof in einem behaglichen Interview die »dreiste Unsittlichkeit im Vorabendprogramm« beklagte und alle juristisch komplizierten Vorwürfe in einem für das breite Publikum verständlichen Satz zusammenfasste: »Es geht nicht nur darum, Kinder vor Sex und Gewalt zu schützen, sondern auch vor Exzessen der Schleichwerbung.«

Es war aber ebenso klar, dass unter solchen Begleitumständen kein Scheidungsprozess zum Nachteil der Ehefrau zu gewinnen war. Der Bonze, nachdem er schon aller Verantwortlichkeiten im Sender enthoben worden war, musste nun auch erleben, wie seine Frau den größten Teil des Vermögens mitnahm. Die Folgen waren ruinös; zumal bald offenbar wurde, dass er sich noch kurz vor der Scheidung mit dem Kauf eines großen Münchener Hauses in bester Innenstadtlage, wenige Schritte vom Englischen Garten, hoch verschuldet hatte.

Wem wurde es offenbar? Nun, es wurde denen offenbar, die bisher in der Bude gelebt hatten. Alle Anstrengungen, die wir in der Vergangenheit unternommen hatten, um Mieter bleiben zu dürfen, die Kämpfe mit dem Hausverwalter, die Reisen zu der alten Dame nach Südtirol, sie waren in dem Moment umsonst und für die Katz, als der Bonze erfuhr, dass

Philipp, der Bruder Christinas und vermeintliche Neffe des Oberkirchenrats, bei uns Quartier genommen hatte. Der Hauskauf war ein Hasskauf gewesen. Auch wenn der Produzent nicht Eigentümer blieb – denn die Banken griffen sich wenig später das Haus –, so reichte doch die Zeit für eine Kündigung. Wir konnten uns noch glücklich schätzen, dass nicht der deplorable Zustand der niemals renovierten Etage in Rechnung gestellt wurde. Philipp stieß einen wilden Klagelaut aus.

35. Im schönen Monat Mai

Der Orkan, der die Bude leerfegte, war auch schon fast der letzte Existenzbeweis, den das Unwetter von sich gab. Am Ende der Märzstürme, die schließlich in einem Aprilregen ausklangen, waren alle in alle Himmelsrichtungen verweht. Christina lebte bei Tante Rehlein, die Budenmannschaft hatte sich über ein halbes Dutzend studentischer Notquartiere verteilt, die meisten am Stadtrand, wohin es auch den Oberkirchenrat verschlagen hatte. Wir sahen uns nur noch selten und zufällig. Das Schiff, das die Fracht der Geschichte getragen hatte, war nicht mehr. Die Besatzung hatte sich Mann für Mann, der eine im Rettungsboot, der andere an ein paar Planken geklammert, an ferne Gestade gerettet. Das Unwetter zog langsam ab, es hatte nur noch einen Blitz im Köcher, den es hinterherschicken sollte.

Es war an einem schwülen Nachmittag im Mai, dem ersten warmen Tag nach der Kette kalter Regenwochen, dass sich die Partygräfin aufmachte und den Produzenten in seinem

Büro besuchte; denn das hatte er noch. Die Gerichtsverfahren schwebten, wie es so schön heißt, und so blieb auch seine Zukunft beim Sender in der Schwebe. Er hatte nur inzwischen wirklich nichts mehr zu tun. Alle huschten an seinem Büro vorbei, als könnten sie sich, so wie man sich in der Straßenbahn einen Schnupfen holen kann, durch bloßes Verweilen vor seiner Tür doch noch eine Anklage wegen Untreue oder Vorteilsnahme holen.

»Er wird sich freuen«, sagte die Partygräfin der Sekretärin, als sie sich anmeldete. Und damit hatte sie recht. Der Produzent umarmte sie wie ein Erfrierender. Seine Hände waren so kalt, dass es die Gräfin fröstelte, trotz der Schwüle in seinem Büro. »Kann es sein«, sie suchte nach einer vorsichtigen Formulierung, »kann es sein, dass du zum ersten Mal ohne Klimaanlage auskommst?«

»Stimmt, neuerdings friere ich leicht.«

»Aber du hast doch sicher ein neues Projekt«, sagte die Gräfin, um ihn zu beleben, »vielleicht sollten wir schon mal über Partner nachdenken oder über eine kleine Party, damit sich alle mal kennen lernen und man die neuen Stars auch anfassen kann.«

Angesichts des stattgehabten Debakels und in der Hitze seines früheren Temperaments hätte der Produzent die Anregung als reinen Hohn auffassen müssen, aber so kaltgestellt, wie er inzwischen war, wärmte sich seine Phantasie an der Frage wie an einer letzten noch brennenden Kerzenflamme.

»Ich hab zwei fertig konzipierte Sendungen, die eine ist noch so 'n bisschen Old School, das sind *Die Tröster*, da kommen die Seelenklempner und Gesundbeter und die Nonne mit dem Lourdeswasser, und vielleicht wird auch was ausgependelt, und so –.«

»Hm, lustig«, sagte die Gräfin ratlos, »netter Klimbim«, es strengte sie an, der Idee etwas abzugewinnen, »vielleicht wär das auch was für einen Erweckungsprediger?«

»Kein schlechtes Stichwort«, sagte der Bonze eifrig, »kein schlechtes Stichwort. Ich habe da nämlich noch was anderes, Großes, das ich nicht verraten kann, was Ultimatives, das richtet sich fast an die Menschheit«, kleine hektische rote Flecken zeigten sich auf seinem Gesicht, »das wär schon eher eine Erweckung, also eine endgültige Lösung, ein Angebot an die Massen, da könnten die Kirchen einpacken, das wär das, wovon die Pfaffen nur schwafeln.«

Obwohl die Partygräfin jetzt ernsthaft an seinem Verstand zweifelte, sagte sie doch mechanisch: »Na, hör mal, wenn das so was Großes ist, dann lass uns doch bald was drumherum organisieren.«

»Ja«, sagte der Bonze begeistert, »vielleicht müsste man da wirklich mal wieder so eine Sause machen, du weißt schon, was wirklich Abgedrehtes, womit man auch klarmacht, dass ein neues Zeitalter der Unterhaltung beginnt.«

»Nein«, sagte die Gräfin streng, »damit ist endgültig Schluss. Dass du überhaupt noch an so was denkst! Ich fasse es nicht.«

»Na ja«, sagte der Bonze kleinlaut.

Sie schwiegen.

Sie schwiegen lange. Die Gräfin dachte: Der arme Mann, er hat doch sehr gelitten.

Der arme Mann ließ tatsächlich so etwas wie ein Seufzen vernehmen. Er hatte noch etwas auf dem Herzen. Schließlich fragte er mit einiger Anstrengung, aber möglichst obenhin: »Wo steckt eigentlich diese kleine Näherin, die du so gut kennst?«

»Die kleine Näherin, wie du dich ausdrückst, wohnt bei mir«, sagte die Partygräfin. »Mit dem Kind.«

»Mit dem Kind?« Der Fernsehbonze schrie auf, er konnte es nicht unterdrücken.

»Mit dem Kind. Wir sind ja modern, es hat doch alles keinen Zweck, ich meine, sich heutzutage noch so umständlich zu haben.«

»Und der Kindsvater?« Dieser Aufschrei war kein Aufschrei mehr. Es würgte den Bonzen, der zweite Aufschrei war merkwürdigerweise nicht mehr aus seiner Kehle gelangt, sondern als Schmerz in den linken Arm gefahren.

»Mein Sohn ist allerdings ausgezogen bis zur Hochzeit, ich gebe es zu, man soll es mit der Moderne auch nicht übertreiben.«

»Dein Sohn?« Der Bonze erhob sich, sein Herz flog.

»Ja, wusstest du das nicht? Du warst doch mit der Näherin so gut, oder nicht? Vielleicht haben die beiden es etwas übereilt, ich weiß es ja nicht, aber es hat doch auch keinen Zweck, mit dem Kinderkriegen ewig zu warten.«

Das Herz des Bonzen flog und flog. Es schwirrte wie mit den winzigen Flügeln einer Hummel, die unbelehrbar über der Kerzenflamme schwebt, die ihren Tod bedeutet. »Und wann«, ihm war, als zitterte er, »ich meine«, er korrigierte sich, »wie alt ist das Kleine?«

»Na, so drei Monate.«

Der Bonze versuchte zu rechnen. Eins, zwei, drei – plus neun. Er suchte seine Brille, die Hände zitterten über den Schreibtisch, aber er fand die Brille nicht. Trotzdem wollte ihm scheinen, als führe die Rechnung genau in den Mai vor einem Jahr zurück.

Und das war nun der Moment. Genau mit einem Jahr Verspätung schlug der Blitz ins Herz des Bonzen ein. Es rauschte in seinen Ohren.

»Ja«, sagte die Gräfin, »ich war so gerührt, der Kleine ist seinem Vater wie aus dem Gesicht geschnitten, die trotzige Unterlippe, es ist wirklich zum Piepen. Aber die Augen – das sind die Laroche, mit einer Lasur wie Porzellan.«

»Laroche?« Dem Bonzen war, als hörte er den Namen zum ersten Mal, so entrückt und aus großer Ferne.

»Ja, sag mal, was ist denn mit dir los? Was stehst du denn so komisch? Bist du jetzt von allen guten Geistern verlassen? Christinas Vater, hast du ihn nie gesehen? So ein fabelhafter Mann, sein Bruder war mein erster Tanzstundenverehrer, in Dresden, damals.«

»Aber Christinas Familie, das sind doch gar nicht deine Kreise?« Dass er den Ausdruck Kreise gelernt hatte, es würgte und ekelte den Bonzen, er führte eine Fremdsprache im Mund, die ihn vergiftete. Er versuchte sich wieder zu setzen.

»Soll ich jetzt etwa vornehm tun? Es gibt so 'ne und solche Bürgerliche, und manche Familien sind älter als unsere.« Die Partygräfin blickte unbestimmt ins Weite, der Gedanke gefiel ihr nicht, es hatte etwas Peinliches, sozusagen Bürgerliches, ihn überhaupt zu formulieren. Manchmal trieb sie ein merkwürdiges Gerechtigkeitsgefühl, nicht der Gesellschaft, sondern der Wahrheit gegenüber, aber während sie den Gedanken noch zu verfolgen suchte, wurde sie Zeugin eines merkwürdigen Schauspiels.

Der Produzent setzte sich nicht, er sank an seinem Schreibtisch zusammen wie eine Marionette, der man die Fäden, einen nach dem anderen, gekappt hatte. Wo vorher Richtung und Gestalt, Form und Bewegung war, lag nur noch ein Haufen loser Kleidung.

Der Haufen war aber, selbst in seinem ungeordneten Zustand, für die Gräfin noch immer zu sehr Bonze, um ihn für hilfsbedürftig zu halten. Sie hielt sich vielmehr, da er keine weitere Regung zeigte, für wortlos entlassen und ging. »Tante Rehlein hat kein Herz«, meinte Philipp, »beziehungsweise – vielleicht muss man es so sehen: Der Kranich, den sie im Wappen führt, ist eher ein Unglücksrabe.«

Die Partygräfin ging, und der Bonzenrest blieb an seinem Schreibtisch liegen. Er wäre auch lange nicht bemerkt worden, selbst von der Sekretärin nicht, wenn nicht die Partygräfin nach einiger Zeit von einem unbehaglichen Gefühl beschlichen worden wäre. Warum wurde sie von diesem Gefühl, das vielleicht nicht von Herzen kam, aber einem schlechten Gewissen nicht unähnlich war, beschlichen? Sie saß auf ihrer Terrasse, sie trank den guten Tee, ihre Augen ruhten wohlgefällig auf dem Enkel, der die erschöpften Gesichtszüge zweier alter Familien, einer adlig und einer bürgerlich degenerierten, zeigte. Er sah so aus, wie man es sich nur wünschen konnte. Trotzdem war sie nicht stolz. Sie hatte den unguten Verdacht, etwas pecciert zu haben.

Das lag daran, dass die Gräfin, bevor sie sich entschloss, ihren Frieden mit der Demokratie zu machen und auf das Eventmarketing zu setzen, eine streng lutherische Erziehung genossen hatte und daher wusste, dass der Mensch jederzeit, und namentlich wenn er sich besonders geschickt fühlte, eine schreckliche Sünde begangen haben konnte. Kurzum: Der Gräfin schien es, als müsste sie noch einmal ins Studio zurückkehren und nachschauen, was sie angestellt hatte.

Mit welcher Begründung sie wieder ins Büro des Bonzen treten sollte, wusste sie allerdings nicht. Sie nahm stattdessen das Telefon und ließ sich mit der Sekretärin verbinden. »Mein

Gott«, sagte die Sekretärin, »bleiben Sie mal dran, ich habe tatsächlich seit Stunden nichts mehr von ihm gehört.« Und dann, nach einer schrecklichen langen Minute: »Ich hab die Feuerwehr und den Betriebsarzt gerufen. Ich glaube aber, der Herr Doktor ist plötzlich verstorben.«

36. Der Teufel macht seinen Job

Der Bonze war aber nicht verstorben. Er war, da hatte Herbert recht, gar nicht totzukriegen. Er war nur freilich, als er nach Wochen das Krankenhaus verließ, keine fette Kröte mehr, er war eine sehr faltige und dünne Kröte, er sah, streng genommen, gar nicht mehr wie eine Kröte aus, sondern wie eine sehr große, kahlköpfige Maus. Der Fernsehproduzent hatte sein üppiges, gerne jungenhaft in die Stirn gewuscheltes Haupthaar verloren. Es war durch keine Krebstherapie geschehen, wie Ahnungslose hätten meinen können, und natürlich auch nicht aus Kummer, denn Kummer ist eine Gefühlslage, die einem Bonzen denkbar ferne ist, vielmehr war es die Folge einer Art vorauseilender Ergebung in eine Niederlage, von der man nicht unversehrt bleiben, sondern höchstens wie ein Kriegsheimkehrer mit rasiertem Schädel aus den Weiten einer verbrannten Erde wiederkehren konnte.

Woher wissen wir überhaupt, dass der Produzent sein Haar verlor? Wir wissen es aus den Zeitungen, die mit Porträts von einst und jetzt tagelang über die verlorenen Prozesse des Produzenten berichteten. Der Klinikaufenthalt hatte sich gerächt, weil die Anwälte, die seiner Aufsicht entzogen waren, unterdessen eingesehen hatten, dass sie niemals wieder für die großen Medienanstalten, geschweige denn für diesen Sender tätig werden konnten, wenn sie sich hier den Ruf unerschrockener Verteidiger unhaltbarer Zustände erwerben würden. Der Intendant, obwohl selbst Objekt hochnotpeinlicher Untersuchungen, inszenierte sich als Opfer im Zeugenstand, und mit jedem Prozess, den der Produzent verlor, trat der Intendant strahlender als moralischer Gewinner hervor und stand schließlich als sauberster Saubermann von allen da, der unnachsichtig in dem Saustall seiner Tochterfirmen aufräumte, behindert nur von den Ausschüssen des Rundfunkrates, die offensichtlich seine Putzarbeit sabotieren wollten, indem sie ihn denunzierten.

Der Intendant behauptete sich triumphal und begann Kopf für Kopf seine Gegner aus dem Rundfunkrat zu entfernen, bis am Ende nur noch die Erinnerung an eine ganz kleine Clique politischer Hasardeure übrig blieb, die versucht hatten, das Ansehen des öffentlich-rechtlichen Systems zu beschädigen. Auch der Oberkirchenrat verlor seinen Sitz. Die Säuberungen waren unschwer durchzusetzen, weil die Politiker im Verwaltungsrat, so mutmaßte jedenfalls eine Zeitung, einen erpressbaren Intendanten lieber hatten als einen, der vom Rundfunkrat an der kurzen moralischen Leine geführt wurde. Der Intendant hätte nun wohl auch gerne diesen Anwalt, diesen Dr. Fischer, »in die Mangel genommen, bis nur noch das Zahngold übrig bleibt«, wie er im kleinen Kreis treuherzig formulierte, aber seine Referenten, darunter der neue, besonders tüchtige Walter Krebs, warnten ihn vor einer Kampagne, die am Ende eher den Ruf des Intendanten beschädigen würde.

So konnte Dr. Fischer, von Fernsehjournalisten unbehelligt, die Gewohnheit seiner Frühstücke mit dem Oberkirchenrat fortsetzen, freilich nicht mehr in dessen Wohnung (die Reise an den Stadtrand war ihm zu mühsam), sondern in seiner eigenen eleganten Kanzlei am Hofgarten, durch deren Ochsenaugenfenster man auf den Park hinaus schauen konnte. »Tja«, sagte der Oberkirchenrat und schaute auf den Park hinaus, »die Aktentasche hat die in sie gesetzten Hoffnungen nicht erfüllt. Er hat's überlebt.«

»Ja«, sagte das Ei, »jetzt kann ihn nur noch der Teufel holen.«

»Auf den würde ich allerdings ungern setzen.«

»Na, '45 hat er auch seinen Job gemacht.«

»Meines Wissens hat er den Job seit '33 gemacht.«

»Deine Sachkunde in Ehren«, sagte das Ei mit einem Anflug von Hohn, »aber ich fürchte, wir müssen auch mal von unseren zwanghaften Parallelen loskommen.«

»Du meinst, das ist so eine Art nervöser Tick?« Der Oberkirchenrat hustete in den Rauch seiner Zigarette hinein. »Könnte man so sehen, könnte man allerdings so sehen, tun manche sicher gerne. Aber ich leider sehe mindestens eine Parallele, die alles überlebt hat – und das ist die Idee der Volksgemeinschaft«, er hustete sich zu einem gewissen Ernst empor, »bei den Maoisten hieß das: Dem Volke dienen, und beim Fernsehen heißt es Quote. Und das Unheil entsteht immer, wenn die Menschen als Masse angesprochen werden.«

Er warf einen Blick auf den Hofgarten, als wollte er prüfen, ob sich dort die Masse zusammenrottete. Aber da außer Spaziergängern beim besten Willen nichts zu sehen war, wandte er sich wieder zurück und erklärte: »Das Publikum ist wie das Volk, es muss erst erfunden und hergestellt werden, damit es dann zugerichtet werden kann.«

»Oje, mein Lieber, da würde ich mal vorsichtig sein. Da

würde ich doch mal gutartig unterstellen«, das Ei machte eine sehr vornehm gutartige Miene, »dass in solchen Strategien keiner von unseren Zeitgenossen mehr denkt.«

»Aber sie kommen nicht davon los.«

»Ach was, sie leben einfach weiter – hast du selbst gesagt. Und die Parallele, wenn überhaupt, besteht nur im Geschäft. Individuelle Ansprache ist kein Geschäft. Tausend verschiedene Waren für tausend Leute – wo bleibt da der Profit? Erst bei einer Ware für Tausende klingelt die Kasse.«

»Ja, Geschäft, gutes Stichwort«, sagte der Oberkirchenrat mit seiner bekannten Unerschütterlichkeit, »deswegen, weil sie mit ihrem Massengeschäft überlebt haben, kommen sie nicht davon los.«

»Aber – gesetzt den Fall, dass an deiner These überhaupt etwas dran ist, was ich bezweifle – begründet das gleich einen Fundamentalverdacht gegen das Fernsehen?«

»Tja – mein Gott, ach«, der Oberkirchenrat hustete resigniert, »inhaltlich ist das natürlich alles vorbildlich antifaschistisch, das tut so antifaschistisch, da könnte ich auch schon wieder – na, egal«, er war seltsam verärgert, »aber die Grundstruktur, verstehst du, Siegfried, die Grundstruktur! Die Massenansprache, wenn sie glückt, na, da grölen die Zuschauer doch alle gleich und stehen auf wie ein Mann.«

»Also, wenn es das ist – Mensch, Albrecht!« Das Ei begann mit einer gewissen Ungeduld den Alkoholbestand seiner Schreibtischbar zu sichten. »Wenn du das meinst – dafür gibt's auch andere Medien und hat's immer gegeben, denk bloß mal an die französische Presse in der Dreyfus-Affäre.«

»Aha – da haben wir also eine neue Sorte von historischen Parallelen entdeckt«, sagte der Oberkirchenrat, inzwischen seinerseits mit einem Anflug von Hohn. »Nein wirklich, Siegfried, was soll das? So weit wollte ich nie gehen, ich meine, da muss ich mal deine Rolle des Skeptikers übernehmen, an finstere Machenschaften glaube ich überhaupt nicht, das sind einfach so Gesetze der Massenunterhaltung«, sein Husten steigerte sich, »das Publikum will seine Opfer und kriegt sie auch geliefert.«

Das Ei versuchte, ihm ein Glas Cognac anzubieten, doch der Oberkirchenrat hatte schon in der Resignation das Mittel seiner Wahl gefunden, den Husten zu besänftigen. »Na, weiß der Kuckuck«, sagte er, »am Ende ist alles Fernsehen nur ein Gleichnis.«

»Und wofür, verflucht noch mal?« Dr. Fischer hielt noch immer zwei Gläser in Händen, von denen er weder das eine übergeben noch das andere trinken konnte, aber dann durchzuckte ihn eine versöhnliche Idee: »Was meinst du – ist das Fernsehen nur eine neue Waffe im Klassenkampf?«

»Nein, das meinst du vielleicht – mir ist von einer Befreiungswirkung bisher nichts bekannt.« Der Oberkirchenrat, noch immer nicht dem Cognac geneigt, nahm eine Zigarette.

»Natürlich nicht zur Emanzipation der Massen, sondern zur Ausrottung des Bürgertums.«

»Na, wenn es so wäre«, der Oberkirchenrat blies einen ironischen Kringel, »muss es mir wohl recht sein.«

»Mensch, Albrecht, dir ist wirklich nicht zu helfen. Du tust ja fast wie Brecht, der Hitler dafür begrüßte, dass er die Bürger und Junker über die Klinge springen ließ.«

»Und? Haben sie nicht die Klinge selbst geschmiedet?«

»Nein, mal im Ernst, ohne historische Parallele« – das Ei drückte dem Oberkirchenrat jetzt mit einer Geste, die keinen Widerspruch mehr duldete, den Cognac in die Hand – »nehmen wir einmal an, das Fernsehen bestimmt maßgeblich darüber, was in der Öffentlichkeit vorkommt – wenn es entschieden hat, das bürgerliche Individuum nicht mehr vorkommen zu lassen, dann ist es eben auch weg.«

»Und wir haben wieder ein einig Volk von Volksgenossen«, sagte der Oberkirchenrat und nahm einen tiefen Schluck.

»Na, also!« Das Ei ließ begeistert den Cognac im Glas kreisen, »das ist es doch, was ich sagen wollte: Das Opfer ist die Botschaft. Ob von rechts oder links, es ist immer der gleiche Bolschewismus. Und ein Indiz war damals schon, dass es auch den Antisemitismus auf beiden Seiten gab.«

»Nun ja, der Antisemitismus, unser alter Freund«, der Oberkirchenrat studierte den Cognac, »was den anlangt, der braucht keinen Bolschewismus, den gibt's auch ohne alles.«

»Was willst du? Soll ich etwa das Land wieder verlassen?« Das Ei zeigte einen humoristischen Anflug von Furchtsamkeit, wischte sich dann aber mit dem Taschentuch, einem sehr zarten und alten Leinenbatist, über die Stirn, als sollte er das Überstandene aller Furcht demonstrieren. Der Batist gab ein feines Knistern von sich. »Ich mache jetzt mal einen Vorschlag zur Güte. Es sind nicht immer nur die anderen, die überleben. Wir haben unseren kleinen Putschversuch schließlich auch überlebt, nicht wahr, vielleicht geschwächt, aber immerhin. Mir tut's nur leid für diese studentische Wohngemeinschaft da.«

»Philipp, mein Patensohn, macht mir ja Vorwürfe, dass ich ihn durch mein Querulantentum um seine geliebte Bude gebracht habe.«

»Also, das ist ja – na, da muss ich mir doch glatt einen kurzen historischen Rückfall in unsere Lieblingszeit genehmigen«, Fischer genehmigte sich mit einem unnachahmlich sardonischen Gesichtsausdruck zunächst einen weiteren Schluck

Cognac, »unter den Angehörigen der Hitler-Attentäter gab es auch solche, vielleicht nicht unbedingt die Witwen, aber schon in der weiteren Familie, die ihrem Verwandten ernstlich den Vorwurf ins Massengrab nachschickten, dass er sie durch sein unverantwortliches Heldentum um Hab und Gut gebracht habe.«

»Fabelhaft«, der Oberkirchenrat konnte, inzwischen vollständig versöhnt, die Begeisterung teilen, »dolle Sache, das.«

Die beiden Freunde kamen nicht umhin, sich kurz und fest zu umarmen. »Und so haben die beiden alten Knacker also noch einmal zusammen ihre Wunden geleckt« (Philipp).

37. Der Scheck wird eingelöst

Es sollte das letzte Mal gewesen sein. Ob der Oberkirchenrat sich wirklich durch den missglückten Coup geschwächt fühlte oder unter dem Verlust seines Rundfunkratmandats litt, ist schwer zu sagen. Was allerdings an ihm zehrte, war die fortgesetzte Notwendigkeit, Tanten zu beerdigen. Seine durchscheinende Gestalt wurde von Beisetzung zu Beisetzung durchscheinender, und als er schließlich Ende Mai am Grab der letzten Tante gestanden hatte, da wollte es Gott sein Herr, dass er sich wenig später selbst aufs Totenbett legte.

Die Nachrufe hielten sich in Grenzen. Aber die Beerdigung war ein Ereignis. Sie fand nicht in München und nicht in Berlin statt, wo er geboren und aufgewachsen war, sondern in seiner hessen-nassauischen Heimatgemeinde. Es waren aber aus Bayern die halbe Kirchenleitung mit dem Bischof an der Spitze, es waren etliche Monsignori des katholischen

Erzbistums gekommen, es waren aus Berlin der Bischof, der Präses und der Konsistorialpräsident angereist, es waren aus Hessen-Nassau die evangelischen und ungezählte katholische Würdenträger und sogar ein orthodoxer Priester erschienen, von den Kirchenvertretern in den Rundfunkräten ganz zu schweigen. Es war, mit einem Wort, ein Auflauf von einer Prominenz, die dem eher schlichten Amt des Verstorbenen in der Kirchenverwaltung nicht im Mindesten entsprach.

Zeigte sich darin, dass der berühmte Mann, wie er gerne ironisch apostrophiert wurde, noch berühmter war als gedacht? Oder zeigte sich der Wille zu einer kirchlichen Macht- und Protestdemonstration gegen das öffentlich-rechtliche System, das seine ganze Gottlosigkeit offenbart hatte? Ein Zischen des Unmuts begleitete den Trauerzug, der sich langsam auf den Dom zubewegte, von dessen Türmen die Glocken wie zum Jüngsten Gericht donnerten. Bea krampfte sich in meinen Arm, es durchschauerte sie. Warum war sie überhaupt gekommen? Sie hatte darauf bestanden, sie hatte auch mich zu der Beerdigung gedrängt, sie argwöhnte, ich nähme diesen Tod zu leicht. »Weißt du überhaupt, wer da gestorben ist?« In ihren Augen standen die Tränen, sie rannen nicht, sie bildeten einen schillernden Schleier über den Pupillen, zwei stehende Seen über einem finstern Grund namenlosen Entsetzens. »Und wer ihn getötet hat? Ihn also auch noch? Er tötet und schändet und schlägt ans Kreuz. Hörst du? Du hörst nicht.« Sie sprach irre, sie wand sich in Qualen an meiner Seite, ich musste sie halten, sie wäre sonst an mir zu Boden geglitten. Umklammert standen wir an dem Kirchentor, während die Soutanen und Talare an uns vorüberzogen, die roten und violetten Bauchbinden, die weißen Stehkragen und schwarzen Anzüge, die Bischofskreuze und Siegelringe. Der

Oberkirchenrat Dr. D. Albrecht Neander, der Doktor der Jurisprudenz und Doktor der Theologie, welch Letzterer nach ehrwürdiger Sitte noch mit einfachem D. abgekürzt wurde, sollte die letzte Ruhestätte und seinen Frieden in Christo finden.

Vielleicht – oder sehr wahrscheinlich sogar – bestand Beas Argwohn zu Recht. Ich hätte die Beerdigung gerne gemieden, die sich einer Kette von Todesfällen anschloss, die mir übertrieben und fast geschmacklos in ihrer Häufung erschienen. So großzügig hatte ich mir die Einlösung des Schecks nicht vorgestellt, den ich leichtfertig auf kommendes Unheil ausgestellt hatte. Ich wusste es nicht und konnte es mir nicht einmal vorstellen, wer der Gönner war, der mit solcher Freigiebigkeit für die Deckung des Kontos gesorgt hatte. Nur Bea hatte sich offenbar ihren Reim darauf gemacht. Vielleicht – oder sehr wahrscheinlich sogar – hätte ich auch den Bericht von der Beerdigung unterschlagen, wenn sich bei der pompösen Totenfeier nicht etwas begeben hätte, das ich schlechterdings nicht unterschlagen kann. Die Hass- und Gewissenskrämpfe Beas begannen sich nämlich mit wachsender Feindseligkeit gegen mich zu richten. »Hörst du? Du hörst nicht«, war ihr Refrain. »Weißt du überhaupt, wer da gestorben ist? Und wer ihn getötet hat? Du weißt es nicht«, war die Anklage. Sie redete in Zungen. Es war ihr persönliches pfingstliches Irresein. Ich dachte nach, ich rechnete, konnte es sein? Ja, es konnte sein. Der Trauergottesdienst fand an einem Samstag vor Pfingsten statt.

»Aber«, wandte ich ein, »du willst doch nicht sagen, dass der Bonze den Oberkirchenrat umgebracht hat?« – »Nein? Will ich das nicht? Warum sollte ich das nicht?« – »Weil der Bonze vielleicht monströs ist und alles, was du willst, und vielleicht sogar Ben auf dem Gewissen hat, aber er ist doch nicht …« – »Nein?«, unterbrach sie mich, »ist er nicht? Was ist er nicht? Für dich sind alle immer nur monströs und kuriös, du sammelst die Monströsitäten und Kuriösitäten, du hast dein Kabinett, du schreibst deinen Katalog, da bin auch ich eine Nummer, und da steht: komisches kleines Insekt mit Lackstiefeln.« – »Ach Bea«, ich war erleichtert, »du bist doch keine Nummer für mich, weißt du nicht, wie lieb ich dich habe?« – »Nein, hast du nicht, hast du überhaupt nicht. Du liebst niemand, du glaubst niemand, du notierst nur, du bist wortgläubig«, sagte sie triumphierend, »nicht schriftgläubig. Aber den Bonzen, das schwör ich dir, den bringst du in deinem Kabinett nicht unter.«

»Bitte Bea«, ich schüttelte sie, ich versuchte sie zu Besinnung zu schütteln, »jetzt bleib doch nüchtern. Der Bonze ist doch nicht«, ich suchte nach einem Wort, »nicht der Antichrist.«

Das war ein schwerer Fehler.

»Aha«, sagte Bea, »siehst du, siehst du? Du hast es auch gesehen. Du hast es auch gesehen. Du bist ein solcher Feigling, so ein gottvergessener Feigling, du drückst dich an allem vorbei, die Wahrheit gibt's gar nicht, vor der du dich nicht wegducken würdest. Bei dir könnte der Hahn ja ein dutzend Mal krähen«, sagte sie mit einem irrwitzigen Gedankensprung, »ach was, er könnte sich zu Tode krähen.«

Kein Zweifel, sie war im religiösen Wahn. Was sie erlebt und ertragen und ihrerseits verschwiegen hatte, kam über sie und war zu viel für sie. Und jetzt begann sie mich zu schlagen, sie schlug mich ins Gesicht, sie gab mir Ohrfeigen, ich musste die Hände vor den Kopf halten, und es wurde nur deshalb nicht bemerkt, weil jetzt die Nachzügler in die Kirche drängten und drängelten und jetzt keinen Platz mehr fanden und der Gottesdienst jetzt schon begonnen hatte und das Mozart'sche Requiem mit rauschenden Schauern jetzt, mit flutenden Kaskaden jetzt von Tränen jetzt auf uns niederströmte.

»Bitte«, sagte ich, »bitte Bea«, murmelte ich zwischen den Händen hervor, die ich vor den Kopf hielt, »mach mich nicht verantwortlich für dein schlechtes Gewissen.«

»Was?« Sie schrie auf und schlug mich abermals, »was soll ich? Dich nicht verantwortlich machen? Du bist ja eh für nichts und niemanden verantwortlich.« – »Ich«, sagte ich, »habe nicht den Aal gedeckt und nicht Herbert und auch nicht den Bonzen, aber den will ich dir gar nicht zum Vorwurf machen – von Harry ganz zu schweigen, den du schlichtweg leugnest.«

Sie erschlaffte. Sie wurde bleich. »Es ist nicht der Aal«, murmelte sie, »es ist nicht Herbert, es ist auch nicht dieser Harry, obwohl es natürlich immer drei sind, es ist überhaupt kein Unfall, kein Zufall, es ist ein großer Plan, hörst du? Es ist noch nicht mal der Bonze.«

Ich schwieg. Ich wusste nicht, was ich dazu sagen sollte. Ich war froh, dass sie nicht mehr schrie, sondern nur mehr flüsterte und murmelte. Ich konnte sie widerstandslos zum freigebliebenen Ende einer Bank ziehen, bevor die Predigt begann. Auf der Kanzel stand ein berühmter Theologe, er sprach lange und verzwickt. Der Geistliche neben uns beugte sich zu mir und sagte: »Die Gelehrsamkeit ist der Weihrauch der Protestanten.«

Das war ein Bonmot, das ich unter anderen Umständen gewürdigt hätte. Ich hatte aber Bea an meiner Seite, die unablässig auf mich einflüsterte. »Wozu ist das Fernsehen da«, wisperte sie, »frag dich das mal, hörst du? Was hat der Bonze immer gesagt? Das Fernsehen ist zur Ablenkung da, die Menschen sollen abgelenkt werden, das hat er immer gesagt. Die Menschen sollen erlöst werden von ihrem Kummer und ihren Sorgen, hat er das nicht gesagt?«

»Das«, murmelte ich rasch zurück, »sagen alle beim Fernsehen.«

»Ja, aber weißt du nicht, wer das wirklich ist, der das sagt und tut und predigt? Du weißt es doch! Du hast es doch selbst gesagt.«

»Oje«, murmelte ich, »nicht wieder der Antichrist?«

»Ja, wieder und wieder«, wisperte sie, »oder vielleicht so wirklich und wirklich bös zum ersten Mal. Wie kommt er denn, wie muss man sich das vorstellen? Du weißt es doch! Der Antichrist kommt als Erlöser zu den Menschen, hörst du? Oder willst du nicht hören?«

»Ich höre«, murmelte ich. »Ja eben«, wisperte Bea, »er kommt als Erlöser und führt die Menschen weiter weg von Gott, als sie jemals waren. Er lenkt sie ab von ihrem Gewissen und allem, was ihnen heilig war. Er ist der große Ablenker, der Massenerlöser, der größte Fernsehmacher von allen. Der Antichrist produziert die Supershow, hörst du? Du hörst es nicht.«

»Doch, doch«, murmelte ich. Es war ein großer lutheranischer Gottesdienst, große Liturgie, große Musik, großes Aufstehen und Setzen und Kyrie Eleison und großes Glaubensbekenntnis. Bea und ich standen auf und wir setzten uns, Bea und ich sangen die Lieder, wir sangen das Kyrie und wir sprachen das nicäische Bekenntnis und das *Vater unser* und das *Herr, erbarme dich*, aber zwischendrin wisperten und murmelten wir. Ich hoffte noch immer, sie beruhigen zu können, aber nicht mehr, um Aufsehen zu vermeiden, sondern weil mich ihre Qual ergriff. »Wenn die Legende vom Antichrist stimmt«, versuchte ich einzuwenden, »dann stimmt auch, dass Christus kommt und ihn besiegt.« So redet man mit Verrückten, indem man sich auf ihren Wahn einlässt.

»Das eben ist fraglich«, wisperte Bea, »fraglich, sehr fraglich, ob Jesus Christus auch kommt, denn vorher muss der Antichrist von den Juden gestürzt werden, und wo sind die Juden? Die haben wir umgebracht.«

»Nun, Gott sei Dank«, ich korrigierte die gedankenlose Formel, »Gott dem Herrn sei Dank, haben auch einige überlebt.«

»Ja, in Israel, in Israel mag sein und auch in Amerika werden sie ihn niederkämpfen, aber bei uns, werden sie es auch für uns tun, können sie es überhaupt? Das glaube ich eben nicht. Das eben glaube ich nicht.«

Und in diesem Moment gingen die Tränenseen in ihren Augen über, sie spülten in Wellen über ihr Gesicht, sie nässten den Arm, den ich um sie legte, durch Jackett und Hemd bis auf die Haut. Es hatte keinen Zweck mehr, ich musste sie aus der Kirche führen, ich musste sie dem Licht des Tages zuwenden.

»Also Bea, nun schau mal«, sagte ich, als wir draußen waren, »das mit dem Antichrist – mal abgesehen davon, dass es eine ganz fragwürdige Geschichte ist, vielleicht eine schlimme Ketzerei –, das ist doch metaphysisch gemeint, eine Allegorie, und sein Sturz durch die Juden, das ist doch theologisch gedacht, kein buchstäblich gewaltsamer Vorgang«, ich versuchte einen Scherz zu machen: »mit den Panzern und Kanonen der israelischen Armee.«

»Meinst du? Da wär ich mir nicht so sicher. Außerdem«, setzte sie wenig logisch hinzu, »ist das Fernsehen doch auch etwas Metaphysisches, wenn du damit etwas meinst, was man nicht anfassen kann, und trotzdem hat der Bonze die Menschen, die man anfassen konnte, umgebracht, damit sie ihm nicht auf die Schliche kommen.«

»Bitte, Bea«, flehte ich, »noch einmal: Du kannst vielleicht Ben aufs Konto des Bonzen buchen, aber der Kirchenrat und seine Tanten«, ich versuchte noch einmal einen militärischen Scherz, »die sind höchstens Kollateralschäden.«

»Meinst du das wirklich? Also hör mal zu, hörst du: Zufallsschäden gibt's da gar nicht. Wenn der Kirchenmann ihm nicht auf die Schliche gekommen ist, dann weiß ich nicht, wer überhaupt. Der Mann mit der Nase hat den Schwefel sofort gerochen. Und wer weiß, weißt du es, was Ben gesehen hat? Dass er fort musste, fort noch am selbigen Abend. Wenn er nicht einfach geschlachtet wurde, um der Unterhaltung das Blutopfer zu bringen, mit dem sie die Rückkehr zum Heidentum feiern.«

»Das hast du von Mama.«

»Von Mama?« Das irritierte sie nur kurz. Bea war im Wahn, aber ihrem Wahn war noch immer eine Realität eingewebt. Es wäre eine Untersuchung wert, warum es den Verrückten in ihrer größten Verrücktheit nicht möglich ist, das Gedächtnis des Judenmords zu löschen, während es den Revisionisten und Kleinbürgern im Lichte ihrer Alltagsvernunft mühelos gelingt.

»Bea«, sagte ich, »schau mich an: Das Fernsehen mag schrecklich sein und geschmacklos und alles, aber es ist nicht das satanische Instrument, die deutschen Verbrechen mit der Widerrufung des alten Testaments zu vollenden.«

Bea schwieg.

»Siehst du das nicht? Siehst du mich nicht?«

Aber ihre Augen fokussierten nichts mehr. Ich fragte mich nicht, was sie sahen, sondern was sie gesehen hatten. War das zweite München ein Vineta des Grauens, für die einen unsichtbar, für sie aber aus der Tiefe emporgestiegen? Es war nicht mehr möglich, Bea aufzuwecken. Es war nur möglich, ihrem erschreckten Zustand weiteren Schrecken hinzuzufügen. Es war ein System, da hatte alles seinen Platz und hing zusammen. Und während ich es noch tapfer zu fassen suchte, senkte sich ein feuchter Nebel vor meine Augen und floss über mein Gesicht, ich hatte Bea verloren, sie war unerreichbar, ich wusste es, ich sah sie winzig am Ende eines langen dunklen Gangs, eine Gazelle im Zoo der Heilanstalt, der eigenen Tapferkeit in die Fessel gelaufen.

Aber Bea, wie verloren auch immer, unternahm es doch, mich zu trösten. Sie legte ihren Kopf an meine feuchte Wange, ihre kleine weiche Hand begann mich zu herzen, kleine harte Lippen strichen über meine Stirn. »Aber bald kann ich es nicht mehr«, flüsterte sie, »ich muss etwas anderes tun.«

»Liebe kleine Bea«, flüsterte ich, »geh nicht fort.« – »Ich muss, ich bin es schon«, sagte sie, »es wird über den Wolken entschieden. Denn weißt du«, sagte sie, »denn es ist so, denn der Bonze ist selbst nur eine Maske, eine faltige Haut, denn der in ihm war, ist in den Lüften und zieht mit den Wolken nach neuem Unheil.«

Eine schreckliche Ahnung flog mich an. »Bist du denn«, fragte ich, »der weiße Ritter in seinen weißen Stiefeln?«

»Ja«, sagte sie, »alles ist ein Rauch, der gen Himmel zieht.«

So saßen wir wohl eine Stunde auf den Steinen vor dem Kirchentor. Ein Kätzchen kam und wurde gestreichelt. Am hellen Nachmittagshimmel über den fernen Bergen war schon der Mond zu sehen. »Schau mal«, sagte Bea prompt,

»die zweite Sonne.« Manchmal, dachte ich, hat auch der Irrsinn seine kabarettistischen Züge.

Während dieser Stunde sahen wir den Trauerzug aus der Kirche zum Grabe ziehen, und wir sahen die Soutanen und Talare, die Bauchbinden, die Stehkragen und Beffchen, die Bischofskreuze und Siegelringe vom Grabe zurück vor die Kirche ziehen, wo ein schattiger Platz mit gedeckten Tischen wartete. »Komm«, sagte Bea, »trinken wir einen Schnaps.« Ich war nicht ganz sicher, ob es nicht die Stimme ihrer Mutter war. Aber sie nahm mich an der Hand, und richtig, da servierten schon die Bauernbuben den Doppeltgebrannten auf gewaltigen Tabletts, und die Bischöfe und die Synodalen, die Prälaten und die Superintendenten, die Generalvikare und die Konsistorialräte genehmigten sich den Korn und schnatterten laut und fröhlich auf wie eine Vogelschar. »Was war denn nun«, hörte ich die dröhnende Stimme des Prälaten Hühnersterz, »das Große an dem großen Mann?«

»Nun«, antwortete der Konsistorialpräsident Gänsebein, »das ist ganz einfach: Er war das schlechte Gewissen der Kirche.«

»Na«, sagte Dr. Fischer zu Bea und mir, »was ist mit euch beiden?« Und sah souverän über unser Derangement hinweg. »Habt ihr jemals so viele Siegelringe gesehen? Das gibt's sonst nur bei Hochstaplern oder auf Adelsbällen.«

»Sie müssen was trinken«, sagte Bea, »viel trinken«, und reichte ihm mit beiden Händen je einen Schnaps.

»Sie tun gerad so, als sei ich der Hauptleidtragende.«

»Sie haben das Leid vorher getragen«, sagte Bea, »Sie müssen es auch nachtragen.«

Wir bahnten uns den Weg zu einem Tisch. Es war ein großes Geschnatter, und wie ich Bea so beobachtete und mittun sah, da dachte ich, ob sie nicht doch unauffällig, von ein paar irren Sätzen abgesehen, in unserer Mitte bleiben könnte.

Am Rande der Tafel standen einige achtundsechziger Altrevoluzzer und ballten die Faust, die sie einst zum Rotfrontgruß erhoben hatten. »Wenn es je ein Schweinesystem gab«, sagte einer, »dann hat es sich nicht gezeigt, als wir unsere dämlichen Demos gemacht haben, sondern jetzt, als es Albrecht den Kopf gekostet hat.«

»Albrecht«, sagte ein anderer, »wollte immer die Revolution vertagen.«

»Ja, er war der Scharfsinnigste.«

»Knapp vorm Trotzkisten.« Sie lachten.

»Trotzkisten«, sagte Fischer, indem er sich zu den alten Kämpen umwandte, »sind entweder Juden, insofern der Messias nicht kommen darf, oder Christen, insofern das Jüngste Gericht auf sich warten lässt.«

Noch größeres Gelächter, große Bewunderung. »Ja«, sagte der Generalsuperintendent Schnabel, »wenn es noch eines Beweises bedurft hätte, dass auch Marx eine Kirche gestiftet hat, dann hätten wir ihn in diesen Häresien.«

Am anderen Ende des Tisches aber wurde die Geschichte von Christina und dem Bonzen und dem Untergang des Oberkirchenrates noch einmal aus pastoraler Sicht zusammengefasst.

»Kennen Sie die Geschichte?«, fragte Monsignore Kernbeisser den Präses Fink. »Ursprünglich war es sogar eine Liebesgeschichte.«

»Ja, wirklich ganz rührend. So was wie der *Glöckner von Notre-Dame*. Und die Esmeralda von dem monströsen Fernsehmann, ich meine von dem Welske, den sie jetzt gekippt haben, das war die Nichte unseres armen Freundes Albrecht.

Ja, und das ist dann wie alles Romantische nicht gutgegangen.«

»Auf der Romantik liegt selten Segen.«

»Ja, sehen Sie? Ach, das freut mich, dass Sie das so sehen, so viel steht am Ende doch nicht zwischen den Konfessionen.«

»Na, jedenfalls hat sich der Glöckner, ich meine Welske, hintergangen gefühlt oder ist wirklich betrogen worden, denn ich meine, das Kindchen unserer schönen Esmeralda, der kleine Falk Kranichen, der da vorne so herzig krabbelt und krakeelt, der muss ja wohl schon vor der Hochzeit mit dem Nebenbuhler gezeugt worden sein, wenn Sie mir verzeihen und ich richtig rechne. Aber wie auch immer, der Fernsehmann ist vor Wut außer sich geraten und hat einen richtigen Rachefeldzug ins Werk gesetzt, und da ist ihm auch unser Freund Albrecht vor die Flinte geraten – und seine berühmten Tanten.«

»Mein Gott ja, Ricarda und vor allem die Lilli Neander.«

»Schlimme Betschwester, unter uns gesagt. Also die hat der Glöckner, weil ihm das schöne Haus gehörte, auf die Straße gesetzt, die sind dann auch bald gestorben – und jetzt auch unser Guter, nachdem er sie alle begraben hat.«

»Ich dachte doch, dass es etwas Politisches war und Freund Albrecht seinerseits den Fernsehbonzen kippen wollte, übrigens auch, verdientermaßen, den Intendanten.«

»Wo denken Sie hin! Natürlich hat der Gute einen seiner Feldzüge gegen die Schlechtigkeit der Welt geführt, aber das hat er doch immer getan, warum sollte er daran plötzlich gestorben sein?«

»Weil der Versucher –«

»Na, wenn überhaupt, bestand die Versuchung in der moralischen Hybris. Ich denke, der Herr hat ihm seinen verdienten Frieden schenken wollen.«

»Ach, was der Herr immer so schenkt –. Aber sagen Sie mal, Kranichen, sie erwähnten den Namen Kranichen? Die berühmte sächsische Familie, ich dachte, die gibt's gar nicht mehr.«

»Doch, die gibt's, und wie! Aber jetzt in München. Die Gräfin Kranichen, geborene Wiesenburg, die macht die Partys in der Stadt, ich würde aber an Ihrer Stelle jetzt nicht in historischer Sentimentalität versinken, die ist ein ziemliches Luder, unter uns.«

»Wiesenburg? Die Brandt von Wiesenburg sind aber meines Wissens nun wirklich erloschen.«

»Ach, was, Feld, Wald und Wiesen ...«

Und der gute Kameramann, der uns bis hierhin geleitet, nahm den Ton langsam zurück, denn ein solches genealogisches Gespräch unter Kirchenleuten kann ewig gehen, und fuhr auch die Brennweite des Objektivs zurück, so dass die Trauergesellschaft klein und kleiner wurde, die gedeckten Tische im Freien zu einem Farbkleks verschmolzen, Kirche und Pfarrhaus zu Bauklötzchen schrumpften, die von Flüssen und Straßen durchzogene Landschaft verblaute und verschwamm, bis das Vogelauge hoch über den Wolken stand und die Erde sich zu dem berühmten kleinen blauen Planeten zusammenzog, der verloren in der Schwärze des Kosmos steht.

38. Die Weißgardisten

Jahre hätten vergehen können, was sage ich: Jahrzehnte, Jahrhunderte, während derer die kostbare kleine Kugel durch den Weltenraum eierte, der alles vergibt und alles vergisst. Es waren aber nur zwei Wochen, bis das allsehende Auge wieder im Sturzflug auf die Erde niederging und wir schließlich auch wieder die erhebende Kulisse von München vor uns hatten. Indes, kurz vor den Zwillingstürmen der Frauenkirche wurde das Auge abgelenkt und weit über die Maxvorstadt hinaus an den Stadtrand gezogen. Denn es war nun einmal so, dass wir alle inzwischen aus unseren krautigen Altbauten vertrieben und an die Peripherie gedrängt worden waren.

Der Oberkirchenrat hatte vor seinem Ende nur den Anfang machen müssen.

Christina und Rupi, die wir zur Taufe ihres Söhnchens besuchten, wohnten in Vaterstetten – um die grausige Wahrheit nur schnell und geradheraus zu sagen. In der Kleinfamiliensiedlung Vaterstetten waren noch einmal alle, die Verlorenen und die Verletzten und die Verstorbenen abgezogen, zusammengekommen, die am Anfang von Christinas Geschichte standen. Philipp und Doro, der schöne Alex und seine Rehäugige, Rechtsanwalt Dr. Fischer und Christinas Eltern und natürlich die Partygräfin, die zwei Dutzend Verwandte kommandierte.

Es war sehr rührend und sehr traurig. In der Mitte unseres kleinen Kreises – denn wir bildeten nur eine bürgerliche Intarsie in dem kursächsischen Adelstableau – krabbelte und krakeelte der kleine Falk Albrecht Johann Kran zu Kranichen in seinem nicht mehr ganz reinweißen Erbtaufkleidchen. Auf einer sehr edlen, sehr alten und sehr kaputten Kommode, die ich auch unter Eid als Mitgift Christinas identifiziert hätte, blickte Ben von einem Foto im ungeputzten Silberrahmen herab, er stand in Breeches vor einem Rennrad, und wir alle hätten ebenfalls unter Eid aussagen können, dass an seinen Radlerschuhen winzige Flügelchen zu sehen waren. Von der Wand darüber lächelte der Oberkirchenrat auf einer Federzeichnung, ein großer, wie es schien, Ironiker.

Wenn man ihn länger ansah, lächelte er allerdings nicht mehr, er zeigte auch keinen ironischen, sondern einen wehen Ausdruck, als blickte er verloren aus weiter Ferne. »Ja«, sagte Siegfried Fischer, »gutes Bild, so war er wirklich – je länger man ihn kannte, um so deutlicher wurde der Fond von Trauer.« Tante Rehlein legte mir ihre schöne, wenngleich zu magere Hand auf den Arm: »Wissen Sie eigentlich, dass Albrechts Familie, ich meine die Neander, zu deutsch Neumann, auch aus Sachsen stammt? Hofprediger über Generationen, bis die Wettiner konvertierten.«

»Famos, diese Wettiner, ich meine natürlich: schändlich«, sagte Fischer mit einem vollendeten Ton sarkastischen Desinteresses, »jetzt kommt mal her«, er wandte sich an Philipp und mich, »und lasst uns überlegen: Wie sieht die Bilanz aus? Sieg oder Niederlage? Wir haben das Schwein aus dem Amt gejagt, aber Tote –«

»Und zwar nur auf unserer Seite«, sagte Philipp düster, »zwei Tote, und wenn man die Tanten mitzählt, fünf.«

»Sechs«, korrigierte Fischer.

»Also deplorabel«, sagte Philipp, »die Bilanz ist deplorabel.«

»Aber wir haben den Bonzen vom Hof gejagt«, beharrte Fischer, vielleicht nur zu Zwecken einer sokratischen Didaktik. »Das ist doch ein historischer Umstand, ich meine, dass es überhaupt noch einmal gelungen ist, unter den Bedingungen einer Demokratie, die dem Osten an Bolschewismus in nichts nachsteht.«

»Das war dann aber das historisch letzte Mal«, sagte Philipp, »und das macht es extra tragisch: ein Sieg, der für die Zukunft nichts bedeutet.«

»Die Weißgardisten«, sagte ich, »können nicht siegen. Sie können nur stören und einen Moment moralischer Verwirrung stiften.«

»Sehr richtig«, lobte Fischer, »Sand ins Getriebe streuen, wie Albrecht es nannte.«

»Die Weiße Garde kann nur ihren Untergang hinauszögern«, schloss ich meinen Gedanken ab.

»Oder durch sinnlose, ich meine, opferreiche Anstrengungen«, sagte Philipp, »ihr Ende noch beschleunigen. Und ein Opfer haben wir noch gar nicht gezählt: Bea.«

»Das ist wahr«, Fischer räumte seine Position umstandslos, »das verdirbt alles. – Wie geht es ihr denn?« Er wandte sich an mich.

»Nussbaumstraße«, sagte ich, ich konnte nicht verhindern, dass sich meine Augen röteten.

Inzwischen hatte sich ein Kreis um uns gebildet. Alle horchten auf. »Es gibt keine Therapie, keine Fortschritte, sie redet vom Antichrist. Der Bonze«, ich konnte es nicht unterlassen, Siegfried Fischer anzuschauen, »ist für sie der Antichrist oder zumindest eine Inkarnation. – Solowjew«, sagte ich trostlos, »das Buch hat sie mal in der Bude gefunden.«

»Solowjew, ha!« Fischer entflammte sich, »die *Kurze Erzählung vom Antichrist*, berühmte Geschichte, große Sache.«

»Die Juden«, sagte Philipp, »müssen bei Solowjew den Antichrist besiegen.«

»Ja, Mensch, Mensch«, Fischer tupfte sich mit dem Taschentuch vorsichtig die Stirn, »der Ewige ist gerecht, aber streng, sehr streng. Warum nur müssen die Juden immer ran?«

»Erinnern Sie sich«, sagte ich zu Fischer und wusste schon, dass es ein Fehler, wenn nicht eine monströse Taktlosigkeit war, »wie Bea bei der Beerdigung, ich meine, da war sie schon verwirrt, zu Ihnen gesagt hat: Sie haben das Leid vorher getragen, und nun müssen Sie es nachtragen?«

»Ja, aber wissen Sie auch, welche Anstrengung es mich damals gekostet hat, diesen wahren und grauenhaften Satz zu ignorieren? Diese heiligen Narren sind gefährlich.«

»Bea ist klug«, sagte Philipp schlicht. »Habe ich immer gesagt.«

»Vor allem ist sie tapfer«, sagte ich, nun schon unter Tränen. »Sehr tapfer, und war es immer.«

»Hast du sie eigentlich geliebt?«, fragte mich die Rehäugige von Alex.

Das war nicht leicht. Ich versuchte ein Schluchzen zu unterbinden. Ich hatte sie nicht geliebt, das war es ja, und ganz unzureichend geschätzt. Ich hatte sie einfach hingenommen. Mir schien, als müsste ich Zeugnis ablegen. Ich sagte deshalb wenigstens jetzt, da es zu spät war: »Ja, geliebt.« Und dann, was schon richtiger war: »Sie war mein bester Freund.«

»Aber was heißt das?«, fragte Doro.

»Natürlich nicht viel, ich weiß.« Und jetzt hatte mich der Weinkrampf.

»Mein Gott«, murmelte Doro, »so ein sentimentaler Unfug.«

Der schöne Alex musste mich auf den Balkon führen. »Sag mal, und die Mutter?«, fragte er. »Säuft wie ein Loch, nehme ich an.« – »Nein«, sagte ich, »das Wunder ist geschehen, sie ist von einem Tag zum anderen trocken geworden. – Sie ermittelt wieder, oder noch immer, gegen den Bonzen, sie will ihn haben, da bin ich mir ganz sicher, und wenn sie ganze Indizienketten fälschen muss.«

Wir rauchten schweigend einige Zigaretten.

»Und übrigens«, sagte ich, »die Mutter will an die Kundenlisten der Partygräfin und eine Zeugenaussage gegebenenfalls gerichtlich durchsetzen lassen. Den Untersuchungsrichter hat sie schon überzeugt, aber die Partygräfin bockt und sträubt sich und hat ein halbes Dutzend Anwälte eingesetzt, die gewaltig herumeiern, damit die Zeugnisverweigerung sie nicht unter Verdacht bringt.«

»Na klar«, sagte Alex, »die Gräfin fürchtet um ihr Geschäftsmodell, wenn sie ihre Kundenkartei offenlegen muss.«

Er ließ mich allein.

Es wurde dunkel und kalt. Der Mond kam gefahren, Sterne flammten auf, und ich fragte mich, ob es ein Sternzeichen vom weißen Ritter gab oder vielleicht auch nur von einem Stiefelchen.

»Das ist der russische Osten«, hatte meine Großmutter immer gesagt, »vergiss nicht, wo du her bist, der Osten ist eine Heul- und Schneuzkultur.«

Ich heulte und schneuzte mich.

39. Der Bonze hat das letzte Wort

Als ich wieder ins Zimmer trat, hatte sich die erweiterte Familie um den Fernseher versammelt und aß Canapés, ohne indes wirklich dem Programm zu folgen. Sie dämpfte ihre gute Laune augenblicks, da ich mich niederließ. Christina stand auf und setzte sich an meine Seite. Doro blickte dunkel aus ihren schönen Dunkelaugen.

»Bin ich denn plötzlich der Hauptleidtragende?« Ich versuchte es als Scherz vorzutragen.

»Nein, das bin ich«, versetzte Fischer, der mich begriff und mir ans Ufer der Ironie helfen wollte.

»Finster«, sagte Doro, »du hast dich da finster in was hineingearbeitet. Aus einer Geschichte, die mal eine Geschichte zwischen dem Bonzen und Christina war« – Christina errötete –, »hast du eine Geschichte von dir und Bea gemacht. Das finde ich nicht in Ordnung.«

»Ich weiß auch, warum das nicht in Ordnung ist«, sagte Christina schnippisch, »ich meine, warum du das findest«, aber ehe wir uns auf einen Schlagabtausch zwischen den Freundinnen einlassen konnten, wies Rupi plötzlich auf den Fernseher: »Ich glaub es nicht, da – schaut mal, ist das nicht der Bonze?«

»Nein, wirklich nicht, so ein Unfug«, meinte Tante Rehlein, »der Bonze ist doch ganz mager und faltig und glatzköpfig geworden und hat sich im Krankenhaus auch gleich die Augen lasern lassen.«

»Ja, aber jetzt«, sagte Doro, »ist er wieder fett und trägt ein Toupet und sieht aus wie eh und je, wie so ein gealterter Milchbubi von Unionssprecher. Und die Drahtbrille ist auch wieder da.«

»Christina muss ihn identifizieren«, alle schrien und riefen durcheinander.

»Nein, muss sie gar nicht«, sagte Rupi.

»Doch, muss sie wohl«, sagte Tante Rehlein, die beängstigend fasziniert, geradezu elektrisiert war, »schau mal, er hat eine Assistentin, fesch – nicht wahr? Aber so gar nicht Christinas Typ, das ist mal interessant, aber das habe ich mir eh immer so gedacht.«

»Wie kommt denn das Schwein schon wieder an eine Sendung?«, empörte sich Fischer, »das ist ja obszön. Drittes Programm, fürchte ich mal.«

Obszönität ist für uns kein Thema, sagte just in diesem Moment der Bonze mit seiner sonoren, überraschend hell tönenden Stimme, *es geht um Unglück in der Liebe, um trügerisches Glück natürlich auch, um verspieltes Glück, um verpasstes auch, und wie man da wieder rauskommt, aus dem Loch,* er blickte einem vielfältig gepiercten, tatsächlich sehr unglücklich ausschauenden Geschöpf wohlwollend in die Augen und nahm die Brille ab.

»Mein Gott«, sagte Christina, »er hat schon wieder eine Unglücksshow.«

»Loch war ganz richtig«, sagte der schöne Alex, »die Ratte kommt wieder aus ihrem Loch.«

»Kröte«, korrigierte Christina mit bemerkenswerter Unbefangenheit, »im Sender haben sie immer von der Kröte gesprochen.« Der Anblick des Bonzen war für sie offenbar so etwas wie ein sofort heilsamer Schock.

»Ich wüsste gar nicht«, sagte Rupi versonnen, »wie mit so was kommunizieren.«

»Paral«, schlug Philipp vor, »ich würd's mit Paral versuchen.«

»Du bist ein Rassist«, zischte Doro.

»Jetzt guckt doch mal«, sagte Tante Rehlein, »der Bonze hat da offenbar schon wieder so einen Zoo von Mädchen, denen aber diesmal nicht die Arbeit, sondern das Glück in der Liebe fehlt.«

»Wer hat eigentlich den Ausdruck Bonze erfunden?«, fragte die Rehäugige von Alex.

»Ich habe kein Mitleid mit dem deutschen Kleinbürger, diesem ewigen Faschisten des Herzens«, sagte Philipp.

»Etwas mehr Contenance, mein Lieber«, sagte Fischer, »wenn ich bitten darf. Ich meine, ich ahne, was du meinst« – Fischer duzt ihn schon, ist ja mal interessant, dachte ich, das wird wohl der Juniorpartner in seiner Kanzlei – »Albrecht hat auch manchmal davon geträumt, das Ressentiment einmal umzudrehen. Macht es aber nicht besser«, setzte Fischer melancholisch hinzu.

»Wär aber mal schön.«

»Schön wär vieles«, sagte Fischer, »das zum Beispiel«, er wies auf den Fernseher, »ist nicht schön.«

Der Bonze versuchte gerade das Unglücksgeschöpf, das mit seiner Liebesbeichte an der Reihe war, durch eine eigene Konfession zu ermutigen. *Ja, wissen Sie, ich habe mich auch einmal so verliebt, da sah ich das Unglück gleich kommen, aber sie war so hübsch, so verdammt hübsch, da hab ich mein Bauchgefühl ignoriert, aber das hatte recht, verstehen Sie? Das war also falsch, dass ich das ignoriert habe, das konnte nicht gutgehen, die kam aus einer ganz anderen Welt, ganz muffiger Hintergrund, und heute verstehe ich das Ganze sowieso nicht mehr, und wenn ich an sie denke, denke ich: So 'ne graue Maus, wie konnte das sein? Aber damals habe ich meine Haare verloren.* Er lachte und hob andeutungsweise sein Toupet.

Wir schwiegen.

»Der Fernsehbonze hat das letzte Wort«, sagte Doro.

40. Programmwechsel

Die historische Gerechtigkeit verlangt indes, über dieses vorläufige, wenngleich souveräne Schlusswort hinweg noch eine geletzte Begebenheit nachzutragen. Als ich aufstand, um zu gehen, erhob sich nämlich auch Doro. »Ich fahre ihn nach Hause«, erklärte sie.

Allgemeines Hochziehen der Augenbrauen. »Vielleicht tut es ihm aber ganz gut, wenn er zur S-Bahn durch die frische Luft geht«, meinte Tante Rehlein.

»Nein, tut es ihm nicht«, sagte Doro streng.

»Kann ich aber ruhig machen«, sagte ich.

»Du hast auf deine ruhige Art schon genug angestellt«, erklärte Doro. »Und, im Ernst, ich werde dich jetzt in diesem Zustand nicht alleine lassen.«

Wir fuhren in ihrem Auto lange und schweigend durch die Nacht. Schließlich sagte Doro: »Ich muss noch kurz bei mir was holen, du kannst im Wagen sitzen bleiben.«

Und in der Tat blieb ich in meinem eigentümlich willenlosen Zustand sitzen, bis Doro zurückkam. Aber wo parkte der Wagen? Gelegentlich ratterte eine Tram durch die enge Straße und trug ihr Licht an den schwarzen Fassaden vorbei; dann wurde es wieder dunkel und still. Ich kniff die Augen zusammen und versuchte, den Oberleitungsdraht zu erkennen, der sich grade noch sichtbar vom Himmel abhob, bis er in einer Straßenbiegung verschwand.

Routinierte Fernsehzuschauer haben im Allgemeinen kein Problem, mehrere Programme gleichzeitig zu verfolgen, zwischen denen sie hin und her schalten. Aber manchmal passiert es doch, dass sie die Orientierung verlieren. Die Sendungen beginnen ineinanderzufließen, die Stichworte wandern, das Geschrei einer politischen Debatte setzt sich als Dialog in einem Beziehungsdrama fort, und der Streit zwischen den Liebenden könnte auch zum Mordmotiv des gleichzeitig gesendeten Krimis werden. »Sie müssen mich schon ausreden lassen«, dröhnt der Politiker in der Talkrunde. »Du hast mir nie zugehört«, klagt die Frau den Mann an. »Und dann hat sie ihn umgebracht«, stellt der Kommissar fest. Das Programm, sonst keiner erkennbaren Kontrolle unterworfen, gehorcht plötzlich einer übergeordneten Dramaturgie, als wolle die Vorsehung ein unheimliches Zeugnis ihres Wirkens ablegen, das auf Gattungsgrenzen keine Rücksichten nimmt. Denn das Unheimliche liegt nicht in den Inhalten, die sich verknoten. Das Unheimliche ist die Verschiebung der Atmosphäre. Was gerade noch Gesellschaftssatire war, wandelt sich zur Liebesgeschichte, von dort zum Thriller und wieder zurück.

Und so war ich, eben noch auf einem Vorstadtbalkon den Sternenhimmel absuchend, nun unter einer schwarzen Wolkendecke eingeschlossen – wie unter dem Deckel, der sich in Baudelaires berühmtem Gedicht auf die Menschen senkt, die in ihrer Welt wie in einem Kochtopf schmoren –, um wenig später in einem Lustspiel zu erwachen, das an der dunklen Fassade plötzlich eine Haustür hell aufflammen ließ, in der sich Doro, frisch geschminkt, mit allerlei bunten Tüten und Taschen zeigte – und mit einer Katze auf dem Arm.

»Ich kann die Katze unmöglich über Nacht allein lassen.«

Ich muss ziemlich entgeistert geguckt haben.

»Ja«, sagte sie, »dich kann ich auch nicht über Nacht allein lassen. Aber mach dir keine Sorgen – eine Heulsuse wie du ist ganz bestimmt nicht mein Ideal von Mann.«

So bezog Doro bei mir Quartier; und zwar mit einer Systematik, die durchaus geeignet gewesen wäre, Sorgen zu provozieren. Als erstes beklagte sie mangelnden Platz im Badezimmer, als zweites, nachdem sie die Unordnung im Zimmer gesehen hatte, monierte sie: »Warum hast du nicht gleich auch die Tannennadeln aus der Bude mitgebracht?«

»Manches muss man eben zurücklassen«, sagte ich mit einem Anflug wiedergewonnener Nonchalance. »Und die Tannennadeln haben immer so gespenstische Muster gebildet.«

»Muster, ja«, sagte sie, »überall kann man irgendwelche Muster erkennen, wenn man nur will. Aber ich sage dir«, sie nahm entschlossen meine Hand und formulierte nun ihrerseits ein Schlusswort, das vom Geist der Literatur wie von dem eines versöhnlichen Endes gleich weit entfernt war, aber zweifellos die Vernunft auf seiner Seite hatte, »ich sage dir: Vieles hängt mit vielem zusammen, aber nicht alles mit allem.«

Abspann

»Vieles hängt mit vielem zusammen, aber nicht alles mit allem.« Für den Fall, dass der Autor der vorstehenden Geschichte mit einem Journalisten verwechselt werden sollte, ist es vielleicht nicht überflüssig, darauf hinzuweisen, dass nichts von dem, was irgend in der Geschichte mit der Realität in Verbindung gebracht werden könnte, recherchiert wurde und als Tatsachenbehauptung gelten will. Nicht nur die Personen sind frei erfunden. Kennern wird auffallen, dass es auch eine Position wie die des Produzenten in der Wirklichkeit der öffentlich-rechtlichen Sender nicht gibt, was ein hoffentlich ausreichendes Indiz dafür ist, dass es den geschilderten Sender ebenso wenig gibt. Sein Personal, seine Geschäftspartner, die anhängigen Firmen wie überhaupt das Fernsehen und seine Mediengeschichte, Gewohnheiten und Aufsichtsgremien hat sich der Erzähler aus den Fingern gesaugt. Er wüsste auch nicht zu sagen, auf welche Jahre er die Geschichte datieren sollte; manches, aber nicht alles deutet auf die frühen neunziger des vorigen Jahrhunderts, doch zu keiner Zeit haben die Kirchen und Kirchenvertreter in der Realität vergleichbar tapfere Rollen gespielt. Sie sind erfunden wie jenes München, in dem die Geschichte größtenteils spielt. Der Erzähler hat von der schönen Stadt im Süden Deutschlands nur aus einem Mangel an Phantasie den Namen gestohlen. Dass auch der Name Berlins entwendet wurde und einer frei herbeifabulierten Stadt geschenkt wurde, betonen wir nicht eigens, weil der leidgeprüfte und wenig selbstbewusste, übrigens auch gerne Märchen erzählende Berliner nicht dazu neigt, sich zu beklagen. Alle übrigen Menschen, die verführt sein könnten, sich in dem Buch wiederzuerkennen, warnen wir ausdrücklich davon, andere Leser auf den Gedanken zu bringen, sie könnten mit den wenig erfreulichen Figuren der Geschichte irgendwelche Eigenschaften teilen. Nicht erfunden sind allein die unrühmlichen zwölf Jahre der jüngeren deutschen Geschichte. Niemand könnte sie erfinden und erst recht niemand erfunden haben wollen.